AS BOAS FADAS DE NOVA YORK
MARTIN MILLAR

Título original: *The Good Fairies of New York*

Copyright © 2006, Martin Millar

Copyright da ilustração © 2014, Silvana Mello

Copyright desta edição © 2014, Edições Ideal

Todos os direitos reservados. Nenhuma parte desta publicação pode ser reproduzida, armazenada em sistema de recuperação ou transmitida, em qualquer forma ou por quaisquer meios (eletrônico, mecânico, fotocópia, gravação ou outros), sem a permissão por escrito da editora.

Editor: **Marcelo Viegas**

Projeto Gráfico e Diagramação: **Guilherme Theodoro**

Ilustração da capa: **Silvana Mello**

Tradução: **Leonardo B. Scriptore**

Revisão: **Fernanda Simões Lopes**

Diretor de Marketing: **Felipe Gasnier**

Agradecimento especial: **Fabio Massari, pela indicação do autor**

CATALOGAÇÃO NA PUBLICAÇÃO
Bibliotecária: Fernanda Pinheiro de S. Landin - CRB-7: 6304

M645b

Millar, Martin
As boas fadas de Nova York / Martin Millar ; tradução de Leonardo B. Scriptore.
São Paulo: Edições Ideal, 2014. 232 p. ; 23 cm

Tradução de: The good fairies of New York.
ISBN 978-85-62885-28-0

1. Literatura inglesa. 2. Fadas - Ficção. I. Scriptore, Leonardo B. II. Título.

CDD: 823

19.09.2014

EDIÇÕES IDEAL

Caixa Postal 78237

São Bernardo do Campo/SP

CEP: 09720-970

Tel: 11 2374-0374

Site: www.edicoesideal.com

AS BOAS FADAS DE NOVA YORK
MARTIN MILLAR

TRADUTOR LEONARDO B. SCRIPTORE

"Minha maior preocupação na vida", disse Kerry, "é completar meu alfabeto de flores. É uma tarefa difícil, já que algumas delas são raras e obscuras, principalmente em Nova York. Mas, quando tiver meu alfabeto de flores, todas as coisas boas virão junto.

Uma delas é que o alfabeto será lindo. Outra é que poderá me ajudar com essa doença degenerativa estranha que eu tenho, porque um alfabeto de flores dos antigos celtas com certeza é uma coisa muito poderosa. E também será uma arma devastadora contra Cal, esse homem que, ao me prometer que me ensinaria todos os solos do New York Dolls, provou ser uma das formas de vida mais baixas que existem. Quando meu alfabeto de flores ganhar o prêmio da East Fourth Street Community Arts Association, acabarei com a vida dele".

A enfermeira sorriu para Kerry, colocou um termômetro gentilmente em sua boca e se ocupou com os preparativos para a operação.

UMA INTRODUÇÃO

Eu tive este livro por mais de cinco anos antes de ousar lê-lo.

Não é que eu não goste dos livros de Martin Millar. Muito pelo contrário – sou fã do trabalho dele há quase vinte anos. Curti sua prosa, irônica, honesta, leve e inteligente, no dia em que peguei o *Milk, Sulphate and Alby Starvation*. Curti suas personagens: gosto de um autor que gosta de suas personagens. E as personagens do Sr. Millar sempre me pareceram pessoas com quem ele gostou muito de passar um tempo. Eu gostei dos seus enredos, que têm aquele sentimento prazeroso de que está tudo certinho, que as boas histórias precisam ter – você não sente, ao ler, que alguém inventou aquilo, mas que alguém ficou sabendo do ocorrido e escreveu tudo para você.

Comprei este livro vários anos depois de ser lançado, porque eu tinha me mudado para os Estados Unidos, onde eles nunca pegaram a manha de publicar os romances de Martin Millar. E, então, uma vez que o obtive, permaneceu na minha estante por cinco anos, fechado, um livro que eu sabia que seria engraçado, inteligente, apresentaria ótimas e agradáveis personagens e teria um enredo que daria a sensação de uma história adequadamente satisfatória.

Cinco anos...

Tudo por culpa do título.

Autores são bichos estranhos. Naqueles cinco anos, estava me preparando para escrever, e então comecei a fazê-lo, um livro chamado *Deuses Americanos*, sobre o que aconteceu quando os deuses, as fadas e as criaturas das lendas migraram do Velho para o Novo Mundo. Assim, eu tinha, mas não ousei ler *As Boas Fadas de Nova York*. Vi na contracapa do livro que tratava sobre fadas escocesas que vinham a Nova York. Eu não precisei ler mais nada. Já estava perturbado o suficiente. Para mim, e provavelmente para qualquer autor, a maior preocupação é de que alguém escreverá o livro que estou escrevendo, fazendo-o primeiro. Ou, de alguma forma, que alguém escreverá um livro que parecerá um que estou querendo escrever. Se fizerem isso, e eles o fazem, eu não posso ler o livro deles até terminar o meu. Em sua maior parte, porque, se escreveram meu livro, eu desistirei na hora e ficarei muito triste. Também porque eu não quero me preocupar em copiar os outros livros e a melhor forma de fazer isso é não lê-los.

Eu estava escrevendo – ou pelo menos, no começo, pensando em escrever – um livro chamado *Deuses Americanos*, no qual todas as coisas em que as pessoas já acreditaram tinham vindo para a América: deuses, fadas e sonhos. E agora alguém – cujos livros eu gostava, ainda por cima – havia escrito um livro no qual fadas vinham para Nova York. Tive medo de estar ferrado. Então, comprei o livro, coloquei na estante e, só anos mais tarde, quando minha obra estava a salvo, fora da minha cabeça e no papel, ousei conhecer *As Boas Fadas de Nova York*.

Fiquei aliviado em descobrir que ele cobria territórios muito diferentes dos do meu livro, mas estava mais feliz de estar finalmente lendo-o, e desejando tê-lo feito antes.

Millar escreve como Kurt Vonnegut o teria feito se tivesse nascido cinquenta anos depois em um país diferente e dado um rolê com o tipo mais errado de pessoas. Ele faz piadas com a cara séria, nunca seguidas por um cutucão na costela ou uma batida no prato da bateria. Ao invés disso, continua contando a história, engraçada, comovente, sábia e cheia de pessoas com quem você se importa, mesmo que algumas delas sejam muito pequenas e outras tenham hábitos que, francamente, deixam muito a desejar.

Millar começou bem, e com sua própria voz, inconfundível, escrevendo livros como *Milk, Sulphate and Alby Starvation* (que uma vez me diverti ao encontrar na prateleira errada: *Medicina: Nutrição*), *Ruby and the Stone Age Diet* e *Lux the Poet*. Ele era bom e aí ficou melhor.

As Boas Fadas de Nova York é uma história que começa quando Morag e Heather, duas fadas de quarenta e cinco centímetros com espadas, *kilts* verdes e cabelos mal tingidos entram voando pela janela do pior violinista de Nova York, um tipo acima do peso e antissocial, chamado Dinnie, e vomitam em seu tapete. Quem elas são, como vieram para Nova York, o que isso tem a ver com a amável Kerry, que mora do outro lado da rua, que tem doença de Crohn e está fazendo um alfabeto de flores, e o que isso tem a ver com as outras fadas (de todas as nacionalidades) de Nova York, sem falar daquelas pobres e reprimidas da Grã-Bretanha, é do que se trata este livro. Nele, há uma guerra, uma produção nada comum de *Sonho de Uma*

Noite de Verão, de Shakespeare, e solos de guitarra de Johnny Thunders, do New York Dolls. O que mais alguém pode querer de um livro?

Quando o li pela primeira vez, presumi que não teria que esperar muito antes de *As Boas Fadas de Nova York* virar um musical da Broadway, ou mesmo um filme, tipo *Shrek* para adultos. Isso ainda não aconteceu devido à, sou forçado a concluir, falta de imaginação dos produtores da Broadway e da relutância das pessoas de Hollywood em gastar centenas de milhões de dólares em Morag e Heather, em Dinnie e Kerry. Eu não entendo nem um pouco essa relutância. Também não entendo a razão pela qual Martin Millar não é tão exaltado quanto Kurt Vonnegut, tão rico quanto Terry Pratchett, tão famoso quanto Douglas Adams. Mas o mundo é cheio de mistérios.

Este é um livro para cada violinista que, tocando um antigo tema escocês, pulou de cabeça em "I Wanna Be Sedated", dos Ramones, quando percebeu que era exatamente isso o que a música folclórica queria dizer. É um livro para cada menina com o cabelo tingido em casa e asinhas de fada que não consegue se lembrar mesmo do que aconteceu ontem à noite. É um livro para pessoas de qualquer tamanho e formato que gostam de ler bons livros.

Eu tive uma cópia por mais de cinco anos antes de ler, quando a emprestei para alguém que achei que deveria ler e que nunca me devolveu. Não cometa nenhum dos meus erros. Leia agora e faça seus amigos comprarem suas próprias cópias. Você me agradecerá um dia por isso.

Neil Gaiman,
Outubro de 2004
102 quilômetros de Nova York

UM

Dinnie, um tipo acima do peso e inimigo da humanidade, era o pior violinista de Nova York, mas estava praticando feliz e contente quando duas lindas fadinhas entraram capotando por sua janela no quarto andar e vomitaram no tapete.

"Foi mal", disse uma.

"Relaxa", disse a outra. "Vômito de fada, sem dúvida, tem cheirinho doce para os humanos."

Nessa hora, entretanto, Dinnie já tinha descido metade das escadas, acelerando.

"Duas fadas acabaram de entrar pela minha janela e vomitaram no meu tapete!", ele gritava quando chegou à Rua 4, sem perceber totalmente o efeito que isso teria nas pessoas passando até uns caras com uns sacos de lixo perto do caminhão pararem para rir dele.

"O que é que cê falou?"

"Lá em cima", ofegou Dinnie. "Duas fadas, de kilt e violino e espadinhas... kilts verdes..."

Os homens olhavam para ele. O monólogo de Dinnie foi interrompido.

"Ei", chamou o chefe, "deixa o veadinho bobão aí e volta pro trabalho. Vai, vamos trabalhar!"

"Não, é sério", protestou Dinnie, mas seu público tinha ido embora. Dinnie ficou olhando sem nenhuma esperança para eles.

"Eles não acreditaram em mim", pensou. "Que surpresa. Nem eu acredito em mim mesmo."

Na esquina, quatro porto-riquenhos chutavam uma bola de tênis para lá e para cá. Eles olharam com pena para Dinnie. Deprimido por ter sido ridicularizado em público, ele se esgueirou para dentro do velho teatro no andar térreo de seu prédio. Seu apartamento era no topo, quatro andares acima, mas Dinnie não tinha certeza se queria subir.

"Eu gosto da minha privacidade", resmungou. "E da minha sanidade."

Ele decidiu comprar umas cervejas na lojinha do outro lado da rua.

"Mas se eu encontrar duas fadas no meu apartamento quando voltar, vai dar merda."

Mais cinco fadas, todas sofrendo de uma confusão monstruosa por causa da cerveja, do whisky e dos cogumelos mágicos, estavam naquele momento fugindo – etilicamente aterrorizadas – do caos da Avenida Park em direção ao relativo abrigo do Central Park.

"Que parte de Cornwall é essa?",[1] berrou Padraig, escapando por pouco da roda de um carrinho de amendoins caramelizados.

"Só a Deusa sabe", respondeu Brannoc, tentando ajudar Tulip, que ficou preso nas rédeas da carruagem de um turista.

"Acho que ainda tô alucinando", choramingou Padraig quando um tsunami de corredores veio em sua direção. Ele foi salvo por Maeve, que empurrou todo mundo para os arbustos.

Eles desabaram num lugar quieto para descansar.

"Aqui é seguro?"

Ainda havia barulho em volta deles, mas ninguém à vista. Era um alívio. Eles eram invisíveis para a maioria dos humanos, mas tantos pés nessa correria eram um perigo terrível.

"Acho que sim", respondeu Brannoc, o mais velho, um tipo de líder. "Mas estou começando a suspeitar de que não estamos mais em Cornwall."

Um esquilo veio pulando para se juntar a eles.

"Olá", disse Brannoc educadamente, apesar da terrível ressaca.

"Que diabos são vocês?", indagou o esquilo.

"Somos fadas", respondeu Brannoc, ao que o esquilo caiu na grama rindo – os esquilos de Nova York são criaturas cínicas que não acreditam em fadas.

Enquanto isso, de volta à Rua 4, Dinnie tomou um gole de cerveja mexicana, coçou seu queixo gordo e entrou confiante em seu apartamento, convencido de que tinha imaginado a coisa toda.

Duas fadas dormiam pacificamente em sua cama. Dinnie ficou imediatamente deprimido. Ele sabia que não teria dinheiro para fazer terapia.

DOIS

Do outro lado da rua, Kerry estava acordando em sua cama macia de almofadas velhas. Além de ser maravilhosamente adorável, ela conseguia pegar um material gasto e usado e transformá-lo numa bela almofada, ou talvez num chapéu ou casaco, facilmente.

Também era uma talentosa pintora, escultora, cantora e escritora. Dedicava-se a roubar objetos de lojas e era uma colecionadora de flores. Além disso, era uma guitarrista entusiasmada, ainda que com uma técnica horrível.

A maioria das pessoas a adorava, mas, apesar disso, ela não estava feliz nesta manhã. Sua infelicidade vinha de quatro fontes principais. A primeira foi uma reportagem na televisão sobre enchentes terríveis em Bangladesh, com fotos de corpos, que a deixou transtornada. A segunda era a doença degenerativa crônica da qual estava sofrendo. A terceira era sua falta de habilidade na guitarra. Apesar das horas praticando, não conseguia tocar o solo do Johnny Thunders em "Pirate Love".

A quarta, ganhando disparada no momento, era sua completa incapacidade em decidir o que ficava mais bonito em seu cabelo: cravos ou rosas. O cabelo de Kerry era inspirado livremente numa pintura de Botticelli, e as flores eram essenciais.

Ela se sentou melancólica em frente ao espelho experimentando uma, depois a outra, refletindo amargamente que não fazia sentido nenhum tingir o cabelo de um lindo azul-prateado se você ainda tinha problemas como estes para enfrentar.

O alfabeto de flores estava indo bem e agora ela tinha quinze das trinta e três flores de que precisava.

Do outro lado da rua, as fadas estavam acordando.

"Cadê nossos amigos?", murmurou Heather, tirando seus cabelos dourados da frente de seus lindos olhos.

Dinnie as encarou de forma ameaçadora.

"Eu não sei o que vocês são", ele disse, "e eu tô pouco me lixando. Mas o que quer que sejam, saiam da porra do meu quarto e me deixem em paz".

Dinnie MacKintosh não era conhecido por sua educação. Aliás, não era conhecido por nada além de sua falta de educação, intolerância e apetite imenso.

"Meu nome é Heather. Eu sou uma fada do cardo.[2] E esta é Morag. Você poderia me oferecer um copo d'água, por favor?"

"Não!", trovejou Dinnie. "Não posso. Saiam daqui!"

"Isso é jeito de falar com a gente?", perguntou Heather, apoiando-se em seu cotovelinho. "De onde a gente veio, qualquer um ficaria honrado em nos trazer um copo d'água. É só a gente aparecer que eles falam sobre isso durante anos. Nós aparecemos para você porque o ouvimos tocar uma música escocesa no seu violino."

"Extremamente mal, aliás", interrompeu Morag, quase acordada.

"Sim", concordou Heather, "muito mal. O violino estava com um timbre interessante, mas, francamente, foi a pior interpretação de 'Reel of Tulloch' que já ouvi, e isso não é dizer pouca coisa. Você tocou pior que o filho do ferreiro da vila de Cruickshank, onde a gente nasceu. E eu não achava que isso fosse possível".

"Eu não toco tão mal", protestou Dinnie.

"Ah, toca sim. É uma coisa realmente terrível."

"Enfim, ninguém convidou vocês aqui para me ouvir", disse Dinnie com raiva.

"Mas não se preocupe", continuou Morag, dedilhando seu violino minúsculo. "Vamos lhe mostrar como se toca direito. Nós somos fadas boas, sempre contentes em ajudar. Agora, gentilmente, traga-nos um pouco de água."

"Oi", ronronou uma mulher nua na televisão, esfregando um telefone nos seios. "Nós somos o time das molhadinhas e fazemos anal, oral e vaginal tão bem que é quase um crime. Disque 970 P-U-T-A."

"Eu devo estar alucinando ainda", disse Morag, "Juro que nunca mais encosto num cogumelo mágico. Exceto, talvez, por motivos medicinais".

Dinnie andou até a cama e exigiu – berrando – que Heather e Morag saíssem imediatamente, pois ele não acreditava em fadas. As fadas caíram na gargalhada.

"Você é engraçado", riu Heather, mas isso mexeu com a sua monstruosa ressaca e ela vomitou de novo, cobrindo o braço de Dinnie.

"Bem, certeza de que ele acreditará na gente agora!", gritou Morag.

"Relaxa", disse Heather. "Vômito de fada, sem dúvida, tem um cheirinho doce para os humanos."

As duas voltaram a dormir e nenhum xingamento de Dinnie as faria acordar.

TRÊS

Os sem-teto se acumulavam em todos os lugares de Nova York. Toda esquina tinha seu próprio mendigo de olhos embaçados pedindo um trocado aos transeuntes com pouca esperança de resposta. Todo parque era bordado e rendado com barracas de plástico improvisadas e cobertores fedorentos enrolados como sacos de dormir. Esses sem-teto tinham as vidas mais desesperançosas. Nenhum esquema do governo ofereceria a eles um recomeço. Nenhuma instituição de caridade seria rica o bastante para abrigá-los. Nenhum empregador lhes daria trabalho sem que tivessem um lugar para morar, ou pelo menos roupas limpas, e roupas limpas nunca apareceriam para alguém que suava o dia inteiro no calor infernal de um parque. Tudo que eles podiam fazer era tentar se virar o melhor possível até morrerem, o que não acontecia rápido o suficiente para o gosto dos cidadãos decentes de Nova York.

Um morador de rua idoso se sentou para descansar na Rua 4, suspirou, fechou os olhos e morreu.

"Mais um morto", murmurou Magenta, chegando ao local. A própria Magenta era uma mendiga sem-teto, mas razoavelmente jovem.

"Desse jeito, não vai me sobrar nenhum soldado."

Ela saudou o guerreiro caído e prosseguiu pela Broadway, mantendo um olho aberto para as divisões da cavalaria persa. Ainda que ela estivesse de certa maneira afastada do exército de Antaxerxes, longe dos problemas, sabia que, atrás das linhas inimigas, tinha que ter cuidado.

Na Inglaterra, mais precisamente em Cornwall, o Rei Tala estava muito irritado com a fuga de Petal e Tulip. Sendo sua filha e seu filho, e herdeiros por direito, os rebeldes já sussurravam que os dois seriam os melhores sucessores ao trono.

"Encontre-os", ele instruiu Magris, seu técnico-chefe, "e traga-os de volta".

Obviamente, o Rei das Fadas de Cornwall não sabia que duas das fugitivas estavam andando em um quarto vazio na Rua 4.

Elas começaram a discutir imediatamente.

"Estou me sentindo muito mal."

"Bem, a culpa é sua", disse Morag. "Você viu o jeito que estava virando cogumelo com whisky?"

"O que você quer dizer? Foi você quem vomitou no seu *kilt* novo."

"Eu não. Foi você. Você não aguenta beber. É como aquele ditado famoso, 'nunca confie em um MacKintosh com um copo de whisky ou um violino'."

"Isso não é um ditado famoso."

"No meu clã, é."

"Morag MacPherson, você ainda me mata. E, se você insultar a habilidade dos MacKintosh no violino mais uma vez, eu que te mato."

"Nem existe habilidade nenhuma para insultar."

Elas se encararam.

"O que aconteceu com as outras?"

"Não sei. A gente se perdeu delas quando você ficou inconsciente e eu tive que lhe ajudar."

"Eu não fiquei inconsciente. Você ficou. Nenhuma fada MacPherson sabe beber."

"Qualquer MacPherson bebe melhor que os MacKintosh."

A discussão se intensificou até que se tornou demais para suas ressacas. Heather fez um juramento escocês obscuro e tropeçou da cama, massageando as têmporas. Ela se aproximou da janela. As asas de uma fada do cardo, em sua melhor forma, só eram úteis para voos curtos. Agora, enfraquecida por cogumelos, whisky, cerveja e fuso-horário, foi muito difícil flutuar até o parapeito.

Ela finalmente chegou lá e olhou para baixo, para a Rua 4. Tomou um susto. Para uma fada do cardo escocesa, acostumada a colinas, vales e a silenciosa vila de Cruickshank, era uma vista impressionante. Carros e pessoas por todos os lados, crianças, cachorros, barulho e pelo menos dez lojas a cada vinte metros. Em Cruickshank, havia apenas uma loja e pouquíssimos carros.

"Que lugar é esse? Onde a gente está?"

Morag se juntou a ela. Sua primeira olhada sóbria para seu novo ambiente a fez esquecer a briga e apertar a mão de Heather.

"Acho que deve ser uma cidade."

"O que é uma cidade?"

"Tipo uma vila grande. Tipo várias vilas juntas. Acho que a gente deve estar em Glasgow."

"Mas a gente estava em Cornwall", protestou Morag. "Cornwall não é perto de Glasgow, é?"

Heather balançou a cabeça. Ela achava que não, mas sua geografia estava tão abalada quanto a de Morag. Desde que saíram da Escócia, nenhuma delas tinha muita noção de onde estavam a maior parte do tempo.

Elas olharam para a rua lá embaixo, onde um homem maltrapilho com uma sacola de compras forçava passagem pela calçada, derrubando criancinhas pelo caminho.

Este homem maltrapilho era Joshua. Ele estava perseguindo Magenta, que fugia com sua receita para o coquetel Fitzroy, um drinque feito de graxa de sapato, álcool de limpeza, suco de fruta e uma combinação secreta de ervas.

Depois de persegui-la pela Primeira Avenida, ele a perdeu de vista quando se esquivou para dentro do metrô. Ela era uma adversária astuta, mas ele nunca desistiria da caça por sua receita, a coisa mais preciosa que já esteve em suas mãos.

"O que aconteceu com os nossos amigos? Onde estão Brannoc, Maeve, Padraig, Petal e Tulip?"

Era impossível dizer. Eles podiam estar em qualquer lugar da cidade. Nenhuma das duas conseguia lembrar de muita coisa além de acordarem em uma enorme máquina que sacolejava e serem jogadas na rua dentro de uma caixa de cervejas. Elas começaram a discutir de novo sobre quem era a culpada.

"Certo, vocês duas", disse Dinnie, entrando violentamente no quarto. "Saiam imediatamente e nunca mais voltem."

"Qual é o seu problema?", questionou Heather, sacodindo seu cabelo dourado. "Os humanos têm que se sentir satisfeitos, felizes e honrados de conhecer uma fada. Eles pulam gritando *'uma fada, uma fada!'* e dão uma risada gostosa. Eles não as mandam para fora imediatamente para nunca mais voltarem."

"Bem-vindas a Nova York", disse Dinnie com os dentes cerrados. "Agora caiam fora."

"Tá bom", disse Heather. "A gente vai embora. Mas não vem chorar para a gente se a sua linhagem for amaldiçoada até a sétima geração."

"Ou até a décima terceira."

Eles se encararam. Uma barata espiou de trás do fogão; depois, voltou ao seu trabalho.

Morag, geralmente a mais racional das duas fadas, tentou acalmar a situação.

"Permita-me que me apresente. Eu sou Morag MacPherson, fada do cardo, da Escócia."

"E eu sou Heather MacKintosh, fada do cardo. E a maior violinista da Escócia."

"O quê?", protestou Morag. "Eu sou a maior violinista da Escócia."

Heather caiu de dar risada.

"Como você ousa rir da minha habilidade no violino? Eu sou Morag MacPherson, campeã dos campeões", continuou a fada de cabelos escuros.

"Muito bem, eu sou o Dinnie MacKintosh, e vocês duas podem sumir agora."

Agora, foi Morag quem caiu na gargalhada.

"Qual é a graça?"

"Ele é um MacKintosh", riu Morag. "Não é à toa que ele toca tão mal. Os MacKintosh nunca conseguiram tocar uma música direito."

Heather parecia desconfortável.

"Ele é só um iniciante", disse ela, mas Morag continuava a rir sem controle. Ela estava muito feliz com essa guinada na história. Em sua opinião, tinha acabado de ganhar a discussão.

"Como ousa rir dos MacKintosh", esbravejou Heather, que não suportava ver seu clã desmerecido de forma alguma. "Até um MacKintosh humano vale mais que um MacPherson mentiroso e trapaceiro."

"Como você ousa chamar os MacPherson de mentirosos e trapaceiros?", berrou Morag.

Os olhos verdes das fadas queimavam.

"Olha...", disse Dinnie, mas foi ignorado.

"Vocês são mentirosos e trapaceiros. Mentirosos, trapaceiros, ladrões, não valem nada..."

"Heather MacKintosh, não quero ver sua cara nunca mais!", gritou Morag, e pulou da janela.

Silêncio.

Heather estava abatida. Dava para ouvir os gritos das pessoas jogando futebol na esquina lá embaixo.

"Ligue 970 X-O-T-A para o disque-sexo mais quente de Nova York", sussurrou uma mulher nua na tela da televisão.

"Tô perdida numa cidade estranha e agora minha amiga foi embora e a culpa é toda sua de tocar violino tão mal", disse Heather começando a chorar.

QUATRO

"Sim", admitiu Kerry, pondo o par de luvas dentro de seu casaco. "Eu furto compulsivamente."

"Por que isso?", perguntou Morag. "Isso que é cleptomania, que eu li num jornal humano?"

"Não, só me corrói por dentro o fato de existir um monte de coisa legal em todo lugar e eu não poder comprar."

"Você é pobre?"

Kerry era.

"E quase sempre deprimida. Mas estou muito mais feliz desde que você apareceu." Do lado de fora, na rua, Kerry experimentou satisfeita suas luvas novas.

A fada, depois de discutir com Heather, voou para o outro lado da rua e teve a sorte de encontrar Kerry, uma das pouquíssimas humanas em Nova York que conseguiam ver fadas.

Qualquer um que conhecesse Kerry, com seus cabelos azuis-prateados, suas roupas hippies, seu alfabeto de flores e sua jornada quixotesca para aprender os solos de guitarra do New York Dolls, não se surpreenderia ao descobrir que ela podia ver fadas. Estaria surpreso, sim, se descobrisse que não tinha visto nenhuma até então.

Ela fez amizade com Morag imediatamente e agora elas saíam para furtar coisas nas lojas regularmente. Kerry alimentava Morag, arrumava whisky para ela, ouvia as músicas que ela tocava no violino e suas histórias. Ela também explicava as complicações de seu alfabeto de flores, as razões pelas quais amava os New York Dolls e porque estava determinada a se vingar de Cal, um guitarrista infiel e traiçoeiro que ensaiava com a banda dele no velho teatro, do outro lado da rua.

"Minha vingança contra Cal será terrível e absoluta", contou para a fada. "Ele se arrependerá amargamente de ter prometido me ensinar todos os solos do primeiro disco do New York Dolls e me deixar na mão tão desastrosamente.

Principalmente por ter feito eu trepar com um *roadie* horrível e chato em troca de uma guitarra."

"Acho ótimo", concordou Morag. "Acaba com ele."

Kerry tinha vários métodos de vingança em mente, mas o principal era derrotá-lo no prêmio da East Fourth Street Community Arts Association.

"Eles estão produzindo uma versão de *Sonho de Uma Noite de Verão* no teatro", explicou. "Cal é o diretor. Eles acham que vão ganhar o prêmio este ano. Mas não vão. Eu vou ganhar. Minha versão nova e radical do alfabeto de flores dos antigos celtas, montada novamente pela primeira vez em séculos, ganhará o prêmio. E isso é bom, porque eu sou muito fã de flores. Eu costumava levá-las para a cama comigo quando pequena."

"Eu também", disse Morag.

Na Rua 4, um mendigo pediu dinheiro.

"Desculpa, não tenho", disse Kerry. "Mas fica com isso aqui."

"O que era aquilo?", perguntou Morag.

"Um cartão-postal com *Vênus e Marte*, de Botticelli", respondeu. "Uma pintura muito linda."

Morag não tinha certeza de como isso ajudaria um pedinte faminto, mas Kerry disse que faria muito bem a ele.

"Se mais pessoas tivessem quadros bonitos do Botticelli, haveria muito menos problemas em todo lugar. A inspiração para o arranjo de flores no meu cabelo é *Primavera*, o melhor quadro do mundo."

"Agora deixa eu entender", disse Spiro, esquilo-chefe do Central Park que, alertado por seus subordinados, veio fazer uma visita às estranhas criaturas.

"Vocês dizem que são fadas. São invisíveis para quase todos os humanos. Vêm de um lugar chamado Cornwall. Moravam lá alegremente até que uma fada com uma mentalidade técnica chamada Magris inventou uma máquina a vapor e começou uma revolução industrial na sua sociedade de fadas. Consequentemente, Tala, seu rei, começou a levar as fadas, antes contentes, dos campos e dos jardins para as fábricas, o que resultou num reino de fadas tristes e oprimidas do dia para a noite, com polícia, alvarás de viagem e tudo mais. Certo até agora?"

Brannoc e as outras fadas fizeram que sim com a cabeça.

"No entanto, vocês, preocupadas somente com música e cogumelos mágicos e sem nenhum interesse em trabalhar doze horas por dia numa fábrica, fugiram para a Irlanda com a ajuda de duas fadas irlandesas. No caminho, vocês encontraram duas fadas escocesas que primeiro disseram que foram expulsas da cidade natal, por tocar Ramones no violino, e, depois, da Escócia, por algum outro motivo que não quiseram admitir. Depois, vocês encontraram um campo de cogumelos mágicos e comeram todos, ao invés de continuar fugindo."

"Estávamos cansados."

"Certo. Subsequentemente, vocês beberam mais whisky e cerveja do que conseguem se lembrar, foram empacotados e carregados para dentro de um caminhão de algum jeito e, quando perceberam, estavam sendo levados pela Quinta Avenida, depois de terem sido transportados por algum tipo de avião cargueiro. É isso?"

As fadas confirmaram melancolicamente. O Central Park era melhor que as ruas furiosas, mas não era seu lar.

"Bem, animem-se", disse Spiro. "Não é tão ruim assim. Pelo menos vocês chegaram à América. Sabem falar a língua, mais ou menos, e podem descansar aqui por um tempo. E o que as impede de entrar escondido no JFK e embarcar num avião para casa?"

"Não podemos voltar. O Rei Tala nos quer mortos."

"Parece que vocês estão presos aqui, então. Mas qual o problema nisso? Nova York é um lugar legal, vocês vão gostar."

Em algum lugar perto da prefeitura, Magenta parou para almoçar, desembrulhando uma pizza mordida que ela pegou num banco de praça no caminho. Ela comia atentamente.

Ela tinha certeza de que Tisafernes – o chefe da cavalaria persa – estava na área. A força de Magenta consistia principalmente de hoplitas e peltastas, então ela tinha que ser cuidadosa para não ser cercada. Ela se levantou e prosseguiu pela Broadway.

Lá fora, o sol brilhava. Lá dentro, Kerry e Morag ficavam bêbadas. Beber não era bom para Kerry porque a doença degenerativa a deixava sem energia, ainda que fizesse sua mente se sentir melhor.

"Dois, em dois dias", ela refletiu, referindo-se a outro vagabundo que se deitou e morreu na calçada do lado de fora. Kerry e Morag colocaram algumas flores em volta do cadáver e chamaram uma ambulância. Agora cansada, ela se deitou para repousar e perguntou a Morag a razão de suas discussões constantes com Heather.

"É em parte porque eu sou uma MacPherson e ela uma MacKintosh", explicou Morag. "E existe uma rixa muito antiga e amarga entre os MacPherson e os MacKintosh. Eu conto isso tudo depois pra você. Mas, apesar disso, Heather demonstrou ter um caráter duvidoso desde o início.

Faz um tempão, quando a gente era criança, ou *bairn*, como dizemos na Escócia. Nossas mães levaram a gente, com os nossos clãs, para um grande concurso de flautistas e violinistas. A reunião aconteceu perto de uma colina chamada Tomnahurich, que fica ao lado da cidade de Inverness.

Minha mãe me disse que a festa acontecia na própria colina nos tempos antigos, quando a Rainha das Fadas morava nela, mas agora os humanos fizeram um cemitério lá. Thomas, o Rimador, está enterrado lá. Ele foi um profeta escocês famoso e amigo das fadas no século X. Ou XI, ou XII. Ou, sei lá, não lembro. Enfim, com um cemitério lá, não dava mais para usar a colina. Tem um monte de lugar que a gente não vai mais por causa dos humanos. Mas a gente ainda gosta da área. É bonita e conveniente para todos os clãs de fadas, um bom lugar para se reunir e tocar.

Eu lembro que, no caminho, a gente passou por Culloden. Existem muitas histórias sobre Culloden, mas são muito tristes para os escoceses, então não contarei agora. Enfim, o festival foi um evento maravilhoso. Todos os grandes flautistas e violinistas estavam lá, além de cantores, malabaristas, acrobatas, contadores de histórias, jóqueis e tudo que você pode imaginar – tudo brilhante, feliz e colorido."

Morag sorriu com a lembrança.

"Eu estava muito empolgada porque minha mãe tinha me inscrito na competição de violinistas mirins. Era a primeira vez que tocaria na frente de pessoas que não eram do meu clã. Eu pratiquei o ano inteiro. Ia tocar 'Tullochgorum' – a música que eu estava tocando na sua janela um tempo atrás. Não quero parecer pretensiosa, mas hoje sou conhecida entre as fadas escocesas pela minha interpretação de 'Tullochgorum'. É um *strathspey* famoso, um tipo de *reel* escocês,[3] mas é muito difícil de tocar direito. Um violinista escocês pode construir uma reputação só pelo jeito que toca essa música. Rabbie Burns, o melhor poeta do mundo, deu a ela o nome de Rainha das Músicas."

Ela riu.

"Minha mãe queria que eu tocasse algo menos complicado, mas eu era uma *bairn* muito determinada, ainda que meio quieta. Na verdade, apesar de os grandes violinistas estarem lá, tocando nas competições durante o dia e por lazer à noite, e de eu ter ouvido a música sendo tocada por alguns deles, não achei que nenhum deles tocava melhor do que eu.

Bem, chegou o dia da competição mirim, e eu estava uma pilha de nervos. Minha mãe, que, apesar de muitas falhas, entendia o violino, deu-me um gole de whisky goela abaixo e me disse para acabar logo com isso. O whisky me acalmou e, quando ouvi os outros competidores, percebi que eu tocava violino melhor que todos eles. Eu era a próxima e estava começando a me sentir confiante quando uma fadinha pálida, com cara de doente e um cabelo loiro nada normal subiu e tocou. Ela tocou 'Tullochgorum', e foi a melhor versão que todos tinham ouvido no festival. O público foi à loucura. Naturalmente, eu fiquei furiosa."

"Naturalmente", concordou Kerry. "Foi um truque sujo."

"Certeza. Eu poderia ter perdido o interesse naquela hora, mas percebi pelo *kilt* da fada loira que ela era uma MacKintosh, e eu com certeza não deixaria uma MacKintosh me abalar. Eu tinha que pensar no orgulho do meu clã. Além disso, minha mãe teria ficado puta da vida. Então, subi, fechei os olhos e toquei. E eu fui bem?"

"Foi?"

"Fui sensacional. A melhor versão de 'Tullochgorum' ouvida neste século, de acordo com testemunhas independentes."

"Então, você ganhou?"

"Não. Eu e a Heather empatamos. Ela ganhou um voto por dó porque parecia uma criança doente. Além disso, houve uns boatos de que os MacKintosh subornaram o júri. E eu não me importaria de dividir o primeiro lugar, só que – e sei que será difícil acreditar – a Heather e a mãe dela começaram a reclamar que a interpretação dela tinha sido obviamente superior e insinuaram que os MacPherson haviam subornado o júri! Dá para imaginar uma coisa dessas?"

"E aí, o que aconteceu?"

"Eu ataquei a Heather e tentei matá-la. Infelizmente, ela era mais forte do que parecia e a briga foi terrível. Nós duas ficamos machucadas, roxas e perdemos dentes antes que a briga fosse apartada. E, depois disso, fizemos amizade."

"Simples assim?"

"Sim. Afinal, éramos as duas melhores violinistas ali. E, quando a sábia senhora fada estava fazendo curativos, começamos a gostar mais uma da outra. Foi assim que nos conhecemos. E foi assim que ganhamos esses nossos violinos perfeitos. Eles foram nossos prêmios. Mas ela nunca vai admitir que a minha versão de 'Tullochgorum' foi melhor que a dela."

"E essa tensão subconsciente faz vocês discutirem?"

Morag não sabia o que "tensão subconsciente" significava, mas concordou que devia ser isso.

"Além disso, ela diz que a ideia de formar uma banda celta radical foi dela, mas foi minha. Eu ouvi Ramones primeiro. O filho do ferreiro tinha os três primeiros discos."

Morag refletiu.

"E agora eu acabei aqui em Nova York, de onde eles vieram. Com certeza isso é o destino, afinal uma das razões de a gente sair de Cruickshank primeiro foi porque todas as outras fadas se juntaram contra nós por tocarmos versões garage-punk dos temas escoceses e usarmos kilts rasgados. Elas não gostavam que a gente pintasse o cabelo também."

Ela pegou seu violino, tocou uma versão majestosa de "Tullochgorum" e, em seguida, começou a tirar as notas do solo de "Bad Girl", do New York Dolls. Depois de aprender a tocar o solo, ela poderia tentar mostrar para Kerry como tocar, mas, como Morag não era guitarrista e Kerry tinha um conhecimento musical limitado, isso se provou uma árdua tarefa.

"Aquele filho da puta maldito do Cal sabia tocar esse solo", resmungou Kerry, com os olhos brilhando de ódio.

Do outro lado da rua, Dinnie olhou pela janela.

"Engraçado", murmurou. "Tenho certeza de que ouvi alguém tocando violino ali."

"Ignora", disse Heather. "Era só uma gata no cio. Agora, tem certeza de que não tem nem uma gotinha de whisky aqui em algum lugar?"

CINCO

Depois de Morag ir embora, Heather ficou na casa de Dinnie, que não estava nada feliz com isso.

"Vai morar em outro lugar", disse a ela.

Heather respondeu que não podia deixar um camarada MacKintosh em apuros.

"Eu não tô em apuro nenhum."

"Tá sim."

Na realidade, Heather não tinha para onde ir. Mas, como parecia um óbvio truque do destino que a primeira pessoa que ela tinha encontrado nesta metrópole fosse um camarada MacKintosh, contentou-se em ficar. Com sua habilidade de ficar invisível, Dinnie não tinha como jogá-la para fora, por mais que ele quisesse.

Agora, ela estava sentada comendo biscoitos e mexendo no controle remoto da TV. Apenas vagamente familiarizada com as poucas opções de programas disponíveis na Grã-Bretanha, ela estava fascinada com os cinquenta canais que chegavam por satélite e por cabo até a TV de Dinnie.

Dinnie tinha saído, tentando ganhar uma grana. Ele esbravejou com Heather que o aluguel estava atrasado e corria perigo de ser despejado.

"Tá, tá bom", disse Heather, sem saber o que isso significava.

Ele passou uma manhã triste andando pelo escritório de mensageiros esperando algum serviço. Como ciclista entregador, Dinnie era um desastre. Gordo demais para pedalar rápido o bastante e questionador demais para aceitar menos do que boas entregas, conseguir qualquer trocado era pura sorte. Dinnie servia melhor como motivo de chacota para os outros entregadores.

O dia de hoje, como todos os outros, mostrou-se infrutífero e Dinnie pedalou até seu prédio num humor insuportável, imaginando de onde tiraria dinheiro para o aluguel.

Dobrando a esquina na Rua 4, ele passou por Kerry. Dinnie fez sua cara de desgosto mais profundo. Via Kerry frequentemente, e a odiava.

"Biscatezinha barata", murmurava para si mesmo enquanto ela deslizava pela rua.

"Guitarrista veadinho", ele dizia baixinho depois de ver algum jovem gracioso e atraente andando ao lado dela.

"Vadia", ele balbuciava, quando, ao olhar pela janela às quatro, numa manhã solitária, via Kerry ser amparada pelo taxista – bêbada e risonha – para fora do carro, pelas escadas e para dentro de seu apartamento.

Dinnie era completamente fascinado por Kerry.

Heather o cumprimentou alegremente quando ele apareceu.

"Não fale comigo", grunhiu. "Decidi não acreditar em você para ver se desaparece."

"Por que você é tão rude comigo?"

"Porque eu sou um ser humano sensato e não tenho tempo para fadinhas nojentas."

Dinnie abriu uma lata de carne enlatada, esquentou-a na frigideira, comeu-a e empilhou a louça na pia. Ele era meticulosamente desorganizado. Em seus dois cômodos grandes, nada estava limpo ou em seu devido lugar. Ele tinha um espaço estranhamente amplo para o aluguel que pagava, já que os aposentos que ocupava, em cima do velho teatro, não tinham sido feitos para serem habitados. Por conta disso, vivia em constante medo do despejo, mesmo quando o aluguel não estava atrasado.

"Eu vi um programa incrível", disse Heather, "sobre uma família dona de poços de petróleo no Texas. Você acredita que um deles sofreu um acidente de carro e não conseguia respirar por causa dos ferimentos. Então, a secretária dele, treinada em primeiros socorros, furou o pescoço dele com uma faca, enfiou uma caneta na garganta e assoprou lá dentro até a ambulância chegar, salvando a vida dele? Uma traqueostomia de emergência, eles falaram, eu acho. Quando ele pegou na mão dela na ambulância e disse que estava apaixonado por ela, eu quase chorei".

Ignorando, Dinnie pegou seu violino e saiu, pedalando determinado pela Segunda Avenida.

"Aonde a gente vai?", disse uma voz incorpórea do guidão.

Dinnie gritou e caiu da bicicleta.

"Não tô nem um pouco surpresa que você não ganha nenhuma grana como entregador", disse Heather, tirando a sujeira do kilt. "Você vive caindo."

Dinnie tossiu e engasgou.

"Você precisa de uma traqueostomia?", perguntou Heather cheia de esperança, puxando a espadinha.

"Que porra você tá fazendo aqui?"

"Eu queria sair."

Dinnie estava indo tocar na rua, coisa que só fazia em momentos de máxima necessidade.

Prendeu a bicicleta no St. Mark's Place. Três jovens mendigos maltrapilhos pediram moedas, um de cada vez, mas ele apenas os ignorou e começou a tocar.

Heather balançou a cabeça, incrédula. Dinnie tocava tão mal que era impossível descrever. Os transeuntes atravessavam a rua para evitá-lo e gritavam insultos. Um traficantezinho de cocaína na esquina saiu para almoçar. Os mendigos maltrapilhos, que já sofriam demais para se deixarem afetar por um violino, apenas deram as costas.

Depois de meia-hora uivando dolorosamente, Dinnie não ganhou nem um centavo. Com melancolia, ele desacorrentou sua bicicleta e quis partir.

Heather estava embasbacada de ver um músico MacKintosh tão derrotado.

"Não vá embora", sussurrou.

"Para que ficar aqui?"

"Toca de novo", instruiu Heather, sentando no violino e abafando as cordas. Invisível para o resto do mundo, ela tocou seu violino enquanto Dinnie a imitava. Ela tocou vários temas empolgantes da Escócia – "The Salamanca", "Miss Campbell of Monzie", "Torry Burn" e vários outros, emendando cada um com seus *riffs* favoritos dos Ramones – antes de pular de cabeça numa versão impressionante de "Tullochgorum".

A multidão explodiu em aplausos. Choveram moedas no estojo do violino de Dinnie, que recolheu o dinheiro e fez uma saída triunfal. Ele estava tão satisfeito com o dinheiro e com os aplausos que até ia agradecer a Heather. No fim das contas, teria sido uma situação memorável, se ele não tivesse acabado de descobrir que sua bicicleta tinha sido roubada.

"Sua fada imbecil", ele esbravejou. "Por que você me fez tocar *depois* de desacorrentar minha bike?"

"Como eu ia saber que seria roubada?", protestou Heather. "Ninguém rouba bikes em Cruickshank."

"Foda-se Cruickshank!", gritou Dinnie – e saiu furioso.

Magenta pedalava serenamente pela Primeira Avenida. Joshua, um pouco atrás, balançava o punho, frustrado. Ele quase a alcançou quando Magenta, mostrando grande habilidade tática, montou numa bicicleta desacorrentada e fugiu.

Sem poder correr mais, Joshua logo abandonou a perseguição e se jogou na calçada.

Ele começou a tremer. Sem suas doses regulares de Fitzroy, ele mostrava sintomas de abstinência, que deixavam sua mente tão confusa que não conseguia lembrar a receita sem o papel que Magenta tinha roubado.

Um mendigo conhecido dele se aproximou e ofereceu um gole de vinho, que o ajudou, mas só um pouco.

"Maldita Magenta", rosnou Joshua, "e suas fantasias clássicas idiotas".

"Sempre soube que era um erro levá-la para beber na biblioteca", disse o amigo. "Quem ela tá achando que é agora?"

"Algum general da Grécia Antiga", resmungou Joshua.

"Não é culpa minha que você mora numa cidade povoada por ladrões e criminosos", disse Heather, flutuando atrás de Dinnie. "Eu ganhei dinheiro para você, não ganhei?"

"Vinte e três dólares. Onde eu vou arranjar uma bike por vinte e três dólares?"

"Numa bicicletaria", sugeriu Heather, mas isso pareceu enraivecer Dinnie ainda mais.

Quando uma idosa com três casacos gastos e imundos pendurados no ombro veio pedir um trocado, Dinnie a xingou com violência.

De volta ao teatro, ele passou por cima de um corpo no pé da escada sem nem olhar. Heather parou para observá-lo. Era outro vagabundo morto. Tarde demais para uma traqueostomia.

É simplesmente horrível o jeito que as pessoas morrem na rua aqui, ela pensou. Por que não tem ninguém cuidando deles?

No andar de baixo, no teatro, os ensaios para a produção de *Sonho de Uma Noite de Verão* de Cal estavam em andamento. Quando Dinnie ouvia as vozes retumbantes dos atores, gritava ofensas pelas tábuas do assoalho. Ele não era fã de Shakespeare.

"Nunca mais fale comigo", disse Dinnie para Heather, que o achou extremamente ingrato.

Ela estava acostumada com a ingratidão, no entanto. Depois de passar incontáveis horas com Morag na Escócia desenvolvendo novas técnicas de violino, tingindo os cabelos e fazendo experimentos com a inalação de cola de fada, nenhum dos dois clãs pareceu muito satisfeito. As mães de ambas as ameaçaram com a expulsão de seus clãs se elas não parassem de tentar subverter a juventude da sociedade das fadas escocesas. Depois, quando elas educadamente perguntaram a Callum MacHardie, famoso fabricante de instrumentos feéricos, se poderia montar um amplificador elétrico para elas, ele as delatou para seus chefes de clã, sujeitando as duas a longos sermões sobre o que era e o que não era comportamento adequado para fadas.

"Tudo bem vocês ficarem viajando nos campos", disseram os chefes. "E ajudarem as crianças humanas perdidas a voltarem para casa. Aumentarem o suprimento de leite dos fazendeiros amigos, também. Mas uma rebelião juvenil em larga escala está bem fora de questão. Então vão para casa e comportem-se."

Logo depois de ouvir isso, Heather e Morag ficaram flutuando pelo vale usando camisetas pintadas à mão que diziam "As Primeiras Fadas Moicanas na Quebrada", mas, como ninguém sabia o significado de "Quebrada", a tentativa de piada foi por água abaixo.

Morag roubava qualquer comida que podia carregar – biscoitos soltos e pãezinhos – e oferecia aos desabrigados. Ela não gostava de fazer isso na vila, mas aqui percebeu que ser um ser humano envolvia algumas coisas bem desagradáveis. Apesar disso, ainda se encantava com as maravilhas de Nova York.

Kerry tinha vinte e cinco anos e morava em Nova York desde os quinze, então não se encantava mais, porém gostava.

Elas estavam sentadas num bar na Rua Houston, bebendo cerveja direto da garrafa. A fada estava animada de ter visto músicos sulistas americanos tocando e passando o chapéu na Broadway.

"Que músicos eles eram! E que ritmos legais!"

"Mmmm", respondeu Kerry.

"E que romântico aqueles dois garotos sentados na escada de incêndio se beijando, né?"

Morag adorava as escadas de incêndio que serpenteavam na frente dos edifícios e frequentemente saltitava por elas, olhando pelas janelas.

"Mmmm", disse Kerry.

"Certeza de que eu estou me divertindo muito mais com você do que a Heather com aquele bolha do MacKintosh. Dá para ver que ele é babaca demais para dar cartões-postais do Botticelli para os pedintes, ou flores."

Kerry ficou em silêncio.

Um jovem e alegre barman juntou as garrafas da mesa delas, dando um sorriso esperançoso para Kerry. Ela olhava para o espaço.

"É legal o jeito que as pessoas aqui sorriem para você o tempo todo, Kerry."

Uma lágrima escorreu pelo rosto de Kerry.

"Vamos para casa", disse ela.

Elas andaram para casa, notando no caminho uma mulher cheia de sacolas, de expressão preocupada, esgueirando-se pela Rua 3, escondendo-se atrás de carros e postes.

"Outra louca. Tem um monte por aqui."

Magenta não era exatamente louca, mas, depois de capotar por cima do guidão da bicicleta devido ao excesso de álcool, não estava se sentindo muito bem. Ela se recolheu para uma portaria de um prédio. Tirou do casaco sua cópia roubada de *A Expedição dos Dez Mil*, de Xenofonte, e folheou-a para curar a ressaca.

Pássaros e outros animais fofocavam no Central Park.

"Ouvi de um corvo", disse um pombo para um esquilo, "que ouviu de uma gaivota, que os albatrozes estão procurando umas criaturas que devem ser essas fadas aí".

Os pombos e os esquilos olharam para as fadas e imaginaram se haveria problema.

"Saudades da Heather e da Morag", disse Brannoc.

"Ah, eu não", respondeu Padraig, afinando seu violino. "Eu nunca conheci duas fadas tão briguentas na minha vida. Não estou nada surpreso que elas foram expulsas da Escócia. Se conseguissem chegar à Irlanda, seriam expulsas de lá também."

Violino afinado, Padraig começou a tocar. Ele tocou "The Miltdown Jig" devagar, depois um pouco mais rápido e, então, entrou numa versão deslumbrante de "Jenny's Welcome to Charley", uma música complicada e comprida. Maeve se juntou a ele com sua flauta. Fadas que tocam têm controle mágico sobre seus instrumentos, e os dois harmonizaram perfeitamente.

Os animais pararam de fofocar para assistir e ouvir. Maeve e Padraig eram os melhores músicos feéricos da Irlanda, e isso é quase o mesmo que dizer que eram os melhores músicos do mundo, mas Heather e Morag certamente teriam algo a comentar sobre isso.

O apartamento de Kerry consistia de dois cômodos pequenos. A cama ficava em cima de uma plataforma e, embaixo dela, Kerry guardava suas roupas. Ela estava deitada na cama. Morag sentou-se ao seu lado.

"Lá na Escócia", disse a fada, "eu sou bem conhecida pelos meus *insights* psicológicos inteligentes. E parece que, desde que eu cheguei, você não está muito feliz. Tô certa?"

Kerry desabou no choro.

"Eu já estava triste bem antes de você chegar", disse.

"Por quê? Sua vida parece ser boa. Muito legal, eu diria. Todo mundo gosta de você. Seus pretendentes fazem fila na sua porta, mas você manda todos eles embora."

Kerry olhou fixamente para o pôster do New York Dolls. Eles a encararam de volta, fazendo biquinho.

"Eu os mando embora por causa da minha doença", explicou Kerry.

Kerry tinha doença de Crohn, um transtorno altamente desagradável que apodrece os intestinos.

"Depois de um tempo, os médicos têm que cortar as partes doentes."

Morag teve um calafrio. Isso era mais do que ela podia imaginar.

Kerry desabotoou a camisa. Em seu lado esquerdo, ela tinha uma sacolinha presa à pele com fita adesiva.

O significado e a função de uma bolsa de colostomia não eram óbvios para Morag até Kerry explicar.

Morag olhou melancolicamente pela janela. A vida estava passando, correndo em frente à janela, mas não estava divertido assistir. Ela estava imaginando como seria ter um buraco num lado do corpo para seus excrementos saírem para uma bolsa.

O sol estava muito forte hoje. Calor esmagador. Pedestres suavam pela calçada e motoristas xingavam e buzinavam.

Kerry acariciou sua papoula galesa de três flores, uma flor tão rara a ponto de ser quase inconcebível – e orgulho da coleção. Encontrá-la crescendo selvagem num prédio abandonado foi o que a fez começar a busca pelo alfabeto de flores. Ela beijou, fez carinho e conversou suavemente com a flor.

Em seguida, conferiu sua nova *Mimulus cardinalis*, uma linda flor vermelha e amarela, a mais nova integrante do alfabeto. A flor cortada estava pendurada de cabeça para baixo para secar. Assim que estivesse seca, ela poderia cobri-la de laquê para não estragar e, então, adicioná-la às outras quinze flores preservadas cobrindo o chão.

Cal parou de sair com ela quando descobriu sua colostomia, dizendo que não podia se imaginar mantendo um relacionamento com alguém cujos excrementos saíam para uma bolsa a tiracolo. Isso fez Kerry se sentir muito mal.

Morag suspirou. Ser um humano realmente parecia envolver algumas coisas bem desagradáveis.

SEIS

"Eu não quero uma aula de violino", declarou Dinnie. "E não quero você aqui. Vai com a sua amiga."

"Ela não é minha amiga", protestou Heather. "Só é alguém que eu tive o azar de conhecer. Eu fiquei com dó dela. Pra dizer a verdade, ela me irritava pra cacete."

Heather se acomodou com um dedal de whisky, habilidosamente roubado do bar da esquina.

"Ela vive se gabando, o tempo todo. Só porque tem uns poderes psíquicos. E daí? Poderes psíquicos são carne de vaca entre as fadas. Comum igual bosta no pasto. Eu não queria nem de graça. Mas é claro, o problema básico dela é que tinha uma inveja insana do meu espetacular cabelo loiro, que fazia todas as fadas escocesas do sexo masculino me desejarem como se não houvesse amanhã. Isso a deixava louca. 'Cavalheiros preferem as loiras', como a gente dizia nas Terras Altas."

"Vocês duas pintam o cabelo", Dinnie apontou, olhando para as pontas vermelhas dos cabelos compridos de Heather em desaprovação.

"Mas o meu sempre foi mais bonito", riu Heather. "O da Morag é escuro demais para tingir direito."

Dinnie fitou a parede com desgosto. Se antes ele acreditasse em fadas, nunca teria imaginado que elas ficavam o tempo todo falando mal sobre os cabelos alheios.

Ele olhou para o seu violino. Uma expressão de derrota surgiu em seu rosto imenso e rosado. Era difícil demais para ele. Ele não progrediria nem um pouco. Na verdade, ele nem gostava mais do instrumento. No entanto, quando o viu pela primeira vez na loja de coisas usadas, enterrado numa pilha de trompetes quebrados, aquilo parecia ter um significado especial.

Na escola, ele aprendeu a tocar por um tempo antes de desistir. Ele comprou o violino e o livro de partituras porque o faziam se lembrar da escola – e dos últimos momentos em que teve amigos.

"Pega", instruiu Heather.

"Não."

Era tudo muito frustrante para Heather. Se Dinnie não aprendesse a tocar, ela ficaria desmoralizada na frente de Morag. Heather havia afirmado orgulhosamente que, devido às suas habilidades superiores, não seria problema nenhum ensinar Dinnie a tocar.

Agora, ela percebia que isso era uma armadilha de Morag, que a atrelou a essa missão impossível ao rir deliberadamente dos MacKintosh.

"Quando você estiver tocando bem, poderá ganhar dinheiro tocando na rua."

"Não rápido o suficiente para não ser despejado", resmungou Dinnie. Depois do roubo da bicicleta, tocar na rua tinha virado um assunto delicado.

Heather passou os dedos por seus cabelos dourados, admirou-se no espelho e pensou com desespero. Ela preferia morrer a admitir derrota na frente de Morag MacPherson.

"Bom, e que tal isso", sugeriu ela. "Eu vou tentar ensiná-lo a tocar. Se você progredir, ficará feliz. Se não, eu prometo ir embora e deixá-lo em paz. Aí, você também fica feliz."

A ideia de Heather desaparecer nas profundezas de Manhattan deixava mesmo Dinnie feliz.

"Ok", concordou, "me ensina alguma coisa".

"Eu vou fazer você lamber a minha xoxota, seu verme imundo", rosnou uma voz feminina. "Disque 970 S-A-D-O já!"

"Por favor, tire do canal vinte e três", disse Heather. "Não ajuda muito no aprendizado do violino."

Dinnie riu.

"Sabia que vocês fadas eram puritanas."

"Eu não sou puritana. Nas Terras Altas, era considerada a amante mais insaciável desde a grande fada flautista Mavis MacKintosh, que uma vez transou com dezoito homens, doze mulheres e o chefe das fadas MacAuly, em uma noite só, deixando todos satisfeitos, mas exaustos. Eu só não gosto desse lance *sadomaso* por telefone. Desliga, por favor."

No Central Park, Brannoc estava de cara amarrada, vendo Petal e Tulip de mãos dadas embaixo de um arbusto. Como eram irmãos, tinham todo o direito de ficar de mãos dadas, mas isso deixava Brannoc enciumado. Brannoc tinha uma queda por Petal desde quando chegou a Cornwall como um bardo viajante dos condados frios e desconhecidos do norte da Inglaterra.

Maeve e Padraig estavam perguntando para os esquilos onde poderiam conseguir uma gotinha de Guinness.

"Em muitos bares", um dos esquilos respondeu. "Este lugar é cheio de irlandeses que gostam de beber Guinness nesses bares com trevos de três folhas desenhados do lado de fora. Mas aí você tem que ir para a rua, que é cheia de humanos. E eu sei que você diz que, na Irlanda, qualquer ser humano ficaria encantado em parar o que está fazendo para lhe trazer uma cerveja, mas, aqui, eu não tenho tanta certeza."

Maeve declarou que iria naquele mesmo minuto arranjar uma cerveja porque ela era Maeve O'Brien de Galway e não tinha medo de nenhum humano nem de nada, mas Padraig era mais cauteloso e disse que era melhor esperar.

Petal e Tulip estavam perdidos num sonho. Eles frequentemente desapareciam nesse transe para se esquecer do pai. Eles eram filhos do Rei Tala e sabiam que ele nunca deixaria de persegui-los.

"Uau", disse Spiro ao ficar sabendo. "Vocês são os filhos do Rei. Imagina só! A Realeza! Bem aqui no Central Park!"

Mas Maeve despejou todo seu escárnio em cima disso porque ela detestava a realeza inglesa. Ela desconsiderava as brigas de Petal e Tulip com o pai, dizendo que era a típica burrice aristocrática.

"Nunca trabalharam um dia na vida", ela murmurou, e tocou uma jiga[4] violenta na flauta.

Brannoc arranhava de leve seu bandolim. Ele estava ensinando Petal e seu irmão a tocarem bandolim e flauta. Quando não estavam sonhando, aprendiam rápido.

Dinnie não aprendia rápido.

"Passa o arco de leve. Não é para serrar o violino ao meio."

Heather, cinco minutos depois de começar a aula, já estava começando a se arrepender. Dinnie também. Ele se levantou, alto, gordo e desajeitado.

"Mudei de ideia", disse ele. "Vou aprender em outra hora."

Heather cerrou os dentes.

"Dinnie, você tá testando a minha paciência. Uma fada lhe ensinando música é uma grande honra. Aproveite."

"Grande honra o caralho, sua duende estúpida", gritou Dinnie.

"Vai à merda, seu gordo filho da puta", respondeu Heather, que já tinha aprendido umas expressões úteis no bar da esquina.

Eles se encararam.

"Pega o violino."

"Tenho coisa melhor pra fazer."

"Tipo o quê? Qual o seu plano pra esta noite? Visitar uns amigos, talvez?"

Dinnie semicerrou os olhos desconfortavelmente.

"Você não tem amigos, né?"

"E daí?"

"E daí que, apesar da sua falta de educação inacreditável comigo, na real você gosta quando eu estou aqui, porque senão você não teria ninguém pra conversar. Nessa cidade imensa, você não tem nem *um* amigo. Não é verdade?"

Dinnie pegou o controle remoto e ligou a TV. Heather pulou no controle e desligou.

"Não se sinta mal por isso, Dinnie. Eu passei um tempo aprendendo sobre este lugar. Parece que solidão não é raridade. Eu sei disso porque eu li um artigo a respeito numa revista feminina que um velho estava lendo no bar. Em Cruickshank, todo mundo é legal com todo mundo. Com tanta gente nessa cidade, o fato de algumas pessoas não serem legais com ninguém é uma coisa que não entra na minha cabeça, mas eu posso dar um jeito nisso pra você."

"Não se incomode", grunhiu Dinnie.

"Não é nenhum incômodo. Entre as fadas escocesas, sou conhecida pela minha habilidade em fazer amigos. Claro, com meus cabelos loiros e minha beleza descomunal, as pessoas geralmente querem fazer amizade comigo de qualquer jeito – algo que, consequentemente, deixava Morag louca –, mas, mesmo assim, sempre conquistava a amizade dos trolls mais carrancudos ou até dos barretes vermelhos."[5]

"Legal. Se você encontrar um troll na Rua 4, então não terá nenhum problema."

"Eu sou a melhor violinista do mundo. E logo você vai ser bom também, com uma fada MacKintosh lhe ajudando. Você devia ter ouvido Neil Gow antes de a minha mãe dar uns toques pra ele."

"Quem é Neil Gow?"

"Quem é Neil Gow? É o violinista escocês mais famoso de todos os tempos. Ele nasceu em Inver, perto de onde eu nasci. Ele está enterrado no cemitério da igreja de Little Dunkleld, um lugar muito bonito, mas nós, fadas, não somos muito fãs de cemitérios em geral. Eu posso contar a você várias histórias sobre Neil Gow."

"Certeza de que contará."

"Depois. Enfim, a técnica dele era um lixo até minha mãe começar a cuidar dele. Minha família ensinou os melhores violinistas escoceses, e eu tenho certeza que posso lhe ajudar. Então, pare de olhar para o controle remoto e vamos lá. Lição um. 'The Bridge of Balater', um *strathspey* lentinho, mas emocionante nas mãos dos mestres."

Heather tocou "The Bridge of Balater", um *strathspey* lentinho, mas emocionante em suas mãos. Cada contratempo sincopava de um jeito que não se ouvia desde os tempos de Neil Gow. Na janela, pássaros pousaram para ouvir. Lá fora, na rua, Rachel, uma moradora de rua idosa cheia de sacolas, ao ouvir a linda música, descansou suas pernas nos degraus do teatro.

"Estou feliz de ter ouvido algo que realmente valha a pena antes de morrer", murmurou para si mesma, e aqueceu seu coração com a aura da boa fadinha.

No alto do prédio, Heather sorriu para Dinnie.

"Agora tente você."

Dinnie, com o *The Gow Collection of Scottish Dance Music* todo gasto e velho equilibrado no joelho, esforçou-se pelo caminho de "The Bridge of Balater". Os pássaros foram embora e Rachel foi sacudida de volta para o mundo dos vivos.

"Tenebroso", disse Heather, sincera. "Mas você ficará bom em breve. Agora, olhe. Esse símbolo na partitura significa um *grupetto*, isso você toca assim... e aquele símbolo é um *vibrato*, que se toca assim... tenta."

Dinnie tentou. Ele ainda produzia sons horríveis. Heather suspirou. Ela tinha muito menos paciência como professora do que imaginava.

"Dinnie, dá pra ver que eu vou precisar tomar umas medidas drásticas. E, acredite, isso é uma honra muito rara, concedida a você porque você é um Mac-Kintosh precisando de ajuda. E também porque tá difícil de aguentar isso nos meus ouvidos. Estenda as suas mãos."

Ela tocou nos dedos dele. Dinnie sentiu seus dedos esquentarem um pouco.

"Agora tente de novo."

Dinnie olhou para seus dedos aquecidos e tentou de novo. Pela primeira vez na vida, ele produziu sons perto de serem considerados musicalmente toleráveis.

Aelric se agachou embaixo de um arbusto. Era tarde da noite e Cornwall inteira estava quieta. Seus cinco seguidores se sentaram ao seu lado, tensos e a postos. Ao sinal de Aelric, bateram as asas, voaram por cima do galpão onde estavam os teares mecânicos, acenderam fogo mágico nas palmas das mãos e começaram o incêndio.

O galpão queimava irradiando muita luz, mas, antes do alarme, Aelric e seus seguidores já tinham fugido a salvo pela noite.

Aelric era o líder do Movimento de Resistência das Fadas de Cornwall, e a única luz de esperança para as fadas sob o controle de seus líderes opressores. No entanto, como seu movimento contava com ele mais cinco outros e Tala era, de longe, o governante mais poderoso que o reino já tinha visto, sua tarefa permitia pouca esperança.

Ainda assim, o incêndio do galpão de tecidos era uma sabotagem econômica útil. Aelric tinha estudado sabotagem econômica num livro sobre táticas terroristas que achara numa biblioteca dos humanos e parecia estar funcionando bem.

Dinnie progrediu um pouco, mas logo reclamava de dor nos dedos.

"Toque de novo", instruiu Heather.

"Meus dedos estão doendo."

"*Haud your wheesht*, seu saco de banha", gritou a fada por fim.

"Não vem com as suas expressões escocesas obscuras pra cima de mim, não", disse Dinnie. "E eu prefiro ser um saco de banha do que uma aberração de meio metro com um *kilt* brega."

"Como você tem coragem? E logo depois de eu lhe ensinar uma música."

"Eu teria aprendido de qualquer jeito."

Heather ficou possessa.

"Você tem o talento natural de um prato de *haggis*",[6] disse ela, e fugiu pela noite. Pouquíssimas pessoas, como Kerry, nascem com uma habilidade natural de ver fadas. Outras, como Magenta, desenvolvem a habilidade bebendo poções estranhas, como produtos de limpeza, graxa de sapato e suco de fruta.

"Suponho que você seja uma serva de Tisafernes proveniente de outro mundo. Sátrapa persa da região?", disse Magenta.

"Não, eu sou Heather, uma fada do cardo escocesa."

Magenta não estava convencida e apertou sua espada.

"Bem, eu sou Xenofonte. Estou liderando os mercenários gregos em nome de Ciro, irmão do Rei Artaxerxes, contra o próprio Artaxerxes. E se você é uma de suas servas, diga-lhe que o seu fim está próximo."

Um carro com caixas de som na parte de trás passou devagar, fazendo toda a área vibrar com a música.

Queria amplificar meu violino num som desses, pensou Heather, o que a fez refletir sobre os planos que tinha feito com Morag para montar uma banda. Isso a entristeceu.

Magenta marchou – firme no passo e feliz em sua fantasia.

SETE

"Todos são amarelos", disse Morag. "Estamos em Chinatown", Kerry disse a ela.

Elas estavam em sua caminhada diária. Enquanto andavam por Chinatown, Kerry procurava uma flor de Gingko Biloba, uma árvore chinesa.

"Como uma flor de uma árvore chinesa foi parar no alfabeto de flores celta?", Morag questionou.

Kerry não sabia. Supôs que os celtas viajavam muito.

"Ou, sei lá, crescia também em outros lugares. Enfim, só sei que isso faz o meu alfabeto um negócio difícil de completar."

Morag olhou ao seu redor, procurando por Gingko Bilobas. Ela achava, quando ouviu sobre isso pela primeira vez, que um alfabeto de flores consistia em colecionar uma flor que tivesse um nome com a letra A, depois B, depois C e tal, mas, aparentemente, era mais complicado que isso. As flores necessárias correspondiam aos antigos símbolos celtas, não às letras modernas, e não somente tinham que ser da espécie, mas também da cor correta.

Sem Gingko Bilobas à vista, Morag estudava as pessoas.

"Que lugar, essa Nova York. Pessoas negras, pessoas morenas, pessoas brancas, pessoas amarelas e pessoas que são um pouco de tudo. Adoro isso."

"Eu também", disse Kerry. "Mas, às vezes, as pessoas brigam."

"Por quê?"

"Porque são de cores diferentes."

Morag riu muito.

"Humanos são tão idiotas. Se as fadas fossem todas de cores diferentes, não brigariam por causa disso."

Hoje, Kerry tinha acordado feliz, e até mesmo lidar com sua bolsa de colostomia não a deprimiu. Mas Morag sabia que isso a deprimiria mais tarde, e ainda estava tentando arrumar uma solução, pensando no que fazer. Por ser uma fada, ela tinha alguns poderes de cura, mas nada que incluísse procedimentos cirúrgicos complicados.

Um pequeno broche na forma de um espelho de oito lados chamou a atenção de Kerry e ela entrou na loja para olhar. Era uma loja diferente, de produtos de segunda mão, cheia de roupas e bijuterias, com alguns livros e cartões no balcão. Atrás do balcão, havia alguns instrumentos velhos. Morag os examinava enquanto Kerry perguntava ao dono da loja, um chinês, sobre o broche. Não estava à venda.

"Por que não?", disse Morag, do lado de fora.

Kerry deu de ombros.

"Sei lá. Ele só disse que não estava à venda."

Elas continuaram andando pela rua, e Kerry tirou o broche do bolso.

"Você é uma ladra excelente", disse Morag admirada. "Eu nem notei."

Morag percebeu umas lagostas num aquário na frente de um restaurante.

"Por que aquelas lagostas estão morando naquela loja?"

"Elas ficam naquele aquário até um cliente chegar e escolher uma para comer. Aí, eles cozinham a escolhida."

"O quê!?"

Morag estava estupefata. Na Escócia, andando pela costa leste, ela teve várias conversas agradáveis com lagostas. Ela não tinha ideia de que as pessoas as comiam. Quando elas foram para casa mais tarde para Kerry comer e tomar parte da dose diária de esteroides que controlavam sua doença de Crohn, Morag se sentiu muito deprimida com isso.

Ela desembrulhou seu violino do pano verde e o colocou delicadamente sob o queixo.

"Que música linda", disse Kerry.

"Obrigada. É uma elegia escocesa famosa. Apesar de eu já estar meio de saco cheio disso, pra falar a verdade. Se a Heather não fosse tão ignorante quanto uma vassoura de palha e se não tivesse feito com que nos expulsassem da Escócia, nossa banda de thrash celta radical estaria levantando a nação neste exato momento."

Ver e ouvir Morag brincando melancolicamente de tocar um lamento escocês cheio de luto fez Kerry ficar triste também e, quando veio o pôr do sol, as duas concordaram que a única coisa a fazer era ir para a cama com o telefone abafado por um travesseiro.

Kerry deu boa noite para as flores, beijou a fabulosa papoula galesa e se deitou para dormir.

Lá embaixo, no teatro do outro lado da rua, Cal estava fazendo testes com as atrizes jovens para o papel de Titânia, em *Sonho de Uma Noite de Verão*.

Heather assistiu a tudo meio irritada.

"Nenhuma delas se parecia nem um pouco com uma Rainha das Fadas", reclamou depois para Dinnie, mas ele estava ocupado demais passando uma porção extra de manteiga de amendoim nos seus cookies de chocolate para prestar atenção.

"Eu segui uma mendiga ontem", continuou Heather. "Ela estava viajando que era Xenofonte, um mercenário ateniense no ano 401 antes de Cristo, indo lutar em nome de Ciro, que estava querendo o trono persa, contra o irmão dele, o Artaxerxes."

"Odeio quando você inventa essas histórias idiotas", disse Dinnie. "Deixe-me em paz."

Sem conseguir dormir, Morag se levantou determinada a libertar as lagostas.

"Coitadinhas."

Ela pulou num carro indo para o centro da cidade, sentindo-se como uma aventureira.

"Tipo James MacPherson", murmurou. James MacPherson era um famoso assaltante e violinista na Escócia do século dezessete e um bom amigo das fadas, antes de ser enforcado.

Na rua seguinte, estouraram fogos de artifício e algumas pessoas estavam na calçada, mas estava tudo meio quieto.

Ela encontrou o restaurante e acenou feliz para as lagostas. Libertá-las não foi nada difícil. A maioria dos cadeados não é problema nenhum para uma fada, então logo ela viu as lagostas nadando para os esgotos em segurança.

Um sucesso espetacular!, pensou Morag. Um verdadeiro triunfo. Uma operação tranquila, nenhum contratempo. O próprio MacPherson, o Ladrão, não faria melhor.

"E o que você acha que tá fazendo roubando um restaurante na nossa área?", exigiu saber uma voz atrás dela. Morag se virou e descobriu, para sua enorme surpresa, que havia uma fada de pele amarelada com cara de poucos amigos encarando-a furiosamente.

Morag fugiu.

Na esquina da Rua Canal, ela pulou numa moto que estava correndo muito mais rápido do que podia voar e se segurou para não morrer. Atrás dela, dezenas de fadas chinesas balançavam os punhos e procuravam veículos para montar e continuar a perseguição.

"Diabo branco", gritavam. "Furtando nossos restaurantes."

Quando a moto se aproximou da Rua 4, Morag se arriscou num espetacular salto para o chão e, então, correu para casa. Deu uma olhadinha por cima do ombro para ter certeza de que não estava sendo seguida. Ela rezou para ter despistado todos. Sua sorte foi que o motociclista estava bêbado e pilotando que nem louco.

Ahá!, pensou Magenta, movendo-se furtivamente pela Broadway e avistando as fadas chinesas que, sem sucesso, perseguiam Morag. As primeiras batalhas. Artaxerxes enviou seu capitão Tisafernes e um batalhão de soldados orientais. Ela percebeu que a batalha estaria próxima e, para acalmar os nervos, deu um gole na garrafa de Fitzroy. A graxa de sapato deixou uma cor roxa asquerosa nos lábios, mas isso a encorajou muito mais.

Pensando em ganhar cobertura, foi até a Rua 4 e se escondeu no teatro.

Lá dentro, Cal estava dando instruções para o ator que interpretava Teseu, Duque de Atenas.

"Você é um duque. Você tem que ser majestoso."

"Absurdo", anunciou Magenta, aparecendo na coxia. "Teseu nunca foi Duque de Atenas."

"O quê?"

"Teseu nunca foi Duque de Atenas. Nem existia o *status* de duque em Atenas, pra começo de conversa."

"E como é que você ia saber dessa merda?", exigiu saber Cal.

Magenta estufou o peito. Ela não tinha sido enfraquecida pela vida nas ruas. Trinta e cinco anos de idade, musculosa, de cabelos curtos cor de ferro-quase-cinza, Magenta era uma visão que intimidava quando inflamada.

"Como eu ia saber? Nasci lá."

"Cai fora, mendiga", disse o ator.

Magenta deu um tapa humilhante na orelha dele.

"Eu tô fora", disse o ator, caído no chão. "Não dá para um artista sério trabalhar nessas condições."

Morag voou para dentro da casa de Kerry, a salvo. Kerry tinha acordado e estava sentada numa almofada fazendo um chapéu para combinar com seu cabelo azul-claro, bebendo cerveja e ouvindo rádio.

"Fadas amarelas do inferno...", começou Morag, mas Kerry interrompeu-a.

"Morag, estava pensando agorinha em você. Ouve a notícia."

O locutor estava descrevendo os acontecimentos do dia no Brooklyn, onde houve sérios problemas entre coreanos e dominicanos depois de uma briga em uma lanchonete. O incidente se tornou um tumulto generalizado e agora a lanchonete estava rodeada de manifestantes e cartazes.

"Mais uma briga racial", disse Kerry. "É uma pena que os humanos não saibam ser como as fadas, como você disse de manhã."

"É", disse Morag, olhando para o teto.

Kerry desligou o rádio e parecia pensativa.

"O que você quis dizer com 'fadas amarelas do inferno'?"

"Nada. Nada mesmo. Só uma saudação escocesa. A gente sempre fala isso quando encontra um velho amigo."

Morag buscou seu suprimento de whisky e foi para a cama.

"Acho que vou dormir agora. Se alguém ligar, fala que eu não tô aqui."

"Você tem que sentar no meu ombro?", reclamou Dinnie.

"Por que não? É um belo ombro gordo. Tem bastante espaço."

"Meu ombro não é gordo."

"É sim."

Eles pararam na esquina para conversar. Essa discussão violenta entre um violinista e uma fada invisível teria chamado atenção em alguns lugares. Numa esquina da Rua 4, ninguém notou.

Eles continuaram andando, Dinnie mais rabugento do que o normal, mas Heather nada afetada pela discussão. Ele estava a caminho do supermercado na Segunda Avenida onde podia fazer compras pagando menos e encontrar seus biscoitos favoritos.

"Tem um trocado?", perguntou uma pedinte. Dinnie ignorou-a. A maldade de Dinnie entristeceu Heather. Ela não achava adequado para um MacKintosh negar ajuda aos pobres.

"Ela não tem um lar. É terrível não ter um lar."

"Eu não dou a mínima. Se você está tão incomodada, pode ir lá construir um para ela. Pelo menos isso tiraria você da minha cabeça."

"Eu nunca sentei na sua cabeça. Seu cabelo é muito sujo."

Dinnie tinha cabelo preto e grosso, parecia um arbusto despenteado. O cabelo e a altura davam a ele uma aparência de um homem das cavernas, especialmente quando ele não fazia a barba – fosse pela falta de vontade ou porque não conseguia fazer a torneira de água quente funcionar.

Ele não aceitava críticas pessoais de fadas e se empenhou para andar em silêncio. Não era possível com Heather no ombro.

"Por que sai vapor dessa pavimentação lateral?"

"Não faço ideia. E isso se chama *calçada*."

"É mesmo? Já chegamos?"

"Não."

"Beleza. Vou lhe contar uma história enquanto a gente anda: a de como eu fui expulsa dos adoráveis lagos e vales da Escócia. Por que razão eu nunca vou poder voltar a ver as lindas colinas cobertas de relva e os picos nevados de Glencoe? Como eu serei eternamente proibida de sentir o prazer de tomar uma *heather ale*[7] e um bom whisky, fermentados e destilados com maestria pelas fadas MacKintosh, e como eu nunca mais verei a linda igrejinha e o cemitério de Inver?"

Dinnie rangeu os dentes. "Conta logo, então."

"Estava só criando um clima, calma. Enfim, uma noite, escura, tempestuosa e com uma chuva torrencial, Morag e eu estávamos viajando em Skye, uma ilha no oeste da Escócia. A gente estava indo pra grande competição MacLeod de fadas violinistas. As condições estavam horríveis, mas, como uma boa MacKintosh, eu não estava incomodada. Mas Morag estava reclamando e enchendo o saco mais do que o normal por estar molhada e com frio. Os MacPherson nunca tiveram garra nenhuma, na verdade. Ela estava quase deitando em qualquer lugar e desistindo quando eu tomei as rédeas e encontrei um castelo para a gente se abrigar."

"Você encontrou um castelo? Assim, do nada?"

"Castelos não são raros na Escócia. Na real, a Escócia é cheia de castelos. A gente encontrou um quarto sequinho e legal. Não tinha nem sinal de uma cama, mas tinha um caixão que parecia bem confortável e a gente entrou nele. Não tinha nada dentro, só um pedaço de pano verde."

Um táxi passou devagar, buzinando para o caminhão na frente, que estava buzinando para o carro em sua frente, que estava temporariamente engavetado por outro carro parado. Os veículos atrás do táxi se juntaram, soando suas buzinas num coral impaciente, apesar de não haver nada a se fazer além de esperar. Dinnie seguiu seu caminho pela rua.

"Morag ainda estava reclamando do frio, claro, então, para que calasse a boca, eu peguei minha espada e cortei o pano pra fazer uns cobertores. Cobertores muito bons, por sinal. A gente dormiu super bem. Mas, adivinha o que era aquele pano?"

"Pouco me importa."

"Era a famosa Bandeira das Fadas MacLeod!"

Heather esperou a reação surpresa de Dinnie. Nada.

"Você não está surpreso?"

"Não."

"Você nunca ouviu falar da famosa Bandeira das Fadas MacLeod?"

"Não."

Heather estava surpresa. Ela tinha certeza de que todo mundo já tinha ouvido falar disso.

"É um dos artefatos mais famosos das fadas escocesas. Tão famoso e importante para as fadas da Escócia quanto o Violino MacPherson e a Espada MacKintosh.

As fadas deram a bandeira para o clã humano MacLeod em algum dia do século onze e eles guardavam no lar ancestral do clã, o Castelo Dunvegan. Ela salvou o clã e só deve ser desenrolada em casos de emergência. Não se brinca com a Bandeira das Fadas MacLeod. Ninguém pode nem encostar nela. Cortá-la para fazer cobertor estava completamente fora de questão.

Enfim, no dia seguinte, sem saber o que a gente tinha feito, fomos seguir nosso caminho. Usamos os cobertores para embrulhar os violinos, achando que eles poderiam ser úteis depois. Mas, quando chegamos ao local da competição e desembrulhamos os violinos, rolou uma comoção geral. As fadas MacLeod queriam nos matar ali mesmo, na hora, por termos mutilado a bandeira. Eu disse que tinha sido um acidente e que eu nem tinha percebido que a gente estava no Castelo Dunvegan, muito menos que estava cortando a Bandeira das Fadas, mas elas achavam que a gente tinha feito de propósito. As fadas MacLeod são famosas pela pouca inteligência. Infelizmente, existem várias delas, e a gente teve que escapar da ilha em cima de uma baleia.

E, depois disso, elas não desistiram. Nos perseguiram por toda parte. Mesmo o fato de sermos fadas boazinhas e nunca cometermos nenhuma maldade não fez diferença. Por isso, Morag e eu fugimos da Escócia. Agora, a gente não pode mais voltar e tudo por causa da vadia estúpida da Morag que ficou reclamando do frio. Ela destruiu minha vida."

"Bem", disse Dinnie, percebendo uma oportunidade de deixar Heather desconfortável. "Foi você quem cortou a bandeira."

"Só para ajudar uma criatura mais frágil. E como eu ia saber que era a famosa Bandeira MacLeod? E por que eles largam a bandeira num caixão?"

Dinnie já estava cansado a essa hora. A caminhada da Rua 4 para o supermercado o fez ficar sem ar. Ele estava concentrado em fazer suas compras rapidamente e voltar para casa.

"Você podia pelo menos expressar algum apoio", disse Heather, enquanto ele se enchia de pacotes de biscoitos e latas de carne enlatada.

"Por quê? Não me importa nem um pouco que você foi perseguida e teve que fugir da Escócia."

"Mas é terrível não ter um lar."

"Ah!"

Depois de uma breve discussão com a mulher no caixa quando se enganou e achou que ela tinha cobrado a mais, Dinnie foi para casa.

"Justo quem eu estava procurando," disse o zelador, encontrando Dinnie nas escadas. "Vou despejar você."

Dinnie subiu batendo os pés e jogou a sacola de compras no chão.

"Eu sinto muito", disse Heather. "É terrível não ter..."

"Não fala", rosnou Dinnie, abrindo com raiva uma lata de carne.

O albatroz pousou bruscamente na orla de Cornwall. Magris estava lá para recebê-lo. Ele era o Feiticeiro-Chefe do Rei, porém agora preferia ser chamado de Técnico-

Chefe. Suas asas estavam dobradas embaixo de uma longa capa cinza.

"Tem alguma notícia para mim?"

O albatroz balançou a cabeça.

"Nenhum sinal deles em nenhum dos reinos pelos quais sobrevoamos. Nós vimos guerras, fome e praga, navios, trens e carros, formigas, camelos e lagartos, *spriggans*, goblins de igreja e sereias, mas não vimos suas duas fadas nem seus amigos."

Magris franziu a testa. Ele estava irritado, mas sabia que era melhor não criticar os albatrozes.

"Por favor, continue sua busca."

O pássaro fez um sinal com a cabeça e voou. Albatrozes não são de conversa fiada, no geral. Nem Magris. Ele estava furioso demais com o rebelde Aelric e sua sabotagem econômica. Armazéns e fábricas estavam sendo incendiadas por todo o reino.

Os rebeldes sussurravam por baixo dos panos que se Petal e Tulip governassem, ao invés de Tala, as coisas estariam bem melhores no reino.

Petal e Tulip estavam descansando numa clareira bem pequena e calma, cercada pelos densos arbustos do Central Park, escutando Maeve e Padraig, que tocavam seus *tin whistles*.[8] Eles tocaram "Ballydesmond" e "Maggie in the Woods", enquanto Petal e Tulip batiam os pés no ritmo alegre da polka.

"Fico pensando... quando vamos para Doolin de novo?!", disse Maeve. Doolin, na Irlanda, era famosa pelos *tin whistles*, e as duas fadas passaram muito tempo lá, ouvindo e tocando. Eles pensaram por um momento nos bons tempos que tinham passado no Condado de Clare.

Magenta nunca foi muito ligada no século vinte. Quando o pai dela morreu, eletrocutado por sua máquina de escrever elétrica depois de lavar as mãos e não secá-las direito, ela se desligou dele completamente. Também não ligava muito para se lavar.

Embarcar na fantasia de Xenofonte era uma fuga agradável e uma maneira de manter o ânimo enquanto fugia de Joshua. Ela e Joshua eram namorados, antes de Magenta vê-lo com outra mulher que morava na rua e roubar a receita de seu coquetel em retaliação, sabendo que ele não conseguia viver sem ela.

Agora, no entanto, espreitando-se pela calçada, ela considerava abandonar a fantasia. A poderosa poção alcoólica estava perdendo o efeito, e ela começou a perceber, confusa, que não era muito semelhante ao lendário herói grego.

A silhueta de uma fada brilhou distante.

"Devo estar alucinando ainda."

Heather estava olhando tristemente para outro cadáver, mais uma moradora de rua que morria de doença, exaustão e falta de esperanças. Três em três dias. Ela odiava a maneira como essas pessoas simplesmente sucumbiam na rua e ali ficavam. As pessoas passavam e nem sequer olhavam. Isso nunca aconteceria em Cruickshank.

Uma fada deve pôr uma flor em um defunto como sinal de respeito, e Heather foi procurar uma. Dentro do teatro, ao lado da guitarra de Cal, ela encontrou uma papoula fantástica, com pétalas vermelhas, amarelas e alaranjadas, que ela recolheu e colocou sobre o corpo.

Ela tocou uma triste elegia e partiu.

Magenta se aproximou do cadáver e ficou horrorizada de ver que era alguém que ela conhecia bem, uma mulher com quem havia perambulado, pedindo dinheiro, e tinha sido sua amiga por quinze anos.

Ela se sentou deprimida e tomou um longo gole do seu coquetel Fitzroy. A cidade parecia um lugar desagradável de se estar.

"Que se dane tudo isso", murmurou o subconsciente de Magenta. Ela se levantou majestosamente.

"Ciro está morto", anunciou para as tropas que aguardavam. "Meu caro amigo e benfeitor, morto em batalha. Agora, meus caros gregos, como vamos encontrar nosso caminho de volta para casa nesses milhares de quilômetros de terras inimigas?"

Ela pegou a flor deixada por Heather e marchou com um propósito.

Um albatroz fez um pouso violento na praia de Cornwall.

"Encontramos", disse para Magris.

"Onde?"

"Uma delas foi vista em Nova York, conversando com uma mulher idosa."

"Muito grato", disse Magris, e deu ao albatroz uma recompensa em ouro.

OITO

A perda da papoula galesa de três flores foi um golpe paralisante em Kerry. Ela olhava para o lugar onde a flor deveria estar, tremendo de choque e fúria. Morag, em cima de uma caixa de som e ouvindo Suicide, voou para perto e perguntou qual era o problema.

"Minha papoula sumiu."

No livro de mitos celtas que Kerry tinha, a papoula galesa era a peça-chave do alfabeto místico. Além do mais, tinha que ser uma papoula de três flores, tão rara que era praticamente impossível de conseguir.

"Eu encontrei quando a polícia demoliu o laboratório de crack", chorou Kerry. "Não existe outra no país!"

Como ela podia ter desaparecido era um mistério.

Cal interfonou. Quando ele subiu, agradeceu contente pelo empréstimo da flor.

"A minha Titânia estava em pânico por causa de uma mendiga muito estranha que invadiu o teatro. Eu tinha que dar alguma coisa pra ela se acalmar. Eu entrei aqui com a sua chave e peguei uma flor. Sabia que você não ia ligar. Mas eu acho que alguém pegou. Não era importante, era?"

As fadas chinesas não estavam nada felizes com o fato de um restaurante ter sido roubado na área delas por uma intrusa, mas isso não foi nada comparado ao horror de descobrir que o espelho Bhat Gwa havia desaparecido. Um espelho Bhat Gwa é especialmente desenvolvido para manter todo Feng Shui ruim, toda forma de azar, afastado, algo extremamente precioso para as fadas chinesas. O espelho, um pequeno octógono, tinha sido deixado na loja de seu amigo humano, Hwui-Yin.

Sem ele para refletir a má sorte, todo tipo de calamidade ocorreria, especialmente porque se aproximava a época do Festival dos Fantasmas Famintos, quando os espíritos insatisfeitos rondavam pela terra.

Elas farejavam pela loja, tentando encontrar alguma pista de onde ele tinha ido parar.

"A estranha fada branca de cabelo multicolorido esteve aqui", eles gritaram, detectando a aura de Morag, uma habilidade das fadas. Elas concluíram que Morag tinha furtado o espelho – uma conclusão racional, apesar de ter sido Kerry, na verdade, que tinha o objeto preso a um de seus casacos indianos criando uma bela decoração.

"Foi um soco da pesada", disse Morag. "Lembrou-me a vez que eu tive que lutar contra o clã MacDougal sozinha."

"Valeu", disse Kerry, massageando sua mão machucada.

"Você acha que o nariz de Cal quebrou de verdade? Ele saiu correndo tão rápido que eu nem vi."

Kerry disse que esperava que sim e murmurou sobre a vingança maligna que ainda seguiria. Ela estava profundamente deprimida pela perda de sua flor, presumindo que tinha sido sabotagem proposital de Cal.

Neste exato momento, ela estava ocupada descolando sua bolsa de colostomia antes de esvaziá-la. Ela odiava os barulhos que a bolsa às vezes fazia.

Morag subiu no seu ombro.

"Como vamos substituir a flor?"

"Não dá pra substituir."

"Deixa disso", respondeu Morag. "Não tô aqui pra ajudar você? Eu vou vasculhar esta cidade."

Kerry pegou sua solução salina esterilizada e um cotonete para limpar o buraco no seu corpo. Morag desceu para uma pilha de *bootlegs* do The Velvet Underground, fixando o olhar rapidamente em uma foto na qual Nico parecia jovem e triste.

"Você quer que eu roube um pouco de cocaína do traficante do outro quarteirão? Pode dar a você certa inspiração."

Kerry riu.

"Como você sabe disso?"

"Outro *insight* psicológico."

Kerry não achava que roubar cocaína seria uma boa ideia. Cuidadosamente, grudou com fita um anel de papel onde encaixaria a bolsa de hoje.

"Bom, como eu posso animá-la?", perguntou Morag, levemente frustrada. Ela nunca teve esses problemas animando as mulheres infelizes de Cruickshank.

"Conte-me uma história."

Morag ficou contente.

"Ótima ideia. Vou contar a você a história da rixa entre os MacPherson e os MacKintosh, que a iluminará sobre as glórias da cultura escocesa e também a ajudará a entender como Heather virou a filha da puta que ela é hoje."

E ela se acomodou nos discos do The Velvet Underground para começar.

"A partir do século doze, mais ou menos, existia uma confederação poderosa dos clãs na Escócia chamada Clan Chattan, formada pelo clã MacPherson, com o qual as fadas da minha tribo são associadas, pelos MacGillvray, pelos MacBean e pelos Davidson. E os malditos MacKintosh..."

"Não cuspa no chão de novo, por favor", disse Kerry.

"Certo. Enfim, os MacPherson eram os líderes natos dessa federação. Primeiro, porque eram mais corajosos e inteligentes do que qualquer outro. Segundo, porque eram mais fortes e mais bonitos do que qualquer outro. E os flautistas deles eram os melhores do país, naturalmente, porque a minha família estava lá para ensiná-los a tocar, e nós somos os flautistas mais famosos, além de violinistas.

Além disso, os MacPherson descendiam de Muireach, o Vigário de Kingussie em 1173, pai de Gillechattan Mor, que era o líder soberano dos Chattans, e de Ewan Mor, que iniciou a linhagem MacPherson. Então, os MacPherson eram descendentes do homem que começou a linhagem do Chattan, e seus líderes naturais. Mas, quando a liderança dos Chattans passou para Eva, filha de Dougall Dall, em 1291, Angus, Sexto Lorde dos malditos MacKintosh, sequestrou-a para forçar um casamento e roubar a liderança."

Kerry, enquanto isso, colava uma bolsa plástica limpa para coletar o excremento que sairia dela hoje.

"Claro que os MacPherson nunca aceitaram isso, mas, durante todos esses séculos, os MacKintosh usaram todos os truques e subterfúgios possíveis para segurar a posição que eles usurparam. Nada era imoral demais para eles. Eles trapacearam, conspiraram, venderam-se para os franceses, para os ingleses ou qualquer um que pagasse, e difamaram os nomes de todos os clãs por causa do comportamento repulsivo deles. E eu acredito que isso ainda aconteça."

"Então, veja você", concluiu Morag, agora inflamada de emoção, "com uma herança como essa, era óbvio que não ia sair nada de bom da Heather. Roubar, trapacear e dedurar quem ela ama é natural pra ela. Tá no sangue".

"Ah, vá!", protestou Kerry. "Aposto que ela não é tão ruim assim."

A fadinha grunhiu com escárnio.

"Rá! Nunca passou um dia que Heather não cometesse algum ato degradante. Se o leite do fazendeiro sumia, mandavam buscar Heather. Se um casebre pegava fogo na vila, 'Cadê a Heather?', era o que gritavam. Honestamente, não sei como ela não foi linchada muito antes de a expulsarem do país. Vou lhe contar: ela pode ser uma fada do cardo, mas é a bandida mais infeliz, trapaceira, sem escrúpulos..."

"Ai, querida", disse Kerry, bondosa. "Você está perdidamente apaixonada por ela, né?"

"Claro que não. Tudo que ela fazia era se gabar que conseguia tingir o cabelo mais claro que o meu. Isso antes de você me apresentar a arte de descolorir antes de tingir, claro. Se eu nunca mais me encontrar com ela, tudo bem por mim. Ela destruiu minha vida. Foi dela a ideia imbecil de cortar a Bandeira das Fadas MacLeod para fazer cobertor. Eu estava perfeitamente confortável sem nenhum cobertor. Agora, estou exilada da Escócia. Tudo por causa dela. E, mesmo antes disso, a mãe dela já ficava no meu pé, acusando-me de ser má influência porque a filha dela tinha aprendido a tocar no violino o primeiro álbum do Anthrax inteirinho. O sofrimento que ela me causa é absurdo."

Kerry, depois de acabar de trocar a bolsa de colostomia, estava se trocando. Por conta da posição da bolsa no corpo, ela não podia usar nada que fosse agarrado em volta da cintura. A calça legging colorida que tentou vestir se provou apertada demais. Ela deu um longo suspiro e procurou algo mais largo. Morag a observava se vestindo.

"Contudo", disse a fada, "comparado a algumas coisas, meu sofrimento não foi tão grande".

Kerry pegou da estante uma garrafinha com a dose de esteroides que preveniam que sua doença se agravasse.

"Talvez não", ela disse. "Mas a sua história é triste. Vamos afogar nossas mágoas numa pizza enorme. Aí, a gente pensará num jeito de substituir a papoula. Eu ganharei o prêmio da East Fourth Street Community Arts Association ou morrerei tentando."

NOVE

Dinnie tentou convencer o zelador a não despejá-lo, mas ele estava irredutível. Ele já estava arriscando seu emprego deixando alguém alugar os aposentos do andar de cima porque isso era ilegal, e, se Dinnie não podia pagar, tinha que ir embora.

"Mas eu sou a única presença respeitável aqui. Sem a minha presença, o prédio inteiro vai ser dominado por bichinhas. Eu sou bom inquilino, silencioso, não causo problema pra ninguém. Eu consigo o dinheiro pra amanhã."

O zelador fraquejou. Infelizmente, Heather não resistiu à tentação de se empoleirar invisível no ombro dele e tocar uma série de jigas rápidas.

"Vai embora amanhã", disse o zelador, e saiu.

"Por que você fez isso?", gritou Dinnie. A fada não conseguia oferecer uma explicação racional. Dinnie, ultrajado, jogou seus dois chinelos contra ela, que saiu irritada.

Dinnie desabou na frente da TV.

"Devia tê-la esmagado com o violino", murmurou.

Sob a tutela de Heather, Dinnie aprendeu a tocar "The Bridge of Alar" e "The Miller o'Drone", outro *strathspey* escocês famoso. Ele começou a praticar com mais entusiasmo. Ele ainda não conseguia tocar bem nos padrões humanos e, para os padrões das fadas, era bem abominável, mas com certeza houve progresso. Dinnie quase se sentiu comovido a mostrar gratidão a Heather, mas se segurou.

"Faça uma doação de mil dólares a Deus agora", disse um pastor bonitão na TV. "Quebre o seu ciclo de pobreza e desgraça. Faça uma doação de mil dólares para mim agora e os seus problemas vão sumir com a ajuda do Senhor."

Dinnie xingou o pastor bem alto e mudou de canal.

"Estamos esperando a sua ligação", disse uma mulher nua, calmamente passando o telefone vermelho pelo corpo. "Xaninhas gostosas, rosinhas, quentinhas, novinhas, molhadinhas, no número 970 X-O-T-A."

"O que você está assistindo?", disse Heather, pulando pela janela com um sorriso satisfeito de whisky no rosto.

"Não é da sua conta, porra!"

"O que são xaninhas rosinhas, quentinhas, novinhas e molhadinhas?"

"Como você tem coragem de mostrar a cara aqui de novo?"

"Não se preocupe", disse Heather. "Eu perdoei você por jogar os chinelos em mim."

Na periferia do Paraíso, havia muita atividade. Espíritos iam para lá e para cá, conversando empolgados e olhando para a Terra.

"O que é isso que tá acontecendo?", disse Johnny para seu amigo Billy.

"Estão chegando para o Festival dos Fantasmas Famintos", Billy disse. Billy tinha morrido alguns anos antes e sabia mais do que rolava por aqui. "Todos os espíritos chineses com alguma coisa martelando na cabeça, tipo um negócio que não deu muito certo ou algum assunto mal resolvido, têm uma chance de descer e dar uma olhada, talvez até de resolver alguma coisa."

"Pô, isso é interessante", murmurou Johnny. "E eu gostaria muito de saber o que aconteceu com a minha guitarra."

Aelric deixou seus seguidores para voar para a cidade. Quando chegou lá, foi direto para a seção de referências da biblioteca pública. Era uma luta para uma fada tirar um livro da estante e ler, capaz de causar pânico nos frequentadores, mas Aelric precisava desesperadamente de informação.

Ele estava sem inspiração sobre o que fazer na guerrilha contra o Rei Tala. Inteligência de guerrilha não era algo que ocorria naturalmente para as pacíficas fadas de Cornwall, e ele e seu pequeno bando de seguidores tinham que lutar continuamente contra a vontade de chegar a Tala e dizer algo como "Olha aqui, somos todos fadas aqui. Vamos usar a razão". Tala era um novo tipo de fada opressora, não do tipo com quem se racionaliza.

Aelric fuçou na seção de filosofia política e puxou um resumo das ações do Presidente Mao.

"Oi, eu sou a Linda, e eu e a minha amiga batemos o ménage-papo mais quente da cidade..."

"Por que você passa seu tempo assistindo a esse canal de sexo ridículo?"

"Eu não passo tempo assistindo. Eu estava zapeando os canais e caí nele."

Heather riu.

"Estou pilhada para ouvir música escocesa. Vamos achar uns músicos."

"Ninguém toca música escocesa em Nova York. Só irlandesa."

"Sério? Estou surpresa. Mas dane-se, é quase a mesma coisa. A gente ensinou pra eles tudo que sabem. Aonde a gente pode ir?"

Dinnie sabia do pub na esquina da Rua 14 com a Rua 9, onde havia umas sessões regulares, mas não encontrava nenhum entusiasmo para a jornada. Heather ficou pentelhando.

"Uma coisa é você ficar tagarelando sobre as jigas e os *reels*", disse Dinnie contrariado. "Mas como eu vou curtir música sabendo que serei despejado amanhã? E você ajudou *muito*."

Heather franziu a testa.

"Esclareça-me uma coisa, Dinnie, porque eu acho que não entendi direito. Você tem que dar dinheiro para aquele cara toda semana para deixá-lo morar aqui. Você não faz isso há cinco semanas. Consequentemente, ele disse para você sair. Estou certa até aqui?"

"Na mosca."

"Então", continuou Heather, "tudo que você tem que fazer é pegar um bolo daquelas coisas dólares e dar pro cara. Aí, tudo fica bem".

"Sim, fada estúpida, mas eu não tenho nenhuma daquelas coisas dólares."

"E quando você foi àquele lugar das entregas de bike?"

Dinnie fungou.

"Não ganhei nem o suficiente para uma pizza."

"Uma pizza funcionaria ao invés das coisas dólares?"

Dinnie pôs a mão na testa.

"Por favor, me deixe em paz. Eu não estou conseguindo aguentar essa idiotice agora."

Heather pegou sua espada e posou brevemente em frente ao espelho. Fez um pequeno ajuste no *kilt* e sorriu.

"Bom, como você já deve ter percebido, não há limites para a ingenuidade e para os artifícios de uma fada do cardo. Leve-me pra ouvir música e eu arranjo o dinheiro pro aluguel."

Heather ainda não entendia porque ele tinha que pagar dólares pra viver num quarto sujo – parecia um negócio muito estranho para ela –, mas ela estava disposta a ajudar.

Heather curtiu a apresentação. Ela olhou feio só algumas vezes para os músicos humanos, que eram mesmo muito talentosos, enquanto sentavam num canto do bar, envoltos em uma fumaça de cigarro. Foi delicioso ouvir as flautas, *tin whistles*, violinos, bandolins, banjos e *bodhráns*,[9] e ela batia os pés descalços na mesa no ritmo das jigas e dos *reels*. Apesar de querer radicalizar a música escocesa ao lado de Morag, ela ainda gostava muito das tradições.

Quando os músicos tocaram *hornpipes*, o ritmo dançante como o das canções "The Boys of Bluehill" e "Harvest Home", jovens e idosos descendentes e expatriados irlandeses deixaram suas Guinness e Jamesons para se levantar e dançar em formação.

"Estou comovida", disse Heather, vendo-os dar voltas.

"Por quê?"

"Porque eles estão pensando no lar deles."

Fadas italianas eram amigas dos ventos e os usavam muito bem para planar.

Três delas planavam agora na brisa sobre a Rua Houston, logo ao norte de casa, o bairro Little Italy. Elas estudavam as ruas ao norte e esperavam.

"Ali", disse a mais jovem e apontou. "Olha ela ali. Sentada no ombro daquela pessoa grande e redonda."

Dinnie estava marchando pela Broadway com os olhos fixos firmemente no chão. Ele estava deprimido, humilhado e bravo.

"Desculpa", disse Heather, pela vigésima vez. Dinnie ignorou. Ele também ignorou os pedintes, casais e os baladeiros que andavam ao seu lado no escuro.

"Foi uma tentativa muito corajosa", continuou a fada. "Valeu a pena tentar. A próxima vez vai ser melhor."

Dinnie disse que não haveria próxima vez. Nem a primeira vez teria acontecido se Heather não tivesse feito chantagens para que ele tocasse, ameaçando aparecer para todo o público e criar um escândalo. Depois de algumas doses de whisky, ela concluiu que seria muito bom se Dinnie exibisse sua nova habilidade com o violino, mas foi um completo desastre. Com os dedos duros de nervoso, ele riscou e arranhou dois *strathspeys* da maneira mais amadora possível, o tempo todo rodeado de músicos experientes que não sabiam se riam ou desviavam o olhar de tanta decepção.

Quando sua hedionda interpretação das músicas acabou, houve um silêncio mortal. Até o bêbado incontrolável da mesa ao lado tinha ficado quieto. A plateia nunca tinha ouvido alguém tocar tão mal em público. Nunca se viu nada igual em nenhuma daquelas sessões. Mesmo já calejado, Dinnie nunca havia imaginado que tal humilhação fosse possível.

Dinnie disse que não haveria próxima vez porque ele nunca mais tocaria violino de novo. Nem em público nem de jeito nenhum. E mais, ele agradeceria se ela encontrasse algum outro lugar para morar e o deixasse sozinho. Para o resto da vida.

Quando ele passou por um carrinho de amendoins caramelizados sem dar nem uma olhadinha, Heather sabia que era sério.

"Não fique tão pra baixo", ela pediu. "Todo mundo tem que começar de algum lugar. Desculpa por ter feito você tocar antes de estar pronto. Eu sei que foi um erro. Entendo que você está com vergonha. Mas todos aqueles que tocaram hoje foram iniciantes um dia. Eles sabem como é."

"Eles não sofreram chantagem de uma fada para tocarem antes de estarem prontos e fazerem papel de trouxa em público."

Heather teve que admitir que isso provavelmente fosse verdade.

"Mas eu posso compensá-lo. Eu tenho o dinheiro para o aluguel." Ela tirou um punhado de notas bem dobradas do *sporran*, bolsinha que acompanha o *kilt*, e pôs na mão de Dinnie.

Ele pegou em silêncio. Mesmo o fato de ser salvo do despejo não conseguia animá-lo depois da humilhação.

"Onde você conseguiu isto?", ele perguntou, chegando a sua casa.

"Mágica de fada", mentiu Heather.

Dinnie ligou a TV.

"Eu vou lamber o seu cu e você pode comer o meu", cantarolou uma mulher pelada com cabelos escuros e longos, ajoelhada na frente de um sofá. "Só doze dólares a cada três minutos."

"Eu não entendi bem isso aí", disse Heather, tentando puxar conversa. "Tem a ver com as xaninhas gostosas, novinhas, rosinhas, quentinhas, molhadinhas?"

Dinnie ignorou-a completamente.

As fadas italianas estavam indo para casa.

"Ela deu o dinheiro roubado para ele."

"O que significa isso? Quem é ela?"

As fadas italianas não sabiam. Elas tinham ouvido rumores de perturbações com as fadas chinesas que viviam não muito longe e pensaram se tinha alguma coisa a ver com elas. Fazia tempo que as fadas italianas não tinham contato com as chinesas, mas uma suspeita distante, antiga, ainda permanecia.

Fosse o que fosse, elas estavam muito perturbadas com o fato de uma fada estranha ir até um banco italiano, arrombar o cofre e sair com uma bolsa cheia de dinheiro.

DEZ

Kerry e Morag caçaram a papoula no Lower East Side inteiro sem sucesso. Depois do ato criminoso de Cal, de tirá-la do apartamento e deixá-la no teatro, ela havia desaparecido.

Morag fez um esforço para amenizar o estado de espírito de Kerry tirando de ouvido as guitarras de "Born to Lose", um clássico de Johnny Thunders, mas nem o coração nem os dedos de Kerry estavam na música. Tudo que ela queria fazer era beber cerveja.

Heather estava altamente perturbada com a recusa de Dinnie para tocar seu violino. Se ela falhasse na tentativa de ensiná-lo a tocar, Morag a submeteria a um terrível ridículo, que, vindo dela, seria mais do que Heather podia aguentar. Ela já estava apavorada com o que podia chegar aos ouvidos de sua rival sobre o fiasco no pub.

"Por que eu fui me gabar para aquela MacPherson nojenta que eu ensinaria essa bola inútil a tocar? Eu fui tomada pela beleza do violino dele. Ele tem um timbre sensacional, mas eu apostei todo o orgulho do meu clã num imbecil."

"Vai, Dinnie, pratique."

"Não."

"Se você não praticar, Morag MacPherson vai me zoar e zoar todos os MacKintosh", lamentou a fada com toda sua frustração.

"Ahá!", disse Dinnie. "Então é por isso que você quer tanto que eu aprenda. Eu devia ter percebido que você tinha segundas intenções. Bom, eu estou pouco me lixando para os MacKintosh e os MacPherson."

Heather engoliu a raiva e falou suavemente. Ela pediu, persuadiu, choramingou, perturbou, elogiou e puxou o saco de Dinnie, finalmente apelando para a vaidade dele, dizendo que, com um violino no pescoço, ele era um pedaço de mau caminho.

"Você acha mesmo?"

Heather concordou com a cabeça. "Muito atraente."

Dinnie abriu um sorrisão, e Heather descobriu que tinha acertado um ponto fraco. Um dos desejos mais profundos de Dinnie era ser atraente.

"Eu não duvido", continuou, "que se você aprender mais algumas músicas e voltar para aquele pub, as gatinhas irlandesas farão uma roda em volta de você na hora. Mesmo na semana passada, eu notei algumas olhando pra você."

Dinnie pegou seu violino.

Eu me superei, pensou Heather. Eu finalmente fiz com que se apaixonasse pelo violino. Feliz, ela saltitou escada abaixo a caminho do bar. Cal estava em um dos degraus, conversando com uma jovem.

"Você será uma ótima Titânia", disse ele. "Venha fazer um teste. Você vai adorar. Poderá ser a Rainha das Fadas num palco cheio de flores."

A menção de flores fez Heather pensar na sua ex-amiga Morag – elas eram muito amigas das flores na Escócia. Ela decidiu voar para o outro lado da rua para ver o que ela estava fazendo.

Do outro lado da rua, Morag e Kerry escutavam fitas velhas da Lydia Lunch, tomando cerveja. Kerry contava para Morag sobre sua infância no Maine e sobre seus pais, que morreram quando era mais nova e não deixaram nada além de uma abrangente assistência médica, o que veio a calhar.

"E, desde então, fui pobre. Eu tentei ganhar dinheiro com arte aqui em Nova York, mas sem muito sucesso. É muito desmotivador."

O último esforço artístico de Kerry foi quando uns amigos de Cal pediram uma capa para o álbum da banda deles, que estavam lançando por conta própria.

"Eu desenhei uma mulher bonita, baseada na Vênus, do Botticelli –, parecida comigo, na verdade – deitada numa cama de pétalas de rosa. Era lindo, mas a banda disse que não combinava com o título do álbum."

"Qual era?"

"*Rock Me, Fuck Me, Kill Me*. Disco tosco."

Essa tinha sido a última tentativa comercial de Kerry. Desde então, ela vivia com praticamente nenhum dinheiro. Agora que Morag estava lá para ajudar a roubar das lojas e pegar dinheiro das caixas registradoras para o aluguel, as coisas estavam mais fáceis.

"Agora, Morag, onde eu vou encontrar uma papoula galesa vermelha, amarela e laranja? Sem essa flor, o alfabeto não ficará completo e eu preciso que ele esteja se eu quiser ganhar de Cal na competição."

Mencionando Cal, Kerry jogou sua tiara indiana no chão de tanta raiva. Ele não só a tinha rejeitado, como também sabotado suas flores.

Magenta chegou ao pequeno parque da Rua Houston e se sentou para consultar sua cópia de Xenofonte. Alguns pombos circulavam por ali caçando migalhas. Antes de começar a ler, ela foi interrompida por um vagabundo que a conhecia bem. Ele deu um tempo de ficar lavando para-brisas no semáforo e chegou devagarinho.

"O que você tem aí? Xenofonte?". Ele caiu na gargalhada. "Xenofonte era um bosta. Todas as autoridades mais recentes da literatura arqueológica mostraram que ele não foi tão importante em expedições quanto ele fez parecer."

Magenta não ficou para ouvir. Ela checou se o seu novo espólio – uma flor tripla preciosa – estava guardado em segurança na sacola e marchou.

"Espere até Joshua encontrá-la!", ele gritou para Magenta.

"Um derramamento de esgoto fechou três praias de Long Island ontem. E as autoridades de saúde da Nassau County também receberam um monte de ligações de pessoas que passaram mal depois de comer mariscos contaminados."

Morag estava lendo um jornal depois de Kerry fracassar na tentativa de tirar um solo. Ela era persistente na sua paixão pelos New York Dolls, e nunca desistiria completamente.

"E um adolescente do Brooklyn foi esfaqueado e morreu no Sunset Park depois de uma discussão."

"Mmmm."

"E dois assaltantes tocaram o terror em Midtown. Fizeram três assaltos com uma faca em cinco minutos."

Kerry fechou a cara.

"Talvez seja melhor você me contar uma história sobre a Escócia ao invés disso aí."

"Já que você insiste tanto."

Morag engoliu um pão-de-aveia, tomou um pouco de cerveja para ajudar a descer e começou.

"James MacPherson era um famoso ladrão escocês e um grande violinista. Ele não tinha medo de ninguém e seus feitos eram lendários, mas, no fim, foi traído e capturado no mercado de Keith. Isso foi mais ou menos no ano de 1700, eu acho. MacPherson era um bom amigo das fadas e teve até um relacionamento feliz com uma sereia, que é tipo uma fada também.

Naquele período, o fabricante de violinos mais famoso das fadas MacPherson, Red Dougal MacPherson, ainda vivia, e ele gostava muito de MacPherson, o Ladrão. Eles costumavam beber e tocar juntos nas colinas em volta de Banff. Red Dougal ensinou várias técnicas de violino que só as fadas conheciam para James, e dizem que nenhuma dupla de violinistas antes nem depois deles tocava melhor. Em troca disso, MacPherson, o Ladrão, dava para Red Dougal e para as outras fadas MacPherson garrafas enormes de whisky e joias especiais que ele roubava.

Eles foram ficando tão amigos que Red Dougal fez um violino com toda sua habilidade e talento e levou pra Annie MacPherson, que era a fada-líder do clã MacPherson. Ela deu ao violino um poder de mudar de forma; assim, podia ficar grande o suficiente para um humano tocar. Red Dougal, então, presenteou James com o violino.

O instrumento tinha um timbre sem igual. Nas mãos certas, podia hipnotizar uma plateia. Fazer rir ou chorar. Fazer guerreiros marcharem pelos vales ou pôr um bebê para dormir. Ele era famoso em toda a Escócia, e, apesar de levar o violino com ele, MacPherson contava com um dos três grandes artefatos feéricos da Escócia, e esse artefato pertencia ao clã como um todo.

Aí, MacPherson, o Ladrão, foi traído, capturado e condenado à morte pelo xerife. Ele foi trancafiado numa prisão em Banff. As fadas tentaram libertá-lo, mas o xerife estava forte demais com a mágica inglesa e não pudemos fazer nada. MacPherson sentou na cela e compôs sua última música, o famoso 'Lamento MacPherson'.

Annie MacPherson até conseguiu, por causa do seu enorme poder, um perdão para o ladrão, e isso teria sido uma alegria para todo o povo escocês, porque ele não roubava dos pobres, só dos ricos. Mas o xerife sabia que o documento estava a caminho e, esperto, adiantou o relógio da cidade em uma hora. Então, a execução aconteceu uma hora antes, e a carta de perdão chegou tarde demais.

Quando James MacPherson subiu no cadafalso, ele tocou a música que tinha composto na cela, o 'Lamento MacPherson'. As fadas MacPherson estavam assistindo. Elas se lembraram da música e é por isso que ela sobrevive. Depois de tocar, o Ladrão despedaçou o violino no joelho de tanta raiva e gritou para o mundo toda sua revolta. E, então, ele foi enforcado.

E esse foi o fim do Violino MacPherson. Ninguém sabe nem o que aconteceu com os pedaços."

Heather estava agachada do lado de fora do apartamento de Kerry, escutando.

"É uma pena, horrível mesmo, que ele esteja perdido", Morag estava dizendo, "porque Red Dougal foi o melhor fabricante de violinos a dar o ar da graça no país e todos diziam que o Violino MacPherson era o instrumento mais perfeito que ele já tinha produzido".

Lá fora, na janela, Heather pôs a mão na testa. Ela estava embasbacada. Foi voando de volta para o apartamento de Dinnie.

Era um mistério para ela o porquê de o violino de Dinnie ter um timbre tão envolvente, mesmo nas mãos de um músico tão ruim, e ela tinha acabado de ter um *insight* psicológico, o que não era nada do feitio dela.

"Dinnie! Este é nada menos do que o Violino MacPherson."

Dinnie estava relaxando na frente da TV e não prestou atenção nenhuma em Heather.

"Uh, gato, eu adoraria chupar o seu pau duro", disse baixinho uma mulher de biquíni com um telefone vermelho. "Disque 970 C-H-U-P para o disque-sexo mais quente da cidade."

Eu vou ter que matar essa pessoa uma hora, pensou Heather.

Morag andou, voou e pegou carona pela cidade, mas não conseguiu achar nem sombra da flor perdida de Kerry. Faltavam apenas três semanas para a competição. Só havia uma coisa a fazer. Ela subiu uma escada de incêndio, olhou para o céu e rezou para Dianna, a Deusa das Fadas.

Quando ela flutuou de volta para a rua, lá estava Magenta, marchando em sua direção. Espetada na sacola, a flor.

"Obrigada, Dianna", disse Morag, e se materializou.

Ela explicou rapidamente sobre a flor e a pediu de volta.

Magenta fugiu, dando ordens para suas tropas formarem um quadrado, arqueiros e cavaleiros na retaguarda.

"Será que a gente pode achar alguma outra em algum lugar?", perguntou Morag, de volta ao apartamento de Kerry.

"Não", disse Dinnie. "Não, não e não. Você não pode pegar."

Ele segurou o violino.

"Mas você nem gosta dele."

"Gosto sim. Ele me faz ficar atraente. As irlandesas novinhas farão roda. Você mesma disse."

Heather ficou encarando-o com uma frustração desesperada. Ela fez Dinnie se apaixonar pelo instrumento e agora ela precisava dele.

"De qualquer forma", protestou Dinnie. "Eu não acredito em você. Como este pode ser o famoso Violino MacPherson sei lá o quê?"

"Este é um dos ícones mais famosos das fadas da Escócia. Eu não sei como ele veio parar em Nova York, mas veio. Se eu voltar para a Escócia com o Violino MacPherson, serei perdoada pelo estrago que fiz na bandeira dos MacLeod."

"Como que isto aqui pode ser um instrumento de fada? É grande demais."

"Este instrumento muda de tamanho."

"Mudaria."

Dinnie e Heather se encararam desafiadoramente.

"Eu poderia roubá-lo."

"Não, não poderia", Dinnie disse, triunfal. "Você é uma fada boazinha. Não pode roubar a coisa favorita de um ser humano. Especialmente de um companheiro MacKintosh."

Heather raciocinou freneticamente. O que as fadas faziam quando precisavam de alguma coisa de um humano que elas não podiam roubar? Claro. Elas negociavam.

"Vamos fazer uma troca."

Cal estava sofrendo de estresse. Tentar produzir *Sonho de Uma Noite de Verão* com orçamento mínimo estava se provando uma tarefa extremamente difícil. Para piorar, ele parecia ter arrumado um grupo de atores nervosos demais – interrupções de mendigas eram mais do que eles podiam aguentar.

Ele plugou a guitarra para relaxar. Cal era um bom guitarrista. Conseguia tocar quase tudo – fazia *jams* com o barulho do tráfego ou com o zumbido do ar-condicionado.

Ele tocou alguns *riffs* e algumas sequências de acordes, depois deslizou os dedos facilmente por alguns de seus solos favoritos.

Ele franziu a testa. Tocar os solos do New York Dolls o fazia sentir culpa, já que ele tinha prometido ensiná-los para Kerry e, então, deixou-a antes de fazê-lo.

"Escute", disse Johnny, lá no Paraíso.

"O quê?", disse Billy.

"Em algum lugar lá embaixo. Tem alguém tocando minhas coisas."

Johnny Thunders e Billy Murcia, membros falecidos do New York Dolls, sentiram as vagas vibrações do *riff* principal de "Rock and Roll Nurse".

"Eu queria muito saber o que aconteceu com a minha guitarra", repetiu Johnny. "Tô com saudade daquela Gibson Tiger Top. Nunca existiu guitarra igual. Nem aqui encontro uma substituta."

Do outro lado dos abençoados campos do Paraíso, espíritos chineses ainda faziam seus preparativos para visitar a Terra no Festival dos Fantasmas Famintos.

"Uma fada do cardo numa negociação tem o poder de oferecer qualquer coisa", afirmou Heather. "É só pedir."

Dinnie olhou para Heather incrédulo.

"Ok", ele disse. "Eu lhe dou por um milhão de dólares."

"Ahm, bem, eu não posso fazer isso."

"Rá! Sabia que era mentira."

Heather voou para lá e para cá agitada.

"Eu não estava mentindo. Eu posso trocar qualquer coisa. Menos dinheiro. A gente não tem permissão para negociar com dinheiro. Desculpe."

"Você pagou meu aluguel."

"Isso foi uma ajuda a um humano necessitado. Não uma negociação."

"Ah, vá pro inferno. Eu ficarei com o violino."

"Ah, vai, deve ter alguma outra coisa que você queira. Eu posso dar o que o seu coração quiser."

Dinnie vagou até a janela. Ele não conseguia pensar no desejo do coração dele e não queria se desfazer do violino.

"Eu não quero nada. Então, você não pode levar. Agora, dá licença que eu vou comprar cerveja. E que sirva de lição para você. Vocês fadas se acham muito espertas, mas, comparadas a um humano como eu, não são nada."

Dinnie, satisfeitíssimo de ter saído por cima na discussão com Heather, a quem considerava folgada demais para o gosto dele, cantarolava uma canção enquanto descia as escadas.

Em Cornwall, Magris não estava nada satisfeito. O Rei Tala tinha lhe instruído que trouxesse de volta Petal e Tulip. Aos olhos de Magris, isso era perda de tempo. Eles estavam longe e não ofereciam perigo.

Magris estava mais interessado na reestruturação da sociedade feérica de Cornwall. Sob sua liderança, as fadas já não viviam mais livres nas florestas, mas sim confinadas em oficinas controladas por barões. Como consequência disso, a produção aumentou vertiginosamente e o comércio com as fadas na França e em outros lugares estava explodindo. Em sua opinião, o único problema que eles teriam que encarar era Aelric e seu bando, mas ele tinha confiança plena de que logo seriam detidos pelas forças de segurança.

"Eu o transformei do dia para a noite de um senhor de uma sociedade selvagem em um rei de um bem organizado reino feudal", disse ele a Tala. "E agora que eu inventei o motor a vapor, não há limites para o nosso progresso. Nós produziremos tanto quanto os humanos. Esqueça Tulip e Petal. Eles não são importantes."

Tala, no entanto, tinha suas tradições, e não podia aceitar a fuga. Ele ordenou que Magris os trouxesse de volta. Então, Magris mandou mensageiros portando ouro, com o intuito de contratar um bando de mercenários, e começou a pensar na melhor maneira de mandá-los para a América.

Kerry e Morag estavam comprando café e cerveja na loja de conveniência.

"Que barulho é esse?"

Havia um burburinho distante que crescia rapidamente até se tornar um tumulto de gritos e marchas quando uma grande manifestação virou na Rua 4 e abriu caminho.

"É um protesto."

"Contra o quê?"

"Mais cidadania! Sem homofobia!", gritavam os manifestantes.

Entre as linhas de policiais que rodeavam a passeata, os participantes esticavam os braços entregando panfletos que detalhavam suas queixas. Kerry pegou um dos folhetos e leu-o para Morag. Dizia que, nas últimas semanas, houve um aumento no ataque a gays na cidade. Homens esperavam do lado de fora dos bares e baladas gays e assediavam qualquer um que saísse. Isso havia causado sérios incidentes, com pessoas feridas, e a comunidade gay estava protestando contra a falta de proteção policial.

"Mais cidadania! Sem homofobia!"

A maioria dos homens e mulheres marchando era jovem e tinha expressões sérias. Fileiras de policiais os rodeavam e os acompanhavam pela rua. Não muito longe, na Tomkins Square, uma série de perturbações havia ocorrido, e agora a polícia estava controlando a multidão.

Kerry viu rostos conhecidos e acenou para os manifestantes. Ela disse para Morag que, só na semana passada, dois amigos dela tinham apanhado ao sair de um bar gay no West Village.

Morag estava perplexa com a coisa toda. Kerry fez seu melhor para explicar, mas ficou desconcertada quando Morag caiu na risada.

"Qual é a graça?"

"Vocês, humanos", berrou Morag, gargalhando escandalosamente. "Criam cada problema idiota para vocês mesmos. A gente não tem essas dificuldades. Até os MacKintosh, que são ladrões, trapaceiros e mentirosos, têm mais o que fazer do que se preocupar com duas fadas do mesmo sexo rolando nos vales."

"Esses vales estão me parecendo cada vez mais interessantes", disse Kerry. "Você tem que me levar lá algum dia."

"Saiam da minha frente, suas bichas do caralho", disse uma voz ali perto. "Não dá para sair para comprar uma cerveja hoje em dia sem ser atrapalhado por um bando de veadinhos rebeldes?"

Era Dinnie, abrindo caminho na base da cotovelada até a loja.

"Oi, Dinnie", disse Kerry. Dinnie parecia surpreso e gaguejou. Ele saiu sem responder.

"Estamos indo na direção errada", disse Heather, no ombro. "E por que você está tão vermelho?"

De volta ao apartamento, Dinnie entornou o caneco de cerveja e Heather ficou tirando um barato da cara dele.

"Você está apaixonado pela Kerry."

"Não viaja", indignou-se Dinnie.

"Não tô viajando. Eu vi você ficar vermelho, gaguejar e andar na direção errada quando ela disse 'oi'. Não dá para enganar uma fada com uma coisa dessas.

Bom, Dinnie, hoje é o seu dia de sorte. Juntar casais é uma das minhas especialidades. Nenhum caso é impossível. Essa pode ser a nossa troca. Você me dá o Violino MacPherson, e eu lhe dou a Kerry."

Dinnie estava mais do que incrédulo sobre a proposta de Heather. Ele dispensou-a, achando-a absurda.

"Não tem nada de absurda. É um esquema fantástico. O melhor que eu já criei. Você me dá o violino e eu lhe dou a Kerry.

Pense nas vantagens. Assim que começar a sair com ela, todo mundo vai querer ser seu amigo porque ela é muito popular e qualquer cara que esteja saindo com ela deve ser um tipo bem desejável. Praticamente do dia pra noite você passará de uma criatura patética e solitária, desprezada por todos, para um cara da hora com uma namorada legal. Ao invés de chafurdar na sua poltrona toda noite assistindo a baseball e programas de sexo, você poderá aparecer nos shows e nas baladas com a Kerry do lado, provocando inveja em todo mundo. Ela é uma jovem muito atraente e altamente desejável. Sua felicidade não conhecerá limites.

E, quanto a mim, assim que eu tiver o Violino MacPherson, de uma fora da lei foragida me transformarei na fada mais popular da Escócia. Voltar para casa com um item tão famoso e há tanto tempo perdido vai chocar e impressionar toda a sociedade das fadas e vai compensar o acidente com a Bandeira MacLeod, até mais que isso. Até na cabeça do clã MacLeod, um bando de ignorantes, vai entrar que eu sou uma fada para ser honrada, homenageada, e não perseguida com facas e espadas pela montanha Ben Lomond."

Heather teve um calafrio ao se lembrar desse particularmente desagradável incidente.

"E mesmo se não entrar na cabeça deles, um ato tão heroico me daria a proteção de Mavis, a Rainha das Fadas. Eu estaria segura e seria bem-vinda em todos os lugares."

Os olhos de Heather brilhavam pensando no retorno triunfal às terras de seu clã ao redor de Tomatin. Se o famoso e reverenciado Violino MacPherson retornasse à Escócia nas mãos dela, uma MacKintosh, isso calaria a boca dos MacPherson de tal maneira e os manteria em seus devidos lugares por eras a fio. Ela poderia até mesmo conseguir que os juízes revertessem a decisão da competição mirim, forçando-os a admitir que sua versão de "Tullochgorum" era melhor que a de Morag.

E tem outra coisa. Se Dinnie saísse com Kerry, isso incomodaria Morag infinitamente. O jeito de Morag se gabar de que sua amiga humana era popular, atraente e divertida, enquanto o de Heather era um tipo de lesma humana, já estava irritando muito. O que Morag diria quando sua amiga popular e atraente se apaixonasse perdidamente pelo majestoso Dinnie MacKintosh, orgulho de seu clã?

Dinnie concordou com a negociação; Heather ria ansiosamente.

Kerry atravessou a rua para o teatro. Morag forçou a fechadura e elas entraram escondidas. Lá dentro, destruíram todos os objetos cênicos do *Sonho de Uma Noite de Verão*. Ela dilacerou os figurinos com uma faca e quebrou todo o cenário com um martelo.

"Sente-se melhor?", perguntou Morag, de volta ao flat.

"Um pouco", respondeu Kerry. "Agora, o que eu prendo no meu cabelo? Uma rosa ou um cravo?"

Morag ponderou profundamente, mas era uma pergunta muito difícil.

"Qual é a próxima flor de que você precisa?"

Elas estavam passando para as próximas flores do alfabeto, na esperança de encontrar a mais importante de alguma forma.

Kerry consultou seu livro.

"Uma *Eschscholzia* laranja-clara. Cresce na Califórnia. Não deve ser tão difícil."

Heather foi até o pequeno parque da Rua Houston para refletir bem sobre o assunto do romance de Dinnie.

Embaixo dela, na rua, grupos de jovens passavam a caminho de um show no Knitting Factory. Estudando-os, Heather apreciou o fato de não serem como os jovens que ela havia conhecido em seu pequeno vilarejo.

Talvez devesse fazer uma certa pesquisa antes de decidir como fazer eles se juntarem, ela pensou. Eu estou numa cidade estranha e não quero desperdiçar meu tempo fazendo Dinnie tomar todas as atitudes erradas. Por exemplo, dar pães-de-aveia de presente, garantia de conquistar uma fada das Terras Altas, pode não ter o mesmo poder em Nova York. Vou ter que planejar cuidadosamente.

Satisfeita com seu raciocínio astuto, flutuou pelo ar e foi pesquisar um pouco.

Dinnie nunca comia fora, o que era estranho. Ele não gostava de desperdiçar seu tempo em restaurantes. Comprava as coisas mais baratas que podia fritar em seu fogãozinho. Ele passou uma noite tranquila comendo carne enlatada, assistindo a programas de perguntas e respostas e pensando se Heather poderia mesmo cumprir sua promessa. Apesar de não ter nenhuma intenção de admitir isso para a fada, ele nunca havia tido uma namorada. Não parecia possível que a sua primeira fosse a tão desejada Kerry.

Na aura feliz criada pela presença de Heather e Morag, os dois mendigos nas escadas passaram a ter sonhos profundos de lugares agradáveis, tão maravilhosos que eles não queriam voltar.

"Oi, Dinnie", disse Heather, dando um salto mortal no parapeito da janela. "Voltei. Eu pensei no assunto e já tenho tudo esquematizado."

Dinnie ficou vermelho.

"E", disse Heather, saltando para o ombro de Dinnie, "já fiz um plano de ação completo. Garantido para fazer a Kerry se apaixonar por você".

Dinnie sorriu com desdém.

"Não faça essa cara. Eu consigo. Fiz você tocar um *strathspey* difícil, não fiz? Uma missão quase impossível, pensando na sua habilidade. Enfim, eu consigo a Kerry pra você."

Heather pulou bem na cabeça de Dinnie, o que ele odiou, e olhou para baixo, por cima de sua testa.

"Agora, não vai pensando, Dinnie, que eu estou subestimando o problema. Eu sei bem que as chances de você capturar o coração da Kerry são quase nulas.

Provavelmente inexistentes. Ela é, afinal, uma senhorita altamente desejável com praticamente tudo a seu favor, enquanto você é uma bola de sebo sem nenhuma característica atraente."

"Muito obrigado", murmurou Dinnie.

"E, além disso, não pense que eu não estou a par dos costumes sociais de Nova York. Eu tô sim. Eu sei que pão-de-aveia aqui não tem o mesmo poder que teria entre as fadas do meu vilarejo. Eu tive uma das melhores experiências da minha vida depois de levar quatro pães-de-aveia e um pote de mel para um camarada fada. Três semanas de sexo selvagem ininterrupto numa caverna. Maravilhoso. Porém, aqui as coisas são diferentes. A Kerry é roqueira e a gente vai ter que agir de acordo."

Ela pulou para a mesa, cabelo loiro e ruivo balançando, olhos brilhando.

"E como eu sei de tudo isso?", perguntou retoricamente. "Vou lhe falar como eu sei de tudo isso. Eu passei a tarde inteira espionando a Kerry e a amiga idiota dela, a Morag; e passei a noite inteira nos cafés modernos da Avenida A, escutando os jovens da moda e lendo revistas de rock'n'roll. Eu sei do que ela gosta e sei como fazê-lo entrar nessa. Você só precisa fazer exatamente o que eu digo."

Dinnie permaneceu calado. Ele não estava disposto a acreditar. Heather trocou umas fofocas com uma barata que passava pelo fogão, caçando migalhas. O fogão, sujo há anos e devidamente podre, era um lugar propício para este tipo de caça.

"Então, Dinnie, essas são as condições. Eu prometo fazer a Kerry se apaixonar por você. Em troca, você me dá o Violino MacPherson. Você concorda?"

Dinnie concordou, mesmo quando Heather informou que, a partir de então, ele deveria fazer exatamente o que ela mandasse, ou o acordo estaria desfeito e ela iria embora com o violino.

"Qualquer um que desfaz um acordo com uma fada está sujeito a praticamente qualquer coisa."

A fada olhou pela janela.

"Ah, não", ela chorou. "Eu não acredito. Mais dois mendigos morreram na escada."

Dinnie não reagiu.

"Faça alguma coisa, Dinnie."

"O quê?"

"Ligue pra quem quer que seja que vocês ligam em Nova York quando alguém morre. Odeio o jeito que eles ficam lá jogados."

Dinnie grunhiu que, por ele, tudo bem se ficassem lá o ano inteiro.

"Dinnie, escute bem o que vou lhe dizer. Pelo que eu vi da Kerry, além de ser amiga da maldita MacPherson, ela é um ser humano bondoso e gentil. Sem dúvida, gosta de homens que também sejam bondosos e gentis. Isso quer dizer que você vai se tornar um ser humano bondoso e gentil. Se isso não for possível, você vai fingir. Então, pegue o telefone."

Dinnie fez o que ela mandou.

ONZE

Morag pulou pela janela de Kerry com uma *Eschscholzia* e um olhar perturbado.

"Encontrei-a numa floricultura em Midtown", murmurou, começando a contar uma história triste para Kerry.

"Eu vi uma criança chorando depois de derrubar o pirulito no bueiro. Naturalmente, eu me materializei na frente dela para fazê-la se animar. Na Escócia, isso teria aprovação total, gritos de alegria da criança e coisas do tipo. Infelizmente, em Nova York, não. Ela se assustou, deu um pulo pra trás e caiu na rua."

Morag franziu a testa.

"Demora um tempão para chegar uma ambulância nesta cidade."

Kerry deu apoio, dizendo que ela teve boas intenções, mas Morag estava inconsolável. Ela tinha causado um acidente sério, o que era ruim o bastante, mas estava convencida de que algo ruim aconteceria a ela de volta. De acordo com Morag, o carma das fadas era notoriamente poderoso.

Ainda assim, não havia nada a se fazer a não ser seguir o programa e rastrear a mendiga que estava com a papoula galesa.

A tarde estava desconfortavelmente quente. Magenta se sentou para descansar na esquina da Avenida C com a Rua 4. Hoje, pelas suas contas, tinha marchado quarenta parasangas sob contínua pressão de Tisafernes. Esse tenente de Artaxerxes era um oponente astuto, naquele momento se contentando em infernizar as tropas dela sem partir para um ataque frontal direto. Isso era bom para os dois lados, na verdade, porque os hoplitas gregos de Xenofonte eram imensuravelmente mais disciplinados do que os dos persas e infligiriam baixas gravíssimas se atacados, mas, infiltrados tão profundamente além das linhas inimigas, o número superior dos persas faria a diferença no final.

Um caminhão de bombeiros passou uivando. Magenta o ignorou e procurou nos telhados dos prédios algum arqueiro escondido. Sem encontrar nenhum, tomou um gole do seu drinque e se permitiu um sono breve na frente de um salão com uma bandeira em cima da porta.

Kerry se ocupava com a bolsa ao seu lado. Não há uma causa conhecida para a doença de Crohn, nem uma cura, então, quando Morag perguntava a ela se um dia ficaria melhor, Kerry respondia somente: "talvez".

"Eu posso ficar boa por dentro. Os médicos fariam uma operação reversa e eu não precisaria mais usar a bolsa de colostomia. Ou eu posso continuar do mesmo jeito por um tempão, o que não é bom o suficiente para operar. Ou eu posso ter mais ataques. Eu teria que tirar mais um pedaço do intestino e, aí, nunca mais poderia fazer uma operação reversa."

Isso era o suficiente para trazer lágrimas aos olhos de Kerry, quando, então, Morag mudava de assunto.

Kerry procurou suas roupas mais coloridas – sua saia amarela longa e velha, seu moletom de manga comprida tingido de vermelho, azul, rosa e roxo, seu colete indiano verde coberto de bordados e pedaços de espelhos, seu colar de contas e faixa de cabelo, óculos de sol azul redondo, bolsa de camurça com franjas e mais bordados, tênis de cano alto pintado com o conteúdo completo de um *kit* de pintura infantil e um cravo para pôr no cabelo.

"A rosa ficaria melhor?"

"Ainda não consigo decidir", disse Morag. "Você já considerou margaridas?"

"Vamos embora."

Lá fora, Kerry, alvo regular dos assovios e gritos dos homens na rua, sofreu uma prolongada corrente de assédios desagradáveis ao passar por um grupo de operários de uma obra. Ela não gostava disso, mas não respondia.

"Queria tá aí no meio dessa bundinha!"

"Que deprimente", disse Morag, no ombro dela. "Talvez esse seja o começo do meu carma ruim."

Kerry a assegurou de que não era, porque acontecia o tempo inteiro.

No sol quente, pedestres se arrastavam infelizes e o trânsito estava engarrafado e congestionado. Não parecia um dia bom.

Assim que Kerry e Morag chegaram à Avenida B, local onde Morag havia visto Magenta, um carro fez uma manobra violenta para cima da calçada numa tentativa de se livrar de um congestionamento e Kerry foi forçada a pular para salvar sua vida. Morag bateu numa porta e aterrissou brutalmente.

"Meu carma", ela gemeu.

"Tenho certeza de que é só uma coincidência", disse Kerry, e bateu a sujeira do kilt da fada. Morag não estava convencida disso; na esquina seguinte, dois skatistas forçaram Kerry a pular rapidamente para desviar, arremessando Morag mais uma vez ao chão, e então a fada declarou que seria um milagre se ela estivesse viva no fim do dia.

"Trocado, um trocadinho?"

Kerry sacou um trocado, deu para o mendigo, pediu desculpas por não ter nenhum cartão-postal do Botticelli e analisou o horizonte. Um vaso de flores caiu de algum lugar acima e não as atingiu por centímetros.

Kerry estava abalada.

"Você não pode fazer nada, Morag?"

"Só existe uma possibilidade. Eu tenho que fazer uma imensa boa ação para espantar o carma ruim."

Elas olharam em volta tentando achar uma boa ação para fazer, mas não viram nada.

"Terei que esperar", sussurrou Morag, "e torcer para ter uma chance antes que algo mais terrível me aconteça".

Dinnie e Heather encontraram Cal ao sair do teatro. Os braços dele estavam cheios de flores. Ele acenou com a cabeça, sorrindo para Dinnie.

"Você vem para ver o *Sonho de Uma Noite de Verão?*"

"Um lixo cheio de fadinhas", respondeu Dinnie incisivamente. "E que tal não fazer tanto barulho durante os ensaios?"

"Quem era?", perguntou Heather, seguindo Dinnie na missão de comprar cerveja.

"Cal, o babaca no comando do teatro comunitário do andar de baixo. Ele teve a ideia imbecil de fazer uma peça e tocar todas as músicas na guitarra. Será um desastre. Ele só quer conhecer as atrizes e comer todas elas."

Magenta acordou, sentindo o perigo.

"Olha ela lá", gritou Morag.

Magenta disparou para dentro do salão atrás dela.

Kerry e Morag entraram correndo atrás dela, mas, lá dentro, no que parecia ser uma pequena galeria, havia tanta gente que era difícil se mexer, e elas perderam seu alvo de vista.

Era um evento beneficente com vários artistas e poetas locais expondo suas obras e lendo para o público. Era para ser divertido, mas, como hoje estava insuportavelmente quente, parecia mais um suplício para todo mundo.

Presas na multidão, com Magenta escondida, Kerry e Morag só podiam esticar os pescoços para ver o que estava acontecendo.

Uma jovem ruiva subiu ao palco.

"Eu a conheço", sussurrou Kerry.

Era Gail, uma amiga dela, prestes a ler seus poemas.

Infelizmente, àquela altura ninguém mais estava prestando atenção em nada – todos estavam apenas suando e pensando em ir embora.

"Ai, ai", murmurou Kerry. "Todo mundo tá de saco cheio do calor e do aperto, e ninguém vai prestar atenção na Gail, apesar de ela ser uma grande poetisa."

Como Kerry previu, poucas pessoas prestaram atenção. Estava desconfortável demais para ouvir poesia, ou qualquer coisa. Morag viu a chance de desfazer seu carma pesado. Ela desembrulhou seu violino e tocou, bem no limiar da audição humana. O efeito foi imediato. A plateia ficou hipnotizada pelas palavras de Gail e pela música da fada. Todos ficaram em silêncio e escutaram, paralisados.

Quando Gail leu um poema sobre tristeza, Morag tocou uma elegia e com muito esforço as pessoas não caíram em prantos. Gail leu um poema forte sobre construtores invadindo áreas e expulsando os pobres e Morag tocou um *strathspey* agitado. Quando o poema acabou, o público estava a ponto de invadir os escritórios das construtoras e expulsá-las da cidade. Gail terminou com um poema de amor e Morag tocou "My Love is Like a Red, Red Rose", e todos na multidão sentiram que estavam definitivamente apaixonados por alguém e que tudo iria ficar bem.

Quando ela acabou, os aplausos foram incontroláveis. Gail sorriu. Tinha sido um grande sucesso. Morag sorriu também. Essa boa ação bem-sucedida com certeza limparia seu carma.

"Olha ela lá", Kerry gritou, avistando Magenta a distância, e correu. Morag quis segui-la, mas o homem próximo a ela, batendo palmas efusivamente, derrubou o violino dela no chão. Como o violino era invisível, sem querer ele o esmagou com o pé.

Kerry encontrou Magenta quando ela estava prestes a fugir e recuperou sua flor com um ataque certeiro. Depois, colocou a flor de volta em seu lugar, o orgulho da coleção. Ela estava feliz agora, mas Morag estava inconsolável.

Elas olharam para o violino despedaçado.

"Este é o pior dia da minha vida", disse Morag.

DOZE

Spiro, o esquilo, parou de mastigar uma noz para olhar para Maeve. "Por que você está triste?"

"Estou com saudades da Irlanda", ela respondeu, e Padraig balançou a cabeça, concordando. Eles se arrependiam do dia que pularam na balsa para a Inglaterra só para saber como era o país.

"E por que vocês estão tristes, Petal e Tulip?"

"Estamos com medo de nosso pai encontrar a gente, mesmo aqui, e fazer a gente voltar", eles disseram.

"Ele sabe entrar num avião jumbo?"

"Magris sabe tudo", disse Brannoc, e pensou em matá-lo.

Ao longe, corredores arfavam pelo caminho de um circuito longo do parque.

"Toque um pouco de música pra gente", disse Spiro. "O parque todo parece mais pacífico desde que vocês chegaram aqui. Toquem uma música que eu mostro como achar os maiores cogumelos deste lado do Atlântico."

Então, as fadas tocaram no Central Park, e os animais e os humanos pararam para escutar. Os rádios foram desligados e as crianças pararam de gritar. Os corredores, ciclistas e jogadores de basquete tiraram um descanso. Todo mundo que ouviu foi para casa feliz, ficando assim pelo resto do dia. Ninguém brigava ou discutia e nenhum crime era cometido quando as fadas do parque tocavam.

Cornwall não estava tão feliz.

"Eu não posso aceitar que meu filho e minha filha fujam do país", disse o Rei Tala. "Isso dará motivação aos grupos de resistência."

Magris deu de ombros. Ele estava muito mais interessado em inventar novas e mais eficientes máquinas para fabricar produtos.

"Eu poderia tentar abrir um arco-íris lunar daqui até Nova York. Mas gerar energia suficiente para mandar um grupo grande levará tempo."

Tala estava impaciente com isso. Ele queria seus filhos de volta agora.

"Você tem poder suficiente para mandar uma força menor?"

Magris fez que sim com a cabeça.

"Muito bem. Reúna alguns mercenários."

Tala tinha uma coroa de ouro de primeiríssima qualidade. Ele também tinha doze poderosos barões controlando a população das fadas de Cornwall. Isso significava que sua coroa não era tão poderosa quanto costumava ser. No entanto, com sua mente concentrada na intensificação notável da produção trazida pela reorganização da sociedade proposta por Magris, ele não havia percebido isso.

Neste momento, aguardado em uma reunião com os barões, ele andava por um corredor de pequenas árvores quando foi interrompido por um mensageiro com as chocantes notícias de que Aelric e seu bando haviam queimado o silo real, destruindo o reservatório de comida do rei e de sua corte. Os grãos mantidos nesse silo teriam que ser substituídos pelos grãos de um de seus barões, o que causaria dificuldades em seu território.

Magris segurava um panfleto distribuído por Aelric. Ele incitava as fadas de todos os lugares de Cornwall a romperem os grilhões e apoiarem os amados Petal e Tulip como novos governantes do reino.

"Os rebeldes tentaram distribuí-los", Magris contou ao Rei. "Por sorte, nossas tropas puderam evitar."

"Esse Aelric tem que ser capturado", disse o Rei, enraivecido, dando instruções para que os voadores mais fortes de seu exército mantivessem guarda em seus territórios pelo ar, para que os panfletos não caíssem dos céus.

"Eu tenho que tomar um whisky", Padraig disse, pondo o violino de lado, e ninguém discordou. Fazia tempo que as fadas do Central Park não tomavam um drinque. Os esquilos, apesar de amigáveis, não traziam nenhuma bebida para as fadas, por mais que elas tentassem convencê-los. Eles diziam que era uma tarefa arriscada demais. Isso desagradava Maeve, especialmente.

"Na Irlanda", ela disse aos outros, "um esquilo faria um esforço para trazer um pouco de *poteen*[10] para uma fada. Mas, normalmente, isso não dá nenhum problema porque lá os humanos são pessoas boas e deixam as bebidas largadas para nós".

Não existia outra alternativa a não ser montar uma expedição às ruas além do parque.

"Vamos atacar o primeiro bar que aparecer."

A perda da papoula galesa de três flores, tão pouco tempo após sua dramática recuperação, foi um golpe destruidor em Kerry. Ela fitou furiosamente o bilhete de resgate das fadas chinesas.

"Como elas ousam manter a minha flor como refém!?"

Kerry viu suas esperanças ruírem em pedaços. Sem a papoula galesa, ela não poderia ganhar o prêmio da East Fourth Street Community Arts, e, sem o violino de Morag, não podia aprender os solos de Johnny Thunders.

"Eu já decidi", disse Johnny Thunders. "Não ficarei satisfeito, mesmo aqui no céu, enquanto eu não souber o que aconteceu com a minha Gibson Tiger Top ano 1958. Eu a deixei por um minuto no banco do bar no CBGB e, quando virei, ela tinha sumido. E nunca existiu outra guitarra igual àquela."

Billy Murcia concordou chacoalhando a cabeça.

"E a minha melhor guitarra seria uma mão na roda agora", continuou Johnny. "Porque, até onde eu sei, boas bandas de rock fazem falta por aqui. Um monte de bandas hippie e um monte de corais gospel, mas nada agressivo. Então, quando esses espíritos chineses descerem pro Festival dos Fantasmas Famintos, eu vou com eles."

As fadas do Central Park se aventuravam receosas pelas ruas.

"Aquilo parece um bar", disse Brannoc depois de um tempo, apesar de ser difícil afirmar com certeza. Os prédios eram muito diferentes das casinhas e dos edifícios de Cornwall e da Irlanda, que eles conheciam bem. Por causa dessa incerteza, foram mais longe do que eles queriam, para dentro do Harlem, e agora estavam bem longe do parque.

As pessoas estavam em todos os lugares nessas ruas, e o trânsito gerava uma fumaça que fazia os olhos das fadas arderem. Elas estavam todas aflitas, apesar de

Brannoc e Maeve se recusarem a demonstrar. Parando para deixar quatro crianças com um rádio enorme passar, o grupo se preparou para invadir o bar.

"Encham as suas garrafas com whisky e suas bolsas com tabaco o mais rápido possível; depois, saiam. Quanto mais rápido a gente estiver de volta ao parque, melhor."

"O Bar Mais Amigo Do Harlem", dizia uma placa recém-pintada do lado de fora. Eles entraram depressa. O bar estava silencioso. Havia alguns clientes sentados com suas cervejas, assistindo à televisão presa na parede. Invisíveis, as fadas foram ao trabalho: encheram os cantis de whisky e pegaram o tabaco de trás do balcão.

"Igualzinho àquela vez que saqueamos o O'Shaughnessy em Dublin", sussurrou Maeve, e Padraig deu um sorriso nervoso.

"Como a gente ficou podre naquela noite!"

Foi uma operação perfeita. Em minutos, os cinco estavam reunidos na porta, prontos para voltar ao refúgio.

"Todos prontos?", disse Brannoc. "Ok, vamos!"

"Corrijam-me se eu estiver enganado", disse uma voz atrás deles, "mas vocês estavam roubando este bar?"

Eles se viraram, chocados. Ali em pé estavam duas fadas negras que não pareciam nada contentes.

Sem a menor consciência do drama de outro mundo acontecendo na calçada, os humanos iam para lá e para cá. Um grupo de três homens, vindo direto de uma reunião a respeito de um fundo para ajudar jogadores de baseball falidos, entrou no bar para discutir os progressos do dia. Dois operários entraram para passar o resto da tarde tomando uma cerveja cada um, afinal, hoje em dia, o ramo da construção civil está terrível.

"Os gastos na construção caíram 2,6% no ano passado", o jornal deles dizia. Parecia que ninguém tinha dinheiro para construir.

O barman se identificava com os problemas deles. Seu ramo também não estava nada bom.

Lá fora, as fadas fugiam.

Quarenta e dois mercenários se juntaram ao cair da noite na região do Bodmin Moor, em Cornwall. Magris olhou para baixo, a fim de poder vê-los, e para cima, a observar as nuvens. Murmurando algumas palavras na antiga língua, ele invocou uma chuva leve. Sendo um cientista, Magris não gostava de mágica, mas ela tinha suas utilidades. Ele esperou a lua aparecer.

Os mercenários eram seres feéricos sem lar vindos de todos os cantos das ilhas britânicas – diversos tipos de *goblins* não muito conhecidos, como os *red caps*, ou barretes vermelhos, escoceses, os *spriggans* ingleses, os *bwbachods* galeses e os *firbolgs* irlandeses. Silenciosos e sombrios, eles esperavam. Vinte e um dos mercenários iniciariam a missão de busca e destruição determinada contra Aelric, enquanto os outros vinte e um cruzariam para a América num arco-íris lunar para capturar os fugitivos.

De volta ao Central Park, Tulip estava melancólico.

"Foi muito azar."

"Sim", concordou Petal. "Deveria ter sido legal encontrar outras fadas. Eu nem sabia que existiam outras por aqui."

"Eu fiz o meu melhor para ser amigável."

"Eu também."

"Foi horrível quando eles ameaçaram matar a gente."

Todos lançaram olhares acusadores para Maeve.

"Teria ficado tudo bem se você não tivesse agido toda esquentadinha", disse Brannoc bravo.

Maeve sacudiu seu cabelo ruivo.

"Eles ameaçaram a gente. Ninguém ameaça uma fada O'Brien."

"Bom, foi completamente desnecessário ameaçar arrancar a cabeça deles. É assim que vocês fazem na Irlanda?"

"É."

Brannoc deu as costas enojado. O episódio tinha sido um desastre. Eles conseguiram os suprimentos, mas, graças ao temperamento de Maeve, criaram uma rivalidade com um antes desconhecido clã de fadas negras.

"Eles podiam ajudar a gente, sabia? Agora a gente terá que evitá-los."

Maeve não dava o braço a torcer. Ela dizia que não importava o quanto eles poderiam ser úteis. Ninguém ameaça uma fada O'Brien e sai impune. Ela tomou um gole de whisky e disse para Brannoc que ele podia ir fazer as pazes se quisesse.

"Mas eu espero que você faça melhor do que os ingleses têm feito na Irlanda até hoje."

Ela pegou seus *uillen pipes*[11] e começou uma jiga contente para demonstrar sua falta de preocupação. Padraig se juntou em seu *tin whistle*, mas a música que ele começou a tocar foi "Banish Misfortune".[12] Apesar de não se pronunciar contra Maeve abertamente, ele achava que a fada não tinha lidado bem com a situação. Afinal, as fadas negras tinham razão para reclamar. Maeve e ele não ficariam muito felizes se vissem um de seus bares locais em Galway sendo roubado por um bando de estranhos.

"Banish Misfortune" é uma jiga que traz boa sorte. Gerações de celtas a tocam com otimismo, o que lhe deu poderes mágicos para fazer as coisas darem certo. Desde que chegou a Nova York, Padraig se viu tocando essa música cada vez mais.

O barman no Harlem notou como as garrafas de whisky tinham esvaziado.

"A gente vendeu bastante whisky nessa semana", ele contou para os operários. "Pode ser que o comércio esteja crescendo no fim das contas."

Isso parecia uma notícia boa, o que deixou os operários animados. Na agradável atmosfera deixada pela presença das fadas, eles sentiam que bons momentos estavam por vir.

TREZE

"Dinnie, eu andei lendo as revistas jogadas na sarjeta lá fora."
"E?"
"Pense com cuidado no nosso acordo."
"Por quê?"
"Porque é hora de você perder peso."

Dinnie soltou um gemido. A última coisa que Dinnie queria era perder peso. Heather sabia que essa seria uma parte incômoda do início do plano para transformar Dinnie, mas ela era insistente.

"Uma pesquisa recente na *Cosmopolitan* mostrou que o excesso de peso é a pior característica masculina para as mulheres americanas. Kerry é uma mulher americana. Isso significa que, para conquistar o coração dela, você terá que perder peso. Trocando em miúdos, ela não vai se apaixonar por uma bola de sebo igual a você. Por isso, você entrará numa dieta."

Dinnie gaguejava.

"Você disse que a faria se apaixonar por mim. Você nunca disse nada sobre me fazer sofrer."

"Eu disse que, se você fizesse exatamente o que eu mandasse, ela se apaixonaria por você. E o que eu estou dizendo é que precisa perder peso."

Dinnie recusou imediatamente, mas Heather revidou informando que isso seria contra o acordo e que ela encolheria o violino para o tamanho "fada" e iria embora com ele.

Dinnie estava numa sinuca de bico. Ele agarrou seu pacote de biscoitos, em pânico. Ele conseguia sentir o desmaio chegando enquanto a perspectiva de uma dieta o assombrava.

Heather, que não se opunha a enganar Dinnie, sorriu maliciosamente.

"Mas não se preocupe, meu redondo amigo. A revista prometeu que era fácil se encher de refeições nutritivas e apetitosas e ainda perder peso. Eu memorizei as receitas e você vai começar hoje."

Lamentos de paixão subiam pelo assoalho vindos do ensaio, enquanto Lisandro, Demétrio, Hérmia e Helena lutavam contra as dificuldades de seu romance. Dinnie gritou ofensas contra os atores.

"Ei, ei", Heather o repreendeu. "Lembre-se que agora você está virando um ser humano civilizado e agradável. Seres humanos civilizados e agradáveis não gritam para estranhos que as mães deles são isso ou aquilo.

A receita de hoje será de castanhas com tomates. E também folhas de repolho chinês, porque você precisa de verduras e legumes. Você vai até a loja de comidas saudáveis na Primeira Avenida para comprar as castanhas e depois compre os tomates na loja da esquina. Tomate é a coisa redonda e vermelha. Eu vou achar o repolho chinês porque preciso de ar fresco. Enquanto estiver na rua, fique de olho aberto para ver se você encontra uma papoula galesa de três flores. Eu ouvi por aí que isso é importantíssimo pra Kerry."

Heather pulou para o parapeito da janela.

"Se chegar antes de mim, pratique a jiga nova que eu mostrei pra você, 'The Atholl Highlanders'. É uma jiga muito boa e está no seu livro, se você não lembrar. Cuidado para não confundi-la com 'The Atholl Volunteers', 'The Atholl March', 'Atholl Brose' ou 'The Braes of Atholl'. Atholl é um lugar que inspira muitas músicas. Até mais."

O bilhete de resgate das fadas chinesas foi um soco na cara de Kerry e Morag.

"DEVOLVA O ESPELHO OU VOCÊ NUNCA MAIS VERÁ SUA PAPOULA GALESA DE NOVO."

Kerry fitou o bilhete. Ele dava a entender que havia forças mágicas além da imaginação.

"Como elas pegaram a papoula? Como sabiam onde ela estava? Como sabiam que ela era importante? E como sabiam que eu tinha roubado o espelho?"

Morag deu um pequeno salto mortal e pousou no ombro de Kerry.

"Fadas podem saber muitas coisas por intuição", ela explicou. "Eu imagino que, depois de me perseguirem no dia do infeliz incidente com as lagostas, elas sentiram que eu tinha passado na loja onde o espelho estava. Provavelmente, elas estavam me procurando desde então e, quando me viram, na primeira oportunidade, vieram roubar seu apartamento. Como você estava usando o seu casaco hoje, elas não conseguiram achar o espelho, mas levaram outra coisa. Elas podem ter descoberto que a papoula galesa era importante para você por meio de algum *insight* psíquico muito perspicaz. Ou, também, pode ser porque você colocou um cartaz em cima da flor escrito em tinta vermelha 'Isto é a coisa mais importante da minha vida'."

Morag se prontificou a fazer a troca.

"Tenho certeza de que não haverá muito perigo. Nós, fadas, somos criaturas racionais, e eu vou simplesmente explicar que a coisa toda foi um mal-entendido. Se não funcionar, eu digo que você é uma cleptomaníaca em tratamento."

"Esse foi o cliente mais desagradável que eu já vi", disse a funcionária da loja de comidas saudáveis para a colega. "Parecia até que eu estava apontando uma arma pra cara dele pra ele comprar um saquinho de castanha."

"E ele acusou você de alguma coisa ali. O que foi que ele falou?"

"Sei lá. Falou que eu estava ajudando as fadas a envenenarem a cidade."

"Que maluco estranho. Você viu aquele casaco dele?"

Elas se arrepiaram.

Dinnie caminhou para casa. A leve satisfação de ter sujeitado as vendedoras à sua ira não amenizou a tristeza dos acontecimentos do dia.

Ele arremessou o saco de castanhas na prateleira e se deitou para tirar sua soneca da tarde.

Morag voou sobre a Rua Canal, levemente desconfortável com a perspectiva de ter que encarar um clã chinês inteiro, mas confiante de que as coisas dariam certo e de que ela conseguiria voltar com a flor seca de Kerry. Era desesperadoramente essencial para Morag que Kerry ganhasse o prêmio das artes porque isso a faria imensamente feliz. Morag havia lido num livro médico que ficar feliz era de suma importância para quem sofria de doença de Crohn. Uma Kerry infeliz seria uma Kerry doente, e uma Kerry doente teria mais pedaços removidos por um cirurgião.

Heather, enquanto isso, estava na curta jornada até Chinatown para encontrar algumas folhas de repolho chinês.

"Isso é bondoso demais da minha parte", pensou, penteando seus longos cabelos enquanto um caminhão de entrega a levava pela Broadway até a Rua Canal. "Eu podia descolar qualquer folha de qualquer repolho velho que ele nem ia perceber. Mas a receita diz repolho chinês – então, por um camarada MacKintosh, eu faço um esforço."

Ela olhou para o impressionante céu azul e tomou um susto. Lá no alto, estava Morag, cercada de estranhas fadas amarelas. Heather não tinha os poderes psíquicos avançados que outras fadas costumavam ter, mas ela percebeu facilmente a hostilidade dos desconhecidos contra Morag. Ela observou. Eles pareciam estar bem no meio do processo de roubar um broche brilhante dela.

Desembainhando sua espada e seu *skian dhu*,[13] voou em direção a eles.

"Tirem a mão da minha amiga!", ela gritou, atirando-se contra o grupo voador, golpeando freneticamente.

Dinnie dormia pacificamente, pouco se importando com os boleiros porto-riquenhos chutando uma bola de tênis na rua.

"Clã, alerta!", Heather gritou, para o imenso desespero de Dinnie, invadindo o quarto pela janela e puxando Morag.

"Estamos sendo atacadas por um exército de fadas amarelas!"

"O quê?"

"Pegue sua espada. Elas estão atacando por cima das colinas!"

"Dá pra parar de gritar?"

"Bloqueiem as portas!", gritou Heather. "Soem as trombetas de guerra!"

"Pare de gritar, sua imbecil!", exigiu Dinnie. "Que ideia é essa de entrar aqui gritando? Você sabe que eu preciso dormir à tarde."

"Esqueça isso. Há fadas amarelas com armas estranhas se juntando nas fronteiras."

"Ah, pelo amor de Deus, você não tá nas Terras Altas da Escócia."

"Eu tive que fugir lutando da Rua Canal. Só uma mestre-guerreira como eu seria capaz de fazer isso. Aí, a gente escapou num carro de polícia, mas eles estão vindo atrás da gente. Vamos, Morag." Ela se virou para sua amiga. "Puxe sua espada."

O humor de Heather mudou de medo para desafio escancarado. Ela pulou no parapeito e começou a marchar para lá e para cá.

"*Wha daur meddle wi me!*", ela gritou pela janela. "*Touch not the cat bot a glove!*"14

Este era o lema do clã MacKintosh, obscuro até para os padrões escoceses.

Ela se inclinou para checar se havia inimigos. Nenhum à vista.

"Bom", ela disse. "Parece que eu consegui espantá-los. Rá! É preciso de mais do que algumas fadas de cor esquisita para capturar uma guerreira MacKintosh."

Ela sacudiu sua espada uma última vez para o mundo em geral e pulou de volta para dentro.

"Bem, Morag, a gente pode ter as nossas diferenças, mas que nunca seja dito que eu não estou disposta a intervir em momentos de crise."

Morag, aparentemente atordoada com os eventos recentes, balançou a cabeça.

"Heather", disse ela. "Você é uma completa idiota."

Magenta seguia marchando, sorrindo satisfeita. Os Deuses estavam obviamente a seu favor. E ela tinha todo o direito de esperar que eles estivessem mesmo. Ela estava sempre consultando Zeus, Apolo e Atena em toda oportunidade, e sempre seguia seus conselhos.

Mas ontem ela tinha perdido a papoula para a jovem garota hippie. Abalada por essa derrota, Magenta havia se sentado para consultar um oráculo, nas entranhas de um pombo morto. Uma comoção nos céus a fez olhar para cima, onde ocorria uma batalha entre diversos demônios alados persas.

Ciro podia estar morto, mas ela não voltaria para casa sem lucros. A papoula galesa de três flores e um pequeno espelho octogonal despencaram do alto em seu colo. Reconhecendo espólios valiosos, Xenofonte os recolheu e foi embora depressa.

"Bem, eu não tinha como saber que você estava envolvida num negócio esquisito por causa da besta da sua amiga Kerry", protestou Heather. "Eu achei que você estava sendo assaltada."

Heather estava indignada. Ela tinha arriscado a própria vida para salvar uma conterrânea de um inimigo, e tudo que ela recebeu em troca foram xingamentos.

"Agora a gente não tem nem o espelho nem a flor. Você estragou tudo. Por que você tem que entrar com os dois pés no peito em tudo que faz? Ou com a espada no peito, sei lá!?"

"Os MacKintosh estão acostumados a lutar", respondeu Heather, de modo severo. "Lembre-se de que a gente teve que lutar contra os Cameron por gerações."

"Achava que eram os MacPherson", disse Dinnie.

"Tivemos uma rixa com os Cameron também. Um negócio desesperador, mas não tão ruim quanto contra os malditos Comyn. Aquilo sim foi uma rixa. Mortes sangrentas pra todo lado."

Dinnie sacudiu a cabeça angustiado. Morag partiu cheia de desgosto.

"Foda-se", zombou Heather. "É a última vez que eu arrisco minha vida por ela. Ainda assim, muito me interessa saber que Kerry quer ganhar o prêmio da East Fourth Street Community Arts Association. Essa informação vai ser útil pra gente."

Ela voltou para o assunto da dieta de Dinnie.

"Nesse meio tempo, você terá que se virar sem o repolho chinês."

"O quê? Você espera que eu viva só de castanhas? Você prometeu que arranjaria umas verduras."

"Bom, acho que você não espera que eu volte com a mão cheia de repolho chinês quando o mercado inteiro está repleto de fadas amarelas tentando me matar com espadas e machados, não é mesmo? Você terá que se virar. Agora, me dê licença que eu vou tomar um trago porque mereço."

CATORZE

"Certeza de que não dá para consertar?"
"Não dá."

Morag estava deitava com a cara na almofada, descansando a cabeça ao som de uma fita com o álbum novo do L7. Em dias normais, ela gostava de como essas mulheres gritavam e esmurravam suas guitarras, mas, hoje, estava nas profundezas da mais incurável depressão. Sua missão de resgate tinha dado errado de forma desastrosa e, para piorar, seu violino estava despedaçado.

"Este violino foi feito por Callum MacHardie, o melhor fabricante de violinos da Escócia. Os MacHardie, fadas e humanos, sempre fizeram os melhores violinos. Callum levou três anos para fazer este e precisou esperar mais um ano para envernizá-lo. É feito de *maple*, pinho, ébano e buxo, e o verniz âmbar utilizado é uma receita secreta que só Callum conhece. Agora, está em pedaços. Eu não sei nem se o próprio Callum poderia consertá-lo, se estivesse na sua oficina embaixo da Árvore Sagrada. Quem poderia consertá-lo aqui?"

"Nova York deve ter uns caras bons para isso."

"Que sabem consertar violinos de dez centímetros?"

Kerry se esticou no colchão ao lado de Morag. Sua flor mais preciosa estava desaparecida. Impossível de ser substituída. Depois de Morag cair do céu durante o fiasco com as fadas chinesas, a flor havia sumido de novo, e ela já tinha vasculhado o terreno onde a original havia crescido. Não havia nenhuma igual, nem sequer parecida.

Kerry tocou uma versão apática de "Lonely Planet Boy", dos New York Dolls, mas, sem o acompanhamento de Morag, não era a mesma coisa; então, ao invés disso, as duas começaram a ouvir os discos tristes dos Swans.

Faltavam apenas três semanas para o encerramento do prazo de inscrições para a competição. Kerry, que teria conseguido juntar o resto das flores facilmente, mesmo com os últimos contratempos, parecia ter sido derrotada. Cal e sua versão de *Sonho de Uma Noite de Verão* estavam destinados a ganhar o prêmio, por pior que isso pudesse ser. Os outros participantes que Kerry conhecia eram poetas, e poetas não estavam na moda.

Inesperadamente, Heather entrou voando pela janela. Ela sentia que precisava pedir desculpas e, tendo bebido whisky suficiente, veio fazer exatamente isso. Ela pediu desculpas pelo engano e se dispôs a fazer o que pudesse para consertar a situação.

Nisso, ela foi bastante sincera, apesar de ter, por baixo dos panos, a intenção de descobrir mais sobre o alfabeto de flores de Kerry, para tentar usar isso de alguma forma e beneficiar Dinnie. Ela tomou cuidado para não deixar isso transparecer, sabendo que Morag ficaria irada ao cogitar uma conexão entre sua agradável amiga e o nada amável Dinnie.

Era um dia bonito em Cornwall, o tipo de dia em que as fadas deveriam estar do lado de fora tocando música e cheirando as flores. Entretanto, a maioria das fadas estava trabalhando nas fábricas, e as poucas que não estavam, tramavam uma revolução, escondidas num celeiro.

"Então, Aelric, qual é o próximo passo?"

"Vamos atrapalhar mais a economia", disse Aelric.

"Mas a gente não tem pessoal suficiente para estragar a economia do Rei como você diz que devemos fazer."

Aelric admitiu que isso era verdade e disse que o próximo passo era espalhar a revolta.

"Uma revolta camponesa é do que a gente precisa, mas como administrar isso, não tenho certeza. Pelo índice de assuntos da biblioteca, o Presidente Mao parece ser o especialista mais reconhecido nesse tópico, mas ele escreveu muitos livros, e eu não dominei as táticas dele ainda."

Eles rezaram para que Dianna, a Deusa das Fadas, ajudasse-os. Para eles, seria um choque muito grande parar de rezar, mesmo com a descoberta de Aelric de que o Presidente Mao tinha opiniões decididamente fortes contra esse tipo de coisa.

Morag estava sentada com Heather na escada de emergência do lado de fora do apartamento de Dinnie.

"Não se preocupe", Heather a confortou. "Seu cabelo está lindo com essas cores e os colares de bolinha que a Kerry lhe deu combinam demais com você. E, quando a gente voltar para a Escócia, você pode arrumar outro violino. Você toca tão bem que o Callum MacHardie ficará feliz de fazer outro novinho para você, mesmo que ele não goste que o use pra tocar Ramones. Nesse meio tempo, eu divido o meu com você."

O ânimo de Morag voltou um pouco. Era bom pelo menos voltar a ser amiga de Heather.

"Está bom o descanso?", surgiu a voz de Dinnie por trás delas.

Dinnie estava com cara de irritado. Algo que ele não admitia nem para si mesmo é que tinha ciúmes da relação de Heather e Morag. Ele não queria que ficassem amigas de novo para que Heather não o abandonasse.

"Era para você estar me dando uma aula de violino."

"*Haud your wheesht!*", disse Heather, bruscamente.

"O que é isso?"

"Fique quieto!"

"Ah, certo", disse Dinnie. "Trate-me mal. Não me lembro disso fazer parte do nosso acordo."

"Que acordo?", perguntou Morag.

"Nada, nada", desconversou Heather.

Elas começaram a conversar em gaélico, o que fez Dinnie ficar ainda mais frustrado.[15] Um pensamento maligno delicioso entrou em sua cabeça. Ele pensou em uma maneira muito fácil de se livrar de Morag e se vingar de Heather, de quem ainda tinha raiva por obrigá-lo a fazer dieta.

"Heather, quando acabar aí, você pode voltar e me ensinar a tocar o meu lindo Violino MacPherson?"

Houve um breve silêncio.

"Lindo *o quê*?", disse Morag.

Heather ficou um pouco pálida.

"Nada, nada."

"Ele disse lindo Violino MacPherson", afirmou Morag. "E eu estou começando a ter um daqueles *insights* em que…"

Ela disparou para dentro do quarto e subiu no instrumento para analisá-lo. Heather pôs sua mão minúscula na testa e encostou a cabeça no fogão imundo. Ela sabia o que estava por vir.

Morag gritava maravilhada.

"É o Violino MacPherson! O verdadeiro Violino MacPherson. Você o encontrou!"

Ela dançava para lá e para cá, toda feliz.

"Que coincidência mais maravilhosa. O tesouro do meu clã bem aqui na Rua 4. E o único violino, além do meu, que eu gostaria de tocar! Tudo está dando certo. Heather, me ajude a encolhê-lo para eu poder tocá-lo!"

"Ela não vai fazer nada disso", declarou Dinnie, arrogante. "Ele é meu até eu dá-lo para Heather. Esse é o nosso acordo. Então, caia fora."

"O que ele quer dizer?", perguntou Morag. "É óbvio que ele tem que ser meu. Eu sou uma MacPherson."

"Ela tem um acordo comigo", repetiu Dinnie, "que não pode ser desfeito".

"Isso é verdade?"

"Bom...", disse Heather, que não podia nem negar, nem quebrar o acordo.

"Mas o meu violino está quebrado. Eu preciso dele."

"Que pena", disse Dinnie, divertindo-se muito.

Morag explodiu numa fúria descomunal. Heather nunca a viu nesse estado. Morag reclamou o violino como seu por direito, por ser uma MacPherson, e chamou Heather de ladra, trapaceira e mentirosa.

Dinnie ria para si mesmo. Ele já sabia o que ia acontecer se Morag descobrisse sobre o acordo.

"Eu não pude evitar", protestou Heather. "Eu fiz um acordo com o humano e uma boa fada do cardo não pode desrespeitar um acordo."

A pele branca de Morag estava vermelha de raiva.

"O violino é do meu clã, sua cobra."

"Por favor, Morag..."

"E você dá a bunda pros *goblins*! E você é uma vergonha para a Escócia!"

Isso já era demais, mesmo Heather sabendo que estava errada.

"Bom, os ignorantes dos MacPherson não deveriam tê-lo perdido, em primeiro lugar."

"Vocês MacKintosh são todos um lixo", gritou Morag. "Eu cuspo no leite da sua mãe!"

Com esse quase insulto que ela havia aprendido num restaurante mexicano, Morag voou pela janela.

Heather baixou a cabeça. Que desastre. Graças à Deusa, Morag não pensou em perguntar qual era a outra parte do acordo. Se ela descobrisse que Heather estava planejando juntar Dinnie e Kerry, as coisas poderiam ter ficado violentas.

"Ai, ai", disse Dinnie. "Que discussão terrível. Desculpe a minha falta de tato."

Heather olhou para ele com um ódio feroz, mas não discutiu.

"Próxima aula. Segurar o arco. E, desta vez, tente não serrar essa porra no meio."

QUINZE

Havia fadas insatisfeitas por todos os cantos. Enquanto Heather e Morag tinham seus próprios e diversos problemas, elas causavam problemas para outras, também.

"De onde veio esse dinheiro?", perguntaram Dinnie e Kerry, notando que Heather e Morag gostavam de deixar a casa bem abastecida.

"Simples mágica de fadas", mentiram Heather e Morag.

Mas, na Rua Grand, as fadas italianas estavam muito descontentes. Estranhos desconhecidos estavam roubando os bancos de seus aliados humanos.

"Quatro vezes nesse mês", resmungaram. "Não podemos deixar os negócios dos nossos amigos italianos serem arruinados por esses ladrões."

Na Rua Canal, as fadas chinesas ainda estavam furiosas por conta do roubo de seu espelho Bhat Gwa, um importante ícone que havia sido dado para as fadas chinesas dois mil anos atrás pelo abençoado Lao Tzu, antes de partir da Terra. Este era seu maior tesouro e estava na loja de Hwui-Yin como símbolo da amizade entre fadas e humanos.

Agora, quando estava quase sendo devolvido, elas se frustraram novamente por causa de outra fada desconhecida que brandiu uma espada contra elas gritando ofensas em um sotaque bárbaro horrível.

"Somos uma tribo pacífica. Mas não podemos tolerar isso."

Elas tentaram imaginar quem teria sido o responsável. Poderiam ser as fadas italianas, que elas conheciam, mas com quem não mantinham mais contato agora, apesar de viverem a apenas alguns quarteirões de distância.

No Harlem, houve uma grande perturbação por causa do incidente no bar. Foi de muita má educação estranhos virem e roubarem um estabelecimento em seu território – e as ameaças da fada de cabelos vermelhos causaram grande preocupação.

"Não temos visto outras fadas aqui por gerações", disseram. "E agora elas vêm para nos roubar. Temos que nos preparar para o pior."

No Central Park, Brannoc estava extremamente insatisfeito. Ele tinha acabado de flagrar Tulip e Petal embaixo de uma roseira, entusiasmados, transando. Não era tabu para as fadas que irmão e irmã fizessem sexo, mas isso incomodava, e muito, Brannoc. Ele estava se mordendo de ciúmes.

Maeve e Padraig estavam bêbados e emocionados. Eles se sentaram numa árvore e começaram a tocar seus *tin whistles*. Brannoc tinha que admitir que estava impressionado com a habilidade desses músicos irlandeses de tocar tão bem depois de beber tanto, mas não estava no clima de elogiar ninguém.

Petal e Tulip não estavam à vista. Provavelmente, praticavam suas joviais técnicas sexuais feéricas. Se bem que, pelo que Brannoc tinha visto, elas já eram bem avançadas.

Brannoc se sentia solitário. Caiu a ficha de que um pouquinho mais para o norte, havia toda uma nova tribo de fadas com quem poderia fazer amizade. Se ele voltasse lá, com certeza poderia pôr panos quentes na briga. Ele era uma fada racional. Não tinha razão de não sê-lo. E não era bom fazer inimigos neste lugar estranho.

"Aonde você vai?", perguntou Padraig.

"Fazer as pazes com as fadas negras", ele respondeu.

"Boa sorte. Traga um whisky."

Em Cornwall, também havia ampla insatisfação. As fadas da região não tinham mais permissão para fazer seus tributos à sua Deusa Dianna. Seus festivais haviam sido substituídos por cerimônias dedicadas a um novo e poderoso deus que derrotaria os inimigos das fadas.

A lua apareceu por trás das nuvens. Magris disse mais algumas palavras no antigo dialeto, e um arco-íris lunar, em sete tons de cinza, deslizou do céu.

Metade do bando mercenário subiu pelo arco-íris lunar e seguiu seu caminho pela noite. Eles subiram silenciosamente até desaparecerem. Magris retornou e murmurou para os outros mercenários. Eles marcharam pela escuridão para rastrear o rebelde Aelric.

A brisa que sempre seguia a formação de um arco-íris lunar sacudiu a capa de Magris quando ele saiu também.

Magenta estava tensa, mas não insatisfeita. Ela observou os arranha-céus que se esticavam pela Primeira Avenida e seu instinto bélico dizia que aquele seria um bom lugar para uma emboscada. Joshua, que agora era confundido em sua mente com Tisafernes, podia estar esperando em qualquer esquina. Ela deu um gole no coquetel, fez uma nota mental para comprar mais produtos de limpeza e graxa de sapato e folheou sua cópia de Xenofonte.

Uma das coisas mais impressionantes no livro era a confiança dos gregos nos Deuses. Mesmo nas circunstâncias mais perigosas, quando a ação rápida era indispensável, eles não faziam nada sem antes perpetrar os sacrifícios necessários e consultar os oráculos.

Magenta olhou em volta procurando um possível sacrifício. Havia um pombo esmagado na sarjeta. Ela espiou-o e correu para perto dele para analisar suas entranhas. Elas estavam meio complicadas de ler porque tinham sido esmagadas por muitos carros, mas, no geral, Magenta achou que pareciam favoráveis.

"Certo, homens", ela clamou. "Avancem."

Havia mais fadas insatisfeitas em Cornwall. Em um canto do Bodmin Moor, atrás de uma antiga rocha, esquina fria e cinzenta como o Atlântico, sobre o qual andavam os mercenários, o arco-íris lunar estava prestes a sumir no amanhecer. Quatro figuras silenciosas, observando a área atentamente, saíram dos arbustos.

"Para onde vai o arco-íris lunar?", sussurrou uma, olhando para as sete listras cinzentas.

"Quem sabe?", disse outra. "Mas Heather MacKintosh e Morag MacPherson estarão do outro lado. Vamos, antes que ele suma."

Sem dizer outra palavra, começaram a subir. Eram quatro guerreiras do clã MacLeod. Fadas altas, graciosas, fortes – e armadas até os dentes. Elas pretendiam recuperar a parte roubada de sua bandeira, e nenhuma delas parecia estar brincando.

Uma criancinha derrubou uma moeda de dez centavos na calçada. Brannoc gentilmente parou para pegá-la e devolvê-la.

"Eu não acredito nisso", chegou uma voz. "Não contentes em furtar os bares, estão roubando as crianças agora."

Brannoc se deparou com um grupo de fadas negras zangadas.

"Esses brancos estão muito mais cruéis do que costumavam ser."

"Vocês não estão entendendo", protestou Brannoc.

"Alguém roubou minha moeda", chorou a criança.

Brannoc bateu rapidamente em retirada, aprendendo com extrema rapidez a técnica, já bem conhecida por Heather e Morag, de fazer uma saída emergencial no para-lama de um táxi em alta velocidade.

"O que aconteceu?", gritaram Tulip e Petal quando ele chegou tropeçando para atingir a segurança dos arbustos. Brannoc se recusou a falar sobre o assunto, mas mencionou que os taxistas de Nova York eram completamente irresponsáveis. Para a sorte dele.

DEZESSEIS

"**E**u vi um monte de policiais lá fora", disse Morag, enquanto Kerry tomava os esteroides da hora do almoço.

Kerry disse que eles provavelmente estavam a caminho da Tompkins Square, onde rolaria um festival.

"Odeio ver tanta polícia."

"Por quê?", perguntou Morag. "A polícia é legal. Em Cruickshank, nosso policial da vila, Soldado MacBain, é um cara gente fina. Toda noite depois do jantar e de uns drinques no pub, ele vai dormir nos arbustos onde a gente mora e quase sempre deixa um tabaquinho para as fadas. Ele dá carona para as crianças em sua bicicleta, e por isso as crianças gostam dele. E, além disso, ele não é um mau flautista. Pensando bem, tenho certeza de que já disse um dia que ele tinha um primo irlandês policial nos Estados Unidos. Aposto que ele é um cara gente fina, também."

Kerry disse que essa descrição não parecia com nenhum policial com quem ela havia cruzado e que as chances de integrantes do Departamento de Polícia de Nova York deixarem tabaco para as fadas eram bem nulas, mas Morag não entendeu direito o que ela queria dizer.

"Então, o que a gente vai fazer hoje?"

"Vamos para o festival na Tompkins Square. Cal vai tocar com a banda de um amigo. A gente pode ir lá xingá-lo."

"Por mim, ótimo."

Kerry se enfiou em seu macacão verde e rosa porque hoje ela precisaria de muitos bolsos para cerveja. Depois de uma longa e detalhada discussão com Morag sobre o que prender no cabelo, que envolveu um estudo minucioso de *Primavera*, de Botticelli, e obras relacionadas, elas saíram.

Em Chinatown, as fadas chinesas estavam fazendo os preparativos finais para o Festival dos Fantasmas Famintos, assegurando-se de que tinham comida suficiente para a celebração e para as oferendas, além do incenso correto e papel-moeda para queimar. Essa época agitada normalmente teria sido um período alegre, mas, em vez disso, a comunidade estava apreensiva devido à perda do precioso espelho Bhat Gwa. Que novo espírito terrivelmente insatisfeito poderia aparecer sem o espelho para repelir o Feng Shui ruim?

Lu-Tang, a sábia, enviou encarregados a toda parte procurando pelo espelho, mas ninguém podia dizer onde havia ido parar depois de cair do céu na Rua Canal.

Outras inspeções no apartamento de Kerry mostraram que ele não estava mais lá. Apesar disso, algumas fadas chinesas que faziam campana na Rua 4 ficarem bastante intrigadas de ver Heather entrar escondida no apartamento e dar uma boa olhada em volta.

Heather aproveitou essa oportunidade para invadir o apartamento de Kerry e aprender mais sobre ela. Quanto mais ela soubesse a respeito dos gostos de Kerry, mais fácil seria para transformar Dinnie no tipo de homem de que ela iria gostar.

Ela ficou se perguntando aonde elas tinham ido.

"Divertir-se em algum lugar, sem dúvida", murmurou saudosista, bisbilhotando a imensa coleção de fitas K7 e desejando ter encontrado um amigo humano que gostasse de se divertir, ao invés de se sentar o dia inteiro na frente da TV assistindo a programas duvidosos.

Levou um tempo para Kerry convencer Morag de que elas não tinham sido responsáveis pelo tumulto na Tompkins Square, e que foi mera coincidência que tenha irrompido assim que elas arremessaram uma garrafa na banda de Cal.

"Certeza de que daria problema de qualquer jeito", afirmou Kerry, fugindo com Morag do caos. "Não teve nada a ver com a gente beber demais. A polícia só estava esperando uma oportunidade para entrar sentando o cassetete."

Vítimas ensanguentadas da confusão passavam aos montes por elas, o que perturbava Morag.

"A polícia aqui tem a mão muito pesada", ela disse, contraindo-se ao ver os feridos. "Vou ter umas histórias de terror para contar para o Soldado MacBain quando voltar para a Escócia."

Assim que elas saíram das imediações, entraram numa loja de conveniência para comprar cerveja.

"Por que vendem cerveja nesses sacos de papel aqui?", perguntou Morag.

"Tem alguma coisa a ver com alguma lei."

"Ah. Eu achava que fazia o gosto ficar melhor. Bom, acho melhor a gente obedecer à lei se não quiser levar um cassetete na cabeça."

Magenta passou correndo do outro lado da rua, escapando depois da violenta batalha corpo a corpo com os persas. Morag a avistou e começou a perseguição.

"Bom", meditou Johnny Thunders, flutuando suavemente pelos Mundos Inferiores. "Estou ouvindo guitarras gritando e um tumulto acontecendo. Isso pra mim é Nova York."

Ele estava certo. Era mesmo.

"Agora, como vou encontrar a minha Gibson Tiger Top 1958?"

Na louca perseguição pelas regiões montanhosas, Magenta, atormentada pelos arqueiros persas montados, pela polícia motorizada nova-iorquina e por uma fada escocesa, foi forçada a abandonar parte dos espólios acumulados na campanha até agora.

Isso era uma pena porque, como todo mercenário, espólios eram sua maior motivação. O salário do mercenário não era suficiente para justificar os perigos e as agruras da vida de guerreiro. No entanto, eles estavam muito carregados e algo tinha que ficar pelo caminho. Ela largou a papoula galesa e seguiu na fuga.

Ela estava protegendo a retaguarda. Na vanguarda, Christophus, o Espartano, liderava o pelotão. Xenofonte não confiava em Christophus nem um pouco.

"A mendiga era mais louca que todos os outros", Morag disse para Kerry. "Porém, mais jovem e mais forte. Foram necessários catorze quarteirões para que eu a alcançasse."

"O que aconteceu?"

"Eu pedi a flor a ela. Ela gritou para uns seguidores imaginários formarem um quadrado porque eles estavam sendo atacados. Aí, ela jogou a flor fora."

"Você a pegou?"

Morag balançou a cabeça.

"Três caminhões de bombeiro chegaram bem naquele minuto. Quando eu dei a volta neles, a flor tinha sumido."

Ela ficou olhando para o joelho, todo vermelho.

"Quando eu tentei correr em volta dos caminhões, caí e ralei o joelho. Acho que a cerveja pode ter afetado um pouco meu equilíbrio."

Kerry se arrastou para casa com Morag no bolso. Ela precisava dessa flor e já era hora de parar de circular pela cidade, mas quem sabia onde ela estava agora?

DEZESSETE

"Sua cintura está diminuindo, com certeza", anunciou Heather. "Você fez os exercícios hoje?"

Dinnie fez que sim com a cabeça. Ele nunca tinha se exercitado antes e tudo doía.

"Que bom. Logo você será um MacKintosh bonitão, pronto pra qualquer parada. Agora, de qual banda você gosta mais: The Velvet Underground ou Sonic Youth?"

Dinnie fez cara de quem não estava entendendo nada – outro de seus muitos hábitos que irritavam a fada.

"Velvet Underground? Sonic Youth? Do que você tá falando?"

"Eu fiz uma descoberta importante."

"Você tem que ir embora?"

"Não, eu não tenho que ir embora. Para cumprir nosso acordo, estou preparada para ficar o quanto for preciso. A descoberta importante que eu fiz, durante uma missão de reconhecimento no apartamento da Kerry, é que ela é muito fã de música. Há essas coisas – como elas chamam – fitas? Certo? Fitas K7. Em todos os lugares. Ela é quase tão bagunceira quanto você, só que não tão suja. Bom, é claro que eu não conhecia nenhuma das bandas das fitas que ela tem, mas peguei a fita que ela mais escuta..."

"E como você descobriu isso?", disse Dinnie, com certo sarcasmo. "Perguntou para as baratas, aposto."

"Não, não perguntei para as baratas. Perguntei às fitas."

Heather tirou uma coisa do *sporran* dela.

"E aqui está."

Dinnie cravou os olhos na fita com cara de desgraça. "Compilação Nova York", chamava-se: com Sonic Youth, Ramones, New York Dolls, Lydia Lunch, Richard Hell, Swans, Nine Inch Nails, Television e muitos outros.

"Sim, e daí?"

Heather fez uma careta frustrada.

"Dinnie, não vacile. Se você quer ser o tipo de cara de que a Kerry vai gostar, tem que pelo menos fingir que gosta do mesmo tipo de música que ela. Você nunca a viu saindo para ver as bandas de noite? É obviamente algo importante para ela."

Dinnie estava embasbacado.

"Não acabam nunca essas imposições?", ele vociferou. Só ontem, a fada deu um sermão porque ele se recusou a dar dinheiro para um pedinte e, depois disso, o proibiu de chamar a atendente da loja de conveniência de puta mexicana, mesmo em particular.

"Esse não é o tipo de coisa que a Kerry desejará ouvir. E outra coisa: você não pode murmurar baixinho nenhum palavrão quando aparecer um negro na televisão."

Heather ignorou os protestos e inseriu a fita no aparelho de som de Dinnie. "Agora, escute isto e decore. Vou sair para tomar uns tragos e o testarei quando voltar."

Dinnie, no entanto, ainda não tinha acabado de reclamar.

"De que vai adiantar gostar do mesmo tipo de música que ela se é mais provável que eu não tenha nem oportunidade de falar com ela?"

Heather deu um tapa triunfante na própria coxa.

"Eu estava esperando você me perguntar isso. Porque eu já tinha pensado nisso também. Quando você entra num acordo com uma fada MacKintosh, você leva o pacote completo. A Kerry, como eu já disse, gosta muito de flores. Acho que ela coleciona umas flores secas, algo assim. E hoje, dando minha flutuadinha pelos telhados, dei a sorte de encontrar uma flor bem incomum jogada na calçada."

Ela deu a papoula de três flores para Dinnie.

"Eu tenho a impressão de que, se você der isso a ela, deixará uma ótima impressão."

Heather apertou com força o *play* do aparelho de som.

Dinnie se contorceu quando começou a tocar Lydia Lunch no apartamento.

"Mas eu odeio esse tipo de coisa."

"E daí? Você consegue fingir. Você não acha que conseguirá ganhar Kerry sendo sincero, né?"

A guerrilha de Aelric em Cornwall sofreu um revés quando ele se apaixonou pela enteada do rei.

Ele se sentou num celeiro, meditando sobre seu azar.

"Tem certeza de que você está apaixonado por ela?", perguntou Aelis, uma de suas companheiras mais confiáveis.

"Sim. Quando eu a vi puxando a espada e se preparando para nos perseguir depois que colocamos fogo na Casa da Moeda Real de Tala, percebi na hora."

Aelis sacudiu a cabeça em apoio. Ela sabia que, quando uma fada se apaixonava à primeira vista, era praticamente impossível se desvencilhar disso, mas também sabia que o romance estava fadado ao fracasso. Como Marion era enteada do Rei, não seria fácil ela se apaixonar por Aelric, um rebelde que incendiava os edifícios mais valiosos do reino.

Corujas se aninhavam na escuridão do celeiro ao lado deles.

Aelric olhava pensativo para o teto.

"É claro que", ele refletiu, "ela é a enteada e pode ser que odeie o padrasto dela. Todo mundo sabe que padrastos infernizam a vida dos enteados nas famílias reais."

Aelis concordou que isso era possível e prometeu descobrir por meio de um de seus contatos, uma empregada do palácio real, exatamente onde morava a enteada do Rei.

Os demais guerrilheiros entraram silenciosamente no celeiro e se prepararam para o ataque daquela noite.

Sobre o problema de como conseguir de volta o Violino MacPherson de Dinnie, Kerry tinha uma boa sugestão para Morag.

"Ofereça a Dinnie alguma coisa melhor do que Heather ofereceu. Assim, ele lhe dará o violino."

Morag considerou. Parecia uma boa ideia.

"Mas eu não sei o que aquele lixo da MacKintosh ofereceu para o Dinnie", reclamou Morag, cuspindo no chão.

"Nesse caso, você tem que oferecer o que ele mais quer no mundo. E, como ele parece uma alma solitária, acho que aquilo que mais desejaria é uma namorada legal. A não ser que seja gay, aí desejaria um namorado."

Morag bateu asinhas até o outro lado da rua.

"Dinnie", perguntou. "Você é gay ou hétero?"

"Como você tem a cara de pau?!", urrou Dinnie, jogando um copo nela.

Ela voou de volta.

"Isso deve significar que ele é hétero, mas meio preconceituoso", explicou Kerry.

"Então, tentarei negociar uma namorada", declarou Morag. "Se bem que achar alguém para sair com aquela bola briguenta será difícil."

Heather fitou o cadáver na entrada. Dois policiais tomavam providências.

"Eu não entendo por que esses moradores de rua estão morrendo na Rua 4", disse um, e o outro balançou a cabeça. Era o oitavo em duas semanas.

"Ligue para Linda no 970 F-O-D-A para o sexo a três por telefone mais quente da cidade."

Dinnie estava assistindo à TV.

"Então, quer dizer que agora você é um *expert* na música nova-iorquina, não é mesmo?", disse Heather, aparecendo de repente, do jeito que tanto perturbava Dinnie. Ela desligou a TV e ligou o som.

"Que banda é essa?"

"Velvet Underground."

"Errado. Ramones. E esta?"

"Band of Susans."

"Errado. Suicide. Você falhou. Escute a fita de novo. Eu vou dormir, mas não se preocupe em me incomodar. Estou começando a gostar mais desse whisky americano esquisito e doce..."

"Então quer dizer que você está bêbada."

"Bêbada? Eu? Uma fada MacKintosh?", Heather riu e capotou na cama.

Kerry estava extremamente deprimida com tudo. Seu alfabeto de flores, ao mesmo tempo que crescia de forma constante, estava desfalcado de seu componente mais importante. Sua doença não parecia estar melhorando nada, o que a fazia beber mais, deixando-a mais deprimida depois. E ver Cal no palco com a banda foi um suplício.

Kerry queria que ele tivesse ficado com ela e cumprido a promessa de lhe ensinar todos os solos do New York Dolls.

"Eu sinto falta de Cal", ela disse para Morag. "E nem jogar uma garrafa nele e estragar o show foram suficientes para tirá-lo da minha cabeça."

"Encontre outro cara", sugeriu Morag. "Enquanto eu encontro uma mulher nova para o Dinnie."

Kerry disse que não era fácil.

Morag olhava os anúncios atrás do Village Voice.

"Travestis, Solteiros, Bissexuais, Gays, todos bem-vindos, Club Eidelweiss, Rua 29."

"Rapaz jovem no trem 'B' p/ Brooklyn, quinta-feira, 21/6, calça jeans clara, desceu na Av. Dekalb: Tímida demais para falar, quero notícias suas."

"Tô vendo que é difícil ter um relacionamento aqui."

Quando Dinnie falhou mais uma vez em adivinhar os nomes das bandas, tanto ele quanto Heather ficaram frustrados. Ele tinha até concordado que aquela era uma boa ideia, mas não conseguia dar uma resposta certa.

"Todas são iguais para mim. Eu nunca conseguirei diferenciar o Cop Shoot Cop do Swans. Kerry nunca se apaixonará por mim."

Heather contraiu os lábios. Isto estava se mostrando mais difícil do que ela imaginava.

Ela passou a mão no kilt. Na Escócia, Heather rasgou o kilt de propósito para provocar a mãe, mas agora, depois de tanto tempo viajando, ele estava quase se desintegrando completamente. Ela puxou sua adaga e cortou um pedaço da fronha da almofada de Dinnie para fazer um remendo brilhante. Talvez costurando, ela tivesse alguma inspiração. Se ela soubesse o que Morag estava pensando do outro lado da rua, concordaria. Esta cidade era difícil para relacionamentos. Do jeito que as coisas estavam indo, era melhor Dinnie discar 970 X-O-T-A e tocar a vida.

Ainda assim, pensou, havia a flor. A papoula parecia um tipo especial de flor. Ela tinha certeza de que essa flor mudaria a opinião de Kerry sobre Dinnie.

DEZOITO

Choveu. Uma estranha chuva quente, com a qual Morag não estava acostumada. Na Escócia, a chuva era fria, triste e cinza. Essa chuva quente de verão a inquietava, mas ela não sabia por quê.

"Kerry, acabei de ter uma boa ideia."

"Sim?"

"Sobre Dinnie e o violino. A ideia da troca do violino por uma garota é razoável. Porém, quais as chances de alguma mulher se apaixonar por ele?"

Poucas, as duas concordaram.

"Então", continuou Morag. "Não vai dar para eu fazer um acordo de verdade com ele. Só resta uma saída."

"O quê?"

"Ser dissimulada."

"Como assim? Mentir?"

"Não exatamente. Se eu pudesse mentir para os humanos, poderia simplesmente roubar o violino, mas, se eu fizesse isso, coisas terríveis aconteceriam. Como você já viu, carma de fada é foda. Eu e o meu clã podemos ser amaldiçoados por gerações. Então, eu vou só distorcer a verdade um pouquinho. Distorcer a verdade é uma tradição feérica respeitável. Eu recupero o instrumento e volto para a Escócia triunfante. Serei perdoada por tudo. Meu clã não me encherá mais o saco por tocar Ramones no violino. Os MacLeod não me incomodarão mais porque eu serei uma heroína escocesa. É muito provável que eles me deem o primeiro lugar isolado da competição de violinistas mirins. As objeções malignas dos MacKintosh vão desaparecer diante de um feito tão poderoso. Sim, tenho certeza de que a dissimulação é o melhor caminho a seguir."

"Então, o que você planeja fazer?"

"Eu vou chegar até Dinnie e fingir que posso convencê-la a ser namorada dele. Ele cairá direitinho. Você seria uma namorada muito além do que ele já imaginou. Qualquer coisa que aquela suja da Heather oferecer para ele parecerá piada comparado a isso. A única coisa que você vai precisar fazer é enganá-lo um pouco. Quando eu estiver com o violino, você pode mandá-lo à merda."

Além de escutar rock, Dinnie também estava instruído a ficar de olho na rua lá embaixo. Assim que Kerry aparecesse, Dinnie tinha que descer correndo e lhe dar a papoula galesa de presente.

"Será um começo incrível", assegurou Heather.

Infelizmente, quando Kerry finalmente apareceu na rua, os nervos de Dinnie travaram e ela voltou para casa antes que ele pudesse abordá-la.

"Sua bola gorda inútil", disse Heather, antes de afirmar que ele era uma vergonha para o aguerrido clã MacKintosh.

"Dê-me a flor!", ela disse, vendo que teria que começar o processo ela mesma. "Eu a levarei para ela e direi que é um presente seu. Na verdade, parando para pensar, isso vai ser muito melhor. É impossível uma garota receber uma flor de presente de uma fada e não ficar impressionada. Ela cairá nos seus braços."

Com isso decidido, pôs a papoula em sua bolsa – depois, a bolsa a tiracolo –, e partiu, prometendo voltar com a grana do aluguel.

Em Cornwall, Aelis tinha más notícias para Aelric.

Marion, a enteada do Rei, aparentemente se dava muito bem com Tala e também com sua mãe. Era uma família notavelmente feliz.

"Que deprimente", disse Aelric. "Com Tala, aquele monstro, ainda por cima. Enfim... eu me lembro de ver num livro que Hitler era um homem de família também, então talvez não seja tanta surpresa. É só para provar que padrastos têm má-fama. O que é que eu faço agora? Eu tenho doze militantes, nem de longe o suficiente para atrapalhar a economia das fadas de Cornwall. Além disso, uma paixão impossível pela enteada do Rei."

Aelis tomou um gole de hidromel de seu frasco e considerou o assunto.

"Bem, Aelric, você tem que encontrar um jeito de conquistar o coração de Marion. Claro que queimar as propriedades do pai dela não é algo que vai fortalecer essa relação, mas quem sabe alguma ideia não aparece? Meu contato na corte diz que ela adora flores, então talvez você possa fazer alguma coisa que tenha a ver com isso. Quanto ao recrutamento de mais militantes, temos que seguir distribuindo os panfletos de propaganda."

Isso, apesar de ser uma boa ideia, estava se mostrando um problema. Como Tala havia posicionado seus guardas voadores mais fortes sobre suas instituições vitais e centros populacionais, os rebeldes não distribuíram um panfleto sequer.

O dia de Heather havia começado bem depois de uns tragos e uma visita ao West Village para dar uma olhada nas galerias de arte e nas lojas caras. Depois disso, a coisa ficou feia. Agora, ela se segurava aterrorizada no para-lama traseiro de uma motocicleta que disparava como um raio na esquina da Delancey e da Allen. Atrás dela, vinte fadas italianas se seguravam no teto de uma ambulância, numa perseguição acirrada.

"Que tipo de motoboy é você?", ela gritou furiosa quando a moto parou numa esquina. "Passe no vermelho!"

A ambulância também tinha parado atrás dela, mas as fadas italianas, usando suas afinidades especiais com as correntes de vento, jogaram-se pelos ares indo de um veículo para outro. Quando o sinal verde acendeu e a moto de Heather partiu, eles estavam a menos de quatro carros atrás.

Heather tinha roubado o banco italiano – e isso foi a gota d'água. As fadas italianas estavam de tocaia e a flagraram do lado de fora com seu *sporran* cheio de dólares.

Acelerando pela Rua Allen e pela Houston, Heather começou a perder as esperanças. As fadas italianas mudaram para um caminhão de bombeiros, que estava indo rápido.

No último instante, quando o caminhão emparelhou e os perseguidores se preparavam para pular, Heather, em desespero, saltou sem olhar para a Rua 2. E ela deu muita sorte. Um carro importado, pequeno e rápido, que naquele momento estava sendo perseguido pela polícia, passou cantando pneu – e ela conseguiu agarrar sua antena. O carro a levou pela Rua 2 e pela Avenida A enquanto seus perseguidores, surpresos, sumiam de vista no caminhão dos bombeiros.

A polícia atirou contra o carro de Heather e, quando este brecou no fim da Rua 4, ela deslizou para fugir pra casa.

Morag estava tomando um ar e viu a chegada frenética de Heather.

"Que porra você estava fazendo?", ela disse. "Por que a polícia está atirando em você?"

"Eles não estão atirando em mim, sua idiota", exclamou Heather. "Ah, não!"

As fadas italianas reapareceram, passando num Ford com música estourando dos falantes gigantes instalados na traseira do chassis.

"Peguem-na!", eles gritaram.

As duas fadas escocesas pularam num táxi e fugiram.

O arco-íris lunar se esticava de Cornwall até Manhattan e nele marchavam os mercenários. Na linha de frente, estava Werferth, um feroz barrete vermelho das fronteiras ao norte da Inglaterra. Atrás dele, marchavam três *Pech* escoceses de cabelos vermelhos e, ao lado deles, três cães *Cù Sìth* de pelagem verde e olhos malévolos[16].

A companhia trazia mais barretes vermelhos, entre outros seres malvados do País de Gales e Cornwall. Eles estavam com ouro nos bolsos, metade do pagamento de Magris, e acreditavam que a outra metade já estava certa. O arco-íris lunar distorcia o espaço e a distância, fazendo a jornada entre a Grã-Bretanha e a América durar em torno de um dia. A América já estava à vista e eles apertaram o passo.

"Bom, se você rouba bancos direto você tem que esperar esse tipo de coisa!", sussurrou Morag.

Elas se esconderam numa escada de emergência, nos fundos da Rua Orchard.

"Talvez", sussurrou Heather. "Mas eu juro que, quando eles me xingaram do caminhão de bombeiro, falaram que estavam sendo saqueados por *duas* fadas de kilt."

"Isso foi um rojão?", murmurou Morag. "Eu nem vi por onde o táxi passou. A gente tá perto de Chinatown?"

Elas ouviram um grito vindo de cima.

"São elas!"

Elas olharam para cima e gemeram. Um exército de fadas chinesas descia pela escada, gritando de modo triunfante.

Um pouco atrás dos mercenários, as guerreiras do clã MacLeod pisavam de leve no arco-íris lunar. Elas vestiam túnicas de couro escuro e seus *kilts* eram verdes com listras amarelas e vermelhas.

As quatro irmãs se chamavam Ailsa, Seónaid, Mairi e Rhona, e moravam às margens do Lago Dunvegan, a oeste da Ilha de Skye. Elas viviam na sombra do Castelo Dunvegan, lar ancestral dos MacLeod, líderes da parte humana do clã.

Os MacLeod tinham lutado em várias batalhas ferrenhas num passado distante. Houve um tempo em que os MacLeod humanos travaram guerra continuamente contra os MacDonald de Eigg, seus inimigos hereditários, e as fadas MacLeod fizeram o mesmo com as fadas MacDonald.

As fadas e os humanos MacLeod foram aliados próximos desde o tempo distante em que Malcolm MacLeod, chefe do clã humano, casou-se com uma fada que podia mudar de forma. Eles tiveram um filho, e depois disso ela voltou para o seu próprio povo: a lendária Bandeira MacLeod tinha sido um presente para o seu filho. Ela tinha um grande poder e não podia nunca ser desenrolada, exceto em momentos de extrema necessidade.

Em uma ocasião durante uma batalha contra os MacDonald, os MacLeod estavam à beira da derrota. Seu chefe desenrolou a verde Bandeira das Fadas e elas mesmas, as fadas, imediatamente vieram socorrê-lo e salvaram o dia. Arrancar pedaços da bandeira era a coisa mais profana que Heather e Morag poderiam ter feito. Não era de se surpreender que os MacLeod tivessem enviado suas guerreiras mais temíveis para resgatar os pedaços.

"Isso é tão ruim quanto aquela vez em que os MacLeod nos perseguiram do Lago Morar até o Lago Ness", resmungou Morag.

"Com certeza", concordou Heather, contorcendo-se com a lembrança. Depois de uma perseguição extremamente longa, elas estavam prestes a serem alcançadas quando, com muita sorte, encontraram um grupo de fadas MacAndrew. Como os MacAndrew eram parceiros dos MacKintosh, eles se prontificaram a proteger Heather e também sua companheira, ajudando-as a escaparem.

Mais tarde, no entanto, não houve mais nenhuma proteção contra os poderosos MacLeod e seus aliados. Os clãs de Heather e Morag não podiam entrar em guerra, já que elas estavam tão obviamente erradas.

Agora, elas se seguravam no topo de outro caminhão de bombeiros que acelerava para o norte com as sirenes apitando.

Atrás delas, as fadas chinesas as perseguiam em tetos de carros.

"Nossa sorte é que tem um monte de incêndio em Nova York."

Heather declarou ser absolutamente inocente no caso das fadas chinesas, e exigiu saber o que Morag havia feito a elas.

"Nada. Só libertei umas lagostas. E não fui eu quem roubou o broche. Só fui cúmplice. Para mim, é evidente que essas fadas de Nova York não têm a menor educação."

Heather concordou.

"Nisso, você tá certa. Quer dizer, qual é o problema de pegar uns dólares de um banco para comprar comida? Problema nenhum. Há milhões de dólares naquele banco. Ninguém sentirá falta de alguns. Se todo mundo pegasse um pouquinho, não teria tanta gente pedindo esmola na rua."

Elas pareciam estar se distanciando de seus perseguidores.

"Estamos conseguindo."

O caminhão parou na frente de um prédio em chamas. As duas escocesas saltaram. Outro caminhão parou ao lado, com fadas italianas vestidas de branco penduradas em todos os lugares onde era possível se segurar.

Heather e Morag fugiram.

Ailsa era a irmã MacLeod mais velha e a líder. Elas eram descendentes de Gara, a fada original que se casou com o chefe humano, e as quatro eram guerreiras calejadas. Suas maçãs do rosto eram altas, tinham olhos grandes e escuros e cabelos espetados e curtos. Suas espadas largas estavam afiadas e penduradas nas costas. Cada *skian dhu*, a adaga amarrada na perna, havia passado de geração em geração.

"Quando encontrarmos a MacPherson e a MacKintosh, devemos matá-las?"

"Se necessário", respondeu Ailsa. "Mas eu tenho comigo um feitiço entorpecente. Tentaremos isso primeiro. Quanto mais devemos andar, Mairi?"

Mairi usou o sexto sentido.

"Não muito. Sinto uma terra muito estranha um pouco mais à frente."

"Onde estamos?"

Heather deu de ombros. Nem ela nem Morag tinham estado tão ao norte antes.

"Escapamos?"

"Acho que sim."

"Como voltaremos para a Rua 4?"

O táxi acelerou o caminho todo até a Rua 106 antes de virar à esquerda. Heather e Morag desceram na Quinta Avenida, sem saber que se tratava da famosa *Quinta Avenida*, e olharam em volta.

"Foi uma viagem longa e a gente ainda tá na cidade. Que lugar gigantesco!"

"Olha! Um pouco de verde."

À sua frente, o Central Park, verde e atraente.

"Pelo menos, a gente pode descansar um pouco."

"Achamos as ladras!", gritou o líder de um grupo de fadas negras. "Atrás delas!"

Os mercenários estavam sobre Manhattan. Werferth brecou o grupo e eles examinaram atenciosamente a terra desconhecida. O sol havia se posto, mas a cidade era mais clara do que tudo que tinham visto antes. O enorme caos de prédios humanos era desagradável, mas o arco-íris lunar descia esticado até algo que parecia ser um grande campo arborizado.

"Certo, rapazes", disse Werferth. "Vamos descer."

E eles começaram sua descida ao território estrangeiro.

"Eu não fiz absolutamente nada para ofender nenhuma fada negra", disse Morag, empoleirada atrás de uma bicicleta. "Nunca tinha visto uma fada negra antes."

"Nem eu", disse Heather. "Certeza de que são paranoicas com estranhos."

A bicicleta acelerou pelo lado norte do parque.

"Sorte nossa que esse ciclista tem umas pernas boas e fortes."

Heather e Morag voaram da bicicleta para uma carruagem carregada de turistas e, de lá, seguiram rumo à Broadway nos ombros de um malabarista em um monociclo que tentava ganhar uma graninha.

"Por aqui", gritou Morag, pulando num carro que ia na direção sul.

O carro as levou sem escalas para a Broadway.

"Acho que a gente conseguiu se livrar de todo mundo de uma vez."

Elas começaram a relaxar um pouco – estavam agora perto da Union Square, longe das fadas negras.

Uma limusine emparelhou. Sobre o teto, para a surpresa aterrorizante de Heather e Morag, estavam quatro figuras saídas diretamente de seus pesadelos. Brandindo espadas e se preparando para pular no carro, as assustadoras irmãs MacLeod.

DEZENOVE

Kerry estava deitada no chão desenhando uma história em quadrinhos. Essa era uma das várias tentativas artísticas que ela realizava, mas apenas para sua satisfação pessoal. Os quadrinhos estavam causando problemas. Inspiradas por Morag e Heather, as HQs deveriam ser sobre fadas, porém, como Kerry só gostava de escrever sobre fadas ou pessoas sendo bondosas umas com as outras, faltava um pouco de ação. Morag entrou mancando dolorosamente na sala.

"Morag? O que aconteceu?"

A fada desabou numa almofada amarela. Ela estava tão dura e dolorida que mal conseguia se mexer.

Kerry fez o melhor que pôde para lhe fazer uma boa xícara de chá. Morag amava chá, mas Kerry e o resto de Nova York eram completamente incompetentes para prepará-lo.

Morag contou a Kerry os acontecimentos terríveis do dia: a perseguição pelas fadas italianas, chinesas, negras e, por fim, as MacLeod.

"Como você conseguiu fugir?"

"Pulamos do carro e começamos a correr; de repente, uma pessoa nos pegou e nos colocou numa sacola. Um pouco depois, quando colocamos a cabeça para fora, as MacLeod tinham sumido. Por mais estranho que pareça, nossa salvadora foi ninguém menos que a mulher engraçada que roubou sua papoula. Ela disse que não deveríamos nos preocupar porque ela tinha nos resgatado da tribo Carduchan – quem quer que eles sejam – e que deveríamos nos lembrar de que Xenofonte era o melhor líder do exército, caso precisássemos votar entre ele e Christophus, o Espartano. O que isso significa, não faço a menor ideia."

Morag abaixou um pouco a cabeça.

"Mas, infelizmente, ela pegou de novo a flor."

"O quê? De onde ela saiu?"

"Da Heather. Dinnie pediu para ela trazê-la para você."

"Como Dinnie conseguiu a flor?"

Morag deu de ombros.

"Enfim, a burrinha tirou a flor do *sporran* dela e começou a exibir para lá e para cá. A mendiga disse que não era adequado que meras peltastas ficassem responsáveis por espólios tão valiosos e reclamou a flor como dela por direito de conquista."

Kerry estava embasbacada.

"Essa flor vai para todos os lados."

"Bom", disse Kerry. "Pelo menos, você escapou."

"Ah, mais ou menos. Quando a gente virou na Rua 4, eu disse para Heather que, se alguma das fadas italianas fosse igual a mim, tipo, famosa pelos *insights* psicológicos, elas estariam esperando a gente, com certeza. E estavam. Elas pegaram o dinheiro de volta. Que dia péssimo. Estou todinha dolorida. Minha faixa de cabelo indiana está toda estragada. A gente ainda tem whisky?"

Morag deu um golinho em sua bebida.

"Mas foi legal ver a Heather. Até a gente discutir."

"'Tullochgorum' de novo?"

Morag sacudiu a cabeça.

"No começo, não. Ela me acusou de colocar o pé na cara dela de propósito dentro da sacola da Magenta. Idiota. Eu só estava tentando ficar um pouco mais confortável. Aí, ela disse que era claro que os MacPherson não conseguiam tocar nenhum *strathspey*, tendo que se preocupar com pés tão imensos. Totalmente do nada, desnecessário. Aí, a gente discutiu 'Tullochgorum'. Então, aconteceu o lance com a papoula e eu ameacei matá-la por ter perdido sua flor. Foi realmente um dia péssimo."

Magenta seguia em frente. Ela estava satisfeita com os acontecimentos do dia: tinha resgatado seus homens de um sério ataque e ganhou esmolas o suficiente para reabastecer o coquetel. O melhor de tudo foi recuperar seus espólios. Ela estava muito apegada à papoula galesa, tanto quanto aos pedaços de guitarra que carregava dentro de sua sacola, e lutaria até a morte para manter esses espólios.

Kerry correu até a loja de conveniência para comprar mais whisky para Morag. Lá dentro, encontrou Dinnie.

"Olá, Kerry", disse Dinnie, juntando toda sua coragem. "Eu tinha uma flor muito legal para dar a você, mas aquela fada idiota da Heather a perdeu em algum lugar."

"Como você ousa mexer no meu alfabeto de flores?!", Kerry gritou, dando um belo soco na cara dele.

VINTE

Kerry e Morag fizeram uma ótima colheita de margaridas de um canteiro abandonado da Rua Houston.

Elas juntaram o suficiente para a coleção e para usar nos cabelos. Morag também deixou algumas no corpo do mendigo que jazia morto na Rua 4.

"Quantos agora? Nove?"

Dentro de casa, Kerry estudou seu livro de flores.

"*Bellis perennis*", ela disse. "Uma das partes mais fáceis do meu alfabeto de flores."

"Mmmm", disse Morag, olhando-se no espelho, "Tô quase convencida de que margaridas são o enfeite ideal."

"É possível", concordou Kerry. "Mas é sempre difícil dizer na hora. Quando coloquei pela primeira vez um círculo de tulipas em volta da cabeça, eu achei que nunca mais seria infeliz de novo na vida, mas, aí, logo enjoei. Tulipas não são profundas."

Kerry ficou brava de repente, pegou a guitarra e ligou no amplificador pequeno que usava para ensaiar.

"Como eu vou substituir minha papoula perdida? Faltam só duas semanas!"

Ela arranhava "Babylon", de modo desajeitado. Morag olhou angustiada para seu violino despedaçado, desejando poder ajudar.

Em forma celestial, Johnny Thunders flutuava pelo Queens, onde nasceu, antes de visitar alguns lugares que costumava frequentar no East Village, meditando sobre sua guitarra perdida. Ele tinha uma sensação muito forte de que, se ele não a localizasse, nunca poderia descansar satisfeito, nem mesmo no Céu. Além do mais, se ele se deparasse com um questionamento inconveniente de algum dos inúmeros santos no Paraíso sobre aspectos do seu comportamento na Terra, esperava poder tocar e desviar o assunto. Foi o que ele sempre fez.

Descendo a Rua 4, um som quase familiar chegou aos seus ouvidos.

"Opa", pensou Johnny. "É bom saber que as pessoas ainda tocam minhas músicas, mas essa é uma versão horrorosa de 'Babylon'."

Dinnie olhou pela janela. Os quatro porto-riquenhos ainda jogavam bola na esquina. Naturalmente, Dinnie não aprovou o que faziam. Ele considerava todos os esportes estúpidos, e futebol era especialmente estúpido. Não era nem americano.

Na escola, os esportes foram o pesadelo de Dinnie, pois ele nunca esteve em forma. Seu pai costumava encorajá-lo a jogar basquete. Dinnie ficaria mais feliz se o basquete fosse proibido por lei, assim como seu pai também podia ser proibido por lei.

Ele arrastou os pés pela casa. Era para Heather estar dando uma aula para ele, mas o famoso Violino MacPherson descansava silencioso sobre a cama. Ela não reapareceu depois de sua visita matutina ao bar. Sem dúvida, estava bêbada, jogada em alguma sarjeta.

Do andar de baixo, as mesmas falas de Shakespeare ecoaram a manhã inteira. Hoje, houve outros testes e artistas entravam e saíam, repetindo as mesmas coisas ininteligíveis milhões de vezes. Dinnie sentia seu ódio pelo teatro comunitário alcançar novos patamares.

Sentindo-se perdido, ponderou se devia limpar o fogão. Ele afugentou o pensamento e dirigiu sua atenção à televisão.

"Este lindo colar de ouro catorze quilates pode ser seu por apenas sessenta e três dólares!"

A joia em questão dava voltas em uma pequena mesa giratória.

Dinnie achava o canal de vendas peculiarmente incômodo. Ele odiava quando as pessoas ligavam para dizer o quanto sua nova corrente de ouro tinha alegrado sua vida.

"E vocês vendem tão barato! Vocês fizeram o meu ano inteiro muito mais feliz!"

Dinnie mudou de canal.

"Algum de vocês aí sonha em se vestir como uma putinha safada? Disque 970 S-E-X-Y, onde todas as suas fantasias se tornam realidade."

O homem no anúncio estava vestido com um *corset* branco. Era um *corset* bonito. Caía bem nele. Dinnie desaprovou.

O calor da rua massacrava seu apartamento. Tão quente e úmido que mal dava para aguentar. Ele queria ter dinheiro para um ar-condicionado. Queria ter dinheiro para qualquer coisa. Ele também queria que Kerry não tivesse dado um murro na sua cara. Dinnie podia ser inexperiente, mas tinha certeza de que aquele era um jeito infeliz de se começar um relacionamento. Mas não o fez gostar menos dela.

Morag entrou flutuando pela janela, uma visão agradável com sua figura de quarenta e cinco centímetros coberta de roupas brilhantes de hippie, cabelo multicolorido e camadas de margaridas.

"Kerry, eu tenho uma notícia que pode ser excelente."

"É?"

"É. O espírito do Johnny Thunders, o guitarrista virtuoso dos New York Dolls, estava do lado de fora da sua janela quando você estava tocando 'Babylon'. Ele se sensibilizou com as suas dificuldades em acertar todas as notas e está escandalizado que um ex-namorado seu prometeu que lhe ensinaria e depois deu para trás. Então, Johnny se ofereceu para ensiná-la a tocar direito. Além disso, ele vai pensar em algum lugar para eu mandar arrumar meu violino. Ele sabe dessas coisas porque foi pobre e só tinha instrumentos quebrados para tocar. Esse Johnny Thunders é um homem, ou espírito, fantástico. Ele me contou umas histórias engraçadas de um lugar chamado Queens, onde ele nasceu, e me mostrou suas tatuagens. Ele disse até que ficaria de olho para ver se achava a papoula. Em troca, eu o ajudarei a encontrar a guitarra dele, uma Gibson Tiger Top 1958, que parece ter sido uma guitarra maravilhosa. Ela se chama Tiger Top porque tem listras."

Kerry caiu na risada.

"É verdade", protestou a fada. "Você não consegue enxergá-lo porque ele é um espírito, mas eu consigo. Ele é muito bonito. Agora, eu entendo porque ele fazia sucesso com as mulheres."

Kerry riu um pouco mais. Ela ainda não acreditava em Morag, mas era uma história muito boa.

Ela amarrou mais algumas margaridas no cabelo, comparando o arranjo com o pôster de *Primavera*. Ela gostou do jeito que o amarelo e o branco das margaridas ressaltaram em contraste com o azul de seus cabelos. Para agradar Morag e dar continuidade ao plano, ela ia visitar Dinnie e pedir desculpas por ter socado sua cara.

Dinnie puxou o cabelo da nuca. Heather estava fazendo com que deixasse crescer para cultivar um rabo de cavalo.

"Um rabo de cavalo? Você enlouqueceu completamente? Por que motivo idiota eu ia querer deixar um rabo de cavalo?"

"Porque a Kerry gosta de garotos com cabelos radicais", explicou a fada. "O último cara de quem ela gostou foi Cal. Ele tem um rabo de cavalo. Aposto que o seu será excelente. Vamos tingi-lo de verde."

Dinnie quase se engasgou. Pensar que ele, Dinnie MacKintosh, desfilaria pelas ruas com um rabo de cavalo verde era tão bizarro que ele mal podia conceber o pensamento.

"Sua fada burra. Só porque ela gostava de um babaca com um rabo de cavalo não quer dizer que vai se apaixonar por qualquer um que tenha o cabelo assim, não é?"

"Bom, não, acho que não. Mas vai ajudar. Tô falando pra você, um cabelo diferente é o que há. Esse é o tipo de cara de quem ela gosta. Eu e Morag também, no caso."

Dinnie, vendo que ela estava falando sério, ficou desesperado.

"Vai demorar muito tempo pra crescer."

"Não, não vai." Heather estava se achando. "Porque acontece que fazer o cabelo crescer é uma das magias que uma fada do cardo pode realizar."

Ela voou para trás dele e tocou sua cabeça.

Dinnie chacoalhou as mãos no ar com raiva.

"Você esqueceu que essa mulher me deu um soco no olho ontem mesmo?"

"Uma briguinha de casal", disse Heather, partindo para seu trago matinal.

Em Bodmin Moor, Aelric e seu bando efetuavam um ataque ousado, incendiando a principal fábrica de tecidos de Tala, a que produzia roupas que eram exportadas para as fadas europeias.

"Isso vai atrapalhar a balança comercial", julgou Aelric, jogando a tocha acesa no edifício.

Mas, quando Aelis tentou soltar os panfletos de propaganda, foi perseguida pelos poderosos guardas patrulheiros. Aelis, que era filha de Magris, e muito habilidosa com as mãos, havia montado uma impressora, a primeira em poder de fadas britânicas. Os panfletos pareciam ser um golpe de mestre, mas era extremamente frustrante que não pudessem ser distribuídos.

Eles quase foram encurralados pelo bando de mercenários que tinha sido enviado para caçá-los. O sucesso da fuga saiu das mãos de Aelis, que conjurou uma tempestade para cobrir a retirada.

Depois, houve críticas contra Aelric; alguns membros do bando comentaram que ele não havia planejado o ataque cuidadosamente o bastante, pois estava distraído com sua paixão por Marion. Cochicharam, inclusive, que ele perdia seu tempo procurando flores raras para presenteá-la.

Dinnie pegou seu violino. Agora, ele sabia tocar sete músicas escocesas razoavelmente bem. Ele ia tocar e ver se ganhava um troco. Ele ia mostrar para Heather que ela não era a única por aqui que conseguia dinheiro.

No fim da escada, foi agredido por vozes de atores.

"Não vás, gentil Helena; ouve-me os votos:

Amor, vida, minh'alma, Helena linda!"

Antes de Dinnie poder gritar alguma ofensa, Cal apareceu usando uma coroa de ouro e segurando uma cópia de *Sonho de Uma Noite de Verão*. Dinnie ignorou seu cumprimento.

"Vai tentar fazer uma grana de novo?", disse Cal, apontando para o violino.

Dinnie sabia que Cal estava zoando.

Vou mostrar pra ele, pensou Dinnie, pegando o violino pendurado em seu ombro.

"Sim", respondeu Dinnie. "Eu andei aperfeiçoando minha técnica com a ajuda de uma professora famosa. Escute isto aqui."

Ele entrou no que deveria ter sido uma interpretação vigorosa de "The Miller of Drone". Infelizmente, sob o olhar fixo de Cal, seus dedos não queriam funcionar direito. Eles pareciam linguiças, grandes e desengonçados demais para segurar uma corda. Ele estancou dolorosamente no quarto compasso.

"Você tem que me apresentar para sua professora", disse Cal.

"Música, olá! Para encantar o sono!", veio a voz de uma atriz na outra sala.

"Cale a boca, porra!", gritou Dinnie, achando que estava sendo zoado, quando, na verdade, era uma fala da peça.

Humilhado pela *performance* na frente de Cal, saiu do prédio muito nervoso, sem olhar para onde ia.

Assim que saiu pela porta, Dinnie trombou com um pedestre e os dois rolaram pelos degraus até a rua.

Dinnie, enraivecido além de qualquer limite, pegou seu violino e se preparou para agredir quem quer que fosse.

"Por que você não olha para a frente, filha da puta ignorante?!", ele gritou.

E então paralisou, ao reconhecer o colete cravado de pedras.

Kerry, machucada e constrangida, levantou-se com dificuldade, tendo levado a pior na colisão.

Dinnie sentiu que ia desmaiar. Ele acabara de derrubar sua musa na sarjeta.

"Acho que ele ainda estava bravo por causa do soco na cara", Kerry disse para Morag, checando para ver se sua bolsa de colostomia tinha sofrido algum dano.

Ela não se sentiu bem depois da trombada e dormiu o resto do dia.

Morag analisou seu corpo adormecido minuciosamente. Em sua opinião, a doença de Kerry estava piorando. Morag não tinha muitas habilidades curativas além do básico, comum a toda fada, mas tinha certeza de que a saúde da aura de Kerry estava se apagando e se perguntou se outra crise séria estava a caminho.

VINTE E UM

Era meia-noite no Central Park e as fadas estavam fumando seus cachimbos e bebendo whisky. Brannoc sentou-se com Petal, ensinando-lhe "The Liverpool Hornpipe", que ele tinha aprendido um tempão atrás com uma fada flautista do norte. Petal se esforçava para acertar os dedos nas notas. Tulip também, mas Brannoc não estava ligando para ele.

"Essa música até que é legal", disse Maeve de trás de sua árvore, deslizando pelas notas suavemente em sua flauta. Ela havia se esquecido completamente de sua discussão com Brannoc, mas ele não.

Padraig pegou o tom em sua flauta. Tanto ele quanto Maeve tinham ouvidos rápidos e podiam tocar qualquer coisa depois de ouvir uma vez. Petal e Tulip eram mais lentos, mas não demorou muito para que aprendessem, e então o som animado de "The Liverpool Hornpipe" tomou conta do bosque. Após tocarem algumas vezes, Maeve começou outro *hornpipe* que todos conheciam, "The Boys of Bluehill", e os animais noturnos dançavam quando passavam pela clareira.

"Ei, o que é aquilo?", perguntou Spiro, olhando para cima. Uma curva cinzenta em sete tons descia do céu ao chão.

"Você já viu alguma coisa assim antes?"

"Claro", disse Brannoc. "É um arco-íris lunar. Da chuva à noite."

"Bom, mas o que isso está fazendo aqui agora se não choveu?"

Brannoc levantou os ombros.

"Oh, não", disse Tulip, com seus olhos aguçados. "Eles estão descendo do arco-íris lunar."

Do céu, desciam vinte e um mercenários direto de Cornwall, marchando de maneira organizada.

As fadas negras moravam em um pequeno parque na Rua 114. Eram invisíveis aos olhos humanos, com exceção de algumas sábias senhoras. O parque estava mal cuidado, abandonado pelas autoridades da cidade, mas era famoso por seu ar pacífico e quase nada de ruim acontecia por lá.

Elas convocaram uma reunião do conselho depois de descobrirem que havia ocorrido outra incursão em seu território, possivelmente hostil.

"As duas tinham espadas. Nós as perseguimos, mas elas fugiram numa motocicleta."

A notícia deu início a uma discussão caótica. Alguns eram a favor de marchar pela cidade e dar uma lição nas fadas italianas. Outros achavam que era melhor deixar passar, em nome da paz.

A sábia anciã das fadas negras tomou nota dos conselhos e considerou o assunto. Seu nome era Okailey, descendente direta das fadas que surgiram no poderoso império africano de Gana no longínquo século quatro.

Um batalhão de meninas atravessou o parque, todas de uniforme azul, saindo da escola. Elas sentiram a aura das fadas e deram risada quando passaram.

"Até essas criancinhas felizes saberiam que entrar em guerra não é a solução", disse a sábia. "E nós deveríamos saber também. Ainda assim, acredito que não devamos ignorar a questão inteiramente. Eu levarei uma delegação ao sul para visitar os italianos..."

"Elas podem ser agentes dos chineses."

"...e os chineses. E nós resolveremos tudo de maneira razoável."

Tendo tomado a decisão, prepararam-se para partir. Para a comunidade de fadas ganesas, isso era um acontecimento muito importante. Elas jamais haviam explorado territórios ao sul do Central Park.

"Quem são eles?", chiou Padraig, encolhendo-se nos braços de sua amada Maeve.

"Mercenários ingleses", gemeu Tulip, que reconhecia vários do bando de Cornwall. "Pagos pelo Rei Tala."

Alarmados, os cinco ficaram olhando para os mercenários que desciam do arco-íris lunar. Magris havia conjurado um arco-íris lunar tão preciso que os mercenários já estavam descendo a menos de cinquenta metros e já tinham avistado os fugitivos.

"Certo", disse Maeve, levantando-se e sacando a espada. "Vou lhes ensinar no que dá vir atrás de mim do outro lado do mar."

"Você tá louca?", protestou Tulip. "Eles vão cortar a gente ao meio. Temos que fugir!"

"Uma fada O'Brien não foge de nada", disse a fada irlandesa. "Principalmente Maeve O'Brien, a melhor espadachim de Galway."

Petal caiu em prantos. Ela estava longe de ser a melhor espadachim de Cornwall e não queria ser cortada ao meio.

Brannoc estava querendo lutar também. Estar o tempo todo deprimido por conta de sua paixão fútil por Petal fazia uma última batalha desesperada parecer algo não tão ruim assim. Mas a visão de Petal chorando o fez mudar de ideia.

"Estamos em um número muito menor", ele disse. "Teremos que fugir."

Padraig concordou, para o extremo desgosto de Maeve.

"Nunca uma fada O'Brien fugiu do perigo antes. Padraig, que vergonha de você."

Essa discussão quase impediu que as fadas pudessem fugir. Os cães *Cù Sìth* foram desacorrentados e saíram correndo na direção delas. Maeve deu um passo à frente e matou dois deles com dois golpes de espada. O terceiro fugiu desorientado.

Olha só, pensou Brannoc. Ela sabe mesmo usar essa espada.

Elas fugiram pelos arbustos, correndo, pulando, escalando e voando na direção sul do parque, antes de pararem tropeçando, exaustas, perto da saída da Rua 59. Ali, desabaram no chão, sem poder dar nem mais um passo.

As irmãs MacLeod tinham seguido a certa distância os mercenários no arco-íris lunar. Enquanto os guerreiros à frente marchavam para o chão, as MacLeod saltaram do arco-íris ainda no alto, planando silenciosamente, sem serem detectadas.

Elas estavam a par dos acontecimentos abaixo e até viram Maeve matando os cachorros, mas correram para o outro lado do parque, onde viram algo muito mais interessante para elas – Heather e Morag, suas presas, segurando na traseira de uma moto, tentando escapar de uma horda de fadas negras.

As MacLeod quase as capturaram na perseguição. Não fosse pela estranha aliada com a sacola, elas teriam conseguido. Agora, elas estavam sentadas na Union Square, ambientando-se na nova e bizarra cidade e preparando-se para continuar a caçada.

Lá no Central Park, os mercenários, preparados para lidar com apenas alguns fugitivos, surpreenderam-se ao se encontrarem completamente cercados por uma enorme tribo de fadas negras.

Em número muito menor, eles foram levados como prisioneiros por seus adversários igualmente perplexos, que não entendiam quem eram aqueles intrusos.

VINTE E DOIS

O dia ficou quente e úmido rapidamente. Morag, como de costume, tinha acordado muito antes de Kerry. Depois de secar a testa, pensou na possibilidade de retirar alguns milhares de dólares de um banco para comprar um ar-condicionado para a sua anfitriã.

Com calor demais para ficar ali derretendo, foi ver o que estava acontecendo na rua. Encontrou Heather na loja da esquina, observando uma garrafa de whisky, incerta de como abri-la.

"Suas bebedeiras estão fora de controle", disse Morag.

"A bebedeira de uma MacKintosh nunca está fora de controle", respondeu Heather, seca. "E também não é da sua conta. Aposto que você tá aqui pelo mesmo motivo."

"Não tô. Eu vim por causa dos *bagels*."

"O que é um *bagel*?"

"Coisinhas de pão. Às vezes, eu arranco uns pedaços deles para tomar café da manhã e as pessoas nas lojas acham que estão com defeito e os dão para os mendigos na rua. Já percebeu quantas pessoas aqui vivem na rua?"

"Claro. Eu passo metade do meu tempo procurando comida e troco para eles. Já notou como eles morrem a toda hora na Rua 4?"

Morag tinha percebido. Mais ou menos dez desde que tinha chegado.

"O que a gente vai fazer com as MacLeod?"

Dava medo estar na mesma cidade que as irmãs. Mais cedo ou mais tarde, elas seriam pegas.

Era hora de pensar e agir juntas. Então, naturalmente, começaram a discutir de quem era a culpa de tudo aquilo. Morag arrancou pedaços de *bagels* e saiu de nariz em pé.

Heather não sabia o que fazer. Não era seguro ficar na rua com tantos inimigos em todos os lugares, mas também estava perigoso no apartamento de Dinnie. Ele se irritou a ponto de dar porrada nela desde o dia que Heather entrou de fininho enquanto ele se masturbava na frente da televisão.

"Saia daqui, sua xereta nojenta!", ele gritou.

"Eu não estava xeretando. Só estava demonstrando a curiosidade natural de uma fada do cardo em ambientes estranhos."

Dinnie não ficou satisfeito e a atacou furiosamente com sua bomba de bicicleta. Heather voou para o outro lado da sala.

"Você está arriscando uma tragédia, sabia? Provocar uma fada é muito perigoso."

"Eu vou provocar essa bomba no meio do teu cu!"

"Você está quebrando o acordo."

"Eu vou quebrar é o seu pescoço!"

Heather se arrependeu de surrupiar dinheiro suficiente para Dinnie comprar uma bicicleta nova. Ela decidiu que era melhor não voltar por algum tempo e foi para o bar assistir a um jogo de *baseball*. Quando entrou, ficou feliz em saber que os Yankees estavam com dois pontos a mais na sétima entrada e o próximo a entrar era o melhor rebatedor canhoto.

Morag e Kerry foram visitar amigos de Kerry. Nenhum estava bem. Kerry conversava feliz com eles enquanto Morag usava seus poderes de fada para ajudá-los.

Elas visitaram um amigo que estava com uma baita dor de dente. Morag tocou seu maxilar e o curou, o que foi bom, já que ele não tinha dinheiro para ir ao dentista. Elas também visitaram um amigo que tinha machucado as costas carregando um amplificador e não conseguia nem sair da cama. Morag gentilmente massageou sua espinha, produzindo uma cura milagrosa, o que foi bom, já que ele não tinha dinheiro para ir ao médico.

Elas foram até a casa de uma jovem que estava constantemente ansiosa e agorafóbica depois de ter sido atacada na rua e Morag cantou uma suave canção das Terras Altas em seu ouvido, trazendo grande conforto para seu subconsciente, o que foi um alívio, já que ela não tinha dinheiro para ir a um terapeuta.

Depois disso, Kerry estava demasiadamente cansada e foi para casa enquanto Morag dava uma volta pelos telhados dos prédios.

Na escada de incêndio, Morag teve um *insight* de que alguma coisa estava errada. Ela subiu depressa para encontrar Kerry, que estava vomitando nas roupas de cama. Ela vomitava sem parar e já estava com febre alta. Morag sabia que isso estava além de seus poderes de cura e chamou uma ambulância.

Kerry foi levada para o hospital, onde diagnosticaram um abcesso em seus intestinos causado pela doença de Crohn. Isso havia envenenado seu organismo e poderia matá-la se não fosse tratado imediatamente. Os cirurgiões reabriram sua cicatriz de trinta centímetros na barriga e removeram outra parte de seu sistema digestivo.

Sentada ao lado dela no hospital, Morag estava triste. Ela odiava ver Kerry pálida como se estivesse morta, com uma agulha no braço e um tubo no nariz, um cateter na uretra e outro sugando o veneno do estômago.

Ela refletiu que Kerry tinha sorte de ter um plano de saúde tão abrangente. O que acontecia com pessoas sem assistência médica que tinham doença de Crohn? Morag não conseguia imaginar.

VINTE E TRÊS

Pássaros aliados relataram às fadas chinesas os problemas generalizados. Fadas estranhas estavam marchando e lutando em Nova York.

Lu-Tang, a sábia, uma fada digna e respeitável cujas asas se dobravam ajeitadas sobre sua túnica de seda azul, estava preocupada. Nem ela nem ninguém da comunidade sabiam o que fazer com relação a tudo isso.

"Porém, isso é uma razão a mais para que nós recuperemos nosso espelho."

Com tudo isso acontecendo, era muita infelicidade o espelho Bhat Gwa ter sumido. Estava na época do Festival dos Fantasmas Famintos e espíritos malévolos poderiam aparecer. As fadas chinesas não queriam ter que enfrentar espíritos malévolos sem a proteção do espelho Bhat Gwa.

O espelho estava agora a salvo na sacola de Magenta, que marchava naquele momento pelas colinas da Rua 4, atenta tanto para a aparição de Joshua e suas hordas persas quanto para a dos armênios, uma violenta tribo local.

Havia uma grande quantidade de tribos violentas nas ruas de Nova York e Magenta era incomodada continuamente. Os piores eram os de camisas azuis e pistolas, que nunca a deixavam em paz.

Joshua estava algumas ruas atrás, ainda procurando por ela. Ele perguntava a todos os vagabundos que encontrava se tinham visto Magenta passar. Alguns ofereciam bebidas de suas garrafas, com pena de seu pobre estado de saúde agora que tinha perdido o apoio de seu coquetel Fitzroy.

Os mercenários de Cornwall estavam nesse momento marchando de volta para a Inglaterra por cima do Atlântico, tendo falhado em sua missão. A tribo ganesa era pacífica demais para estar interessada em prisioneiros e se contentaram em mandá-los de volta. A tribo presumiu que agora tinham libertado a cidade de presenças hostis e estavam felizes por não estarem lidando com problemas vindos das outras fadas nova-iorquinas.

Infelizmente, o cão *Cù Sìth* que escapou da lâmina de Maeve não foi capturado. Ele disparou pelo Central Park seguindo o cheiro das fadas escocesas fujonas. Em algum lugar da Rua 16, ele encontrou duas fadas italianas que tinham se separado do grupo de patrulha para namorar em paz numa escada de incêndio. Alucinado na cidade, o cão as mutilou antes que chegasse ajuda e fugiu em seguida.

Os italianos ficaram furiosos. Eles intuíram que suas inimigas misteriosas haviam mandado o cão para atacar. Pressentindo que tinha vindo do norte, juntaram a tribo e se prepararam para marchar.

Morag tentou fazer Kerry ficar o mais confortável possível, oferecendo sopa e jogando conversa fora numa boa. Ela contou coisas sobre a história da Escócia e de grandes fadas do passado. E contou também o que se passava nas ruas do lado de fora e o que estava nos jornais, mas, como o que estava nos jornais era geralmente mais problemas no Oriente Médio ou clínicas de aborto do Texas sendo bombardeadas por fanáticos, isso não dava assim tão certo.

"O lado bom", continuou Morag, lendo o jornal, "é que a Delta Airlines está oferecendo passagens com preços especiais para quem quer viajar pelos Estados Unidos com um amigo".

Morag largou o jornal.

"Vamos falar de sexo", ela disse. "Eu sei que você gosta de falar de sexo."

"E você está certa", disse Kerry. "Você primeiro."

Morag disse ter visto algo estranho quando estava visitando o quarto de Dinnie.

"Apareceu uma propaganda na televisão com uma mulher e estavam fazendo xixi nela. Você tinha que ligar para um número especial – 970 M-I-J-O, eu acho – para ouvir mais sobre aquilo."

Kerry disse que esperava que a fada não estivesse chocada de ter visto tal coisa.

"Tá tudo bem", disse Morag, que não queria parecer antiquada para Kerry. "Fetiche de urina não é segredo entre as fadas. Acho até que entre os MacKintosh isso é bem popular. Mas eu vi um livro numa loja e não entendi direito sobre o que se tratava. Ele chamava *Lésbicas com Fetiche por Pés – O Filme*. O que é isso, exatamente?"

Kerry explicou, arrancando risadas de Morag. Ela disse que os homens na Escócia não seriam tão bobos de fazer essas coisas, e Kerry disse que eles sem dúvida o seriam se tivessem oportunidade.

"Onde você viu um livro desses?"

"Eu entrei numa *sex shop* para dar uma olhada. Eu não gostei de nenhum livro, mas fiquei surpresa que vocês humanos fazem sexo oral."

Ela imaginava os humanos desajeitados se machucando com os dentões.

"E as fadas são boas nisso?"

"Claro! Eu sou uma especialista."

"Que mina de ouro de talento você é, Morag."

Kerry se esforçou para sair da cama.

"Faltam nove dias", ela disse. "Eu preciso da minha papoula de volta. Onde ela está?"

"Com Magenta, andando pelas ruas e se escondendo do exército persa. Você não está bem o suficiente para sair e procurá-la."

"Eu as cortarei em pedaços por isso", rosnou Ailsa, a mais velha das irmãs MacLeod. Ela observava a paisagem urbana dolorosamente. Elas estavam perdidas em umas árvores no Washington Square Park, e não gostavam nada disso.

"Este lugar é um pesadelo", disse Seónaid.

"Como vamos para casa?"

"Onde estão a MacKintosh e a MacPherson?"

Ailsa balançou a cabeça. Não sabia. Tendo passado a vida inteira na ilha de Skye, elas estavam ainda menos acostumadas a cidades do que Heather e Morag. A confusão do lugar interferia no sexto sentido de Mairi e ela não conseguia localizar suas presas. Quando cruzaram o arco-íris lunar, elas não estavam preparadas para um lugar assim. Agora, estavam cansadas e morrendo de fome. Os *kilts* com o xadrez dos MacLeod estavam enlameados e rasgados depois da perseguição pelo parque e pelas ruas.

Ailsa, uma fada muito bonita e com um rosto orgulhoso sob os cabelos espetados, como as irmãs, desembainhou a espada e deslizou da árvore para o chão.

"Precisamos de comida e bebida. Sigam-me."

Seónaid, Mairi e Rhona a seguiram. Elas estavam em alerta, mas não amedrontadas. Mairi farejou o ar.

"Aquela mulher que ajudou Heather e Morag está nas proximidades. Consigo senti-la." Ela puxou ar de novo. "E aquele homem do outro lado da rua está atrás dela."

As MacLeod voaram para o outro lado da rua e seguiram Joshua, flutuando suavemente.

Aelric colheu algumas tulipas, alguns narcisos e um pouco de tomilho selvagem.

"Muito bonito", disse Aelis, sabendo que eram para a enteada do Rei. "Tenho certeza de que ela vai adorar. Mas não era para você estar dando duro na biblioteca, descobrindo como realizar o próximo passo da nossa revolução popular?"

"Hoje a biblioteca fecha mais cedo."

"Tudo bem", disse Aelis. "Mas eu acho que o Presidente Mao fazia alguma coisa de útil mesmo quando era dia de fechar mais cedo. Venha e me ajude a imprimir os panfletos."

Hoje, o coração de Aelric não estava na revolução, mesmo depois de o bando de partidários aumentar para vinte. Ele passou todo seu tempo pensando em Marion, e mandando mensagens secretas para ela por meio do contato que eles tinham na corte.

VINTE E QUATRO

O rabo de cavalo de Dinnie cresceu muito rapidamente, para sua grande perturbação. Quando Heather entrou em casa usando toda sua força para levantar um tubo de tinta de cabelo, ele se trancou no banheiro.

"Vá embora", gritou através da porta. "Já sofri o suficiente por hoje."

"Como?"

"Memorizei todas as faixas dos dois primeiros discos do Slayer."

"Eu até que gostei bastante deles", respondeu Heather, e seguiu enchendo o saco de Dinnie, chantageando-o para que a deixasse entrar.

"Pronto", ela disse depois. "Que cor muito louca!"

Dinnie estava horrorizado.

"Tá horrível. Você nunca falou nada de rabos de cavalo azuis quando a gente fez esse acordo."

"Eu disse que tomaria todas as medidas necessárias. Não é culpa minha que você escolheu se apaixonar por uma fã de roupas coloridas, psicodelia e tinta de cabelo. Se você tivesse se apaixonado por uma executiva, eu colocava um terno em você. Vamos ver como se sai no mundo desse jeito aí."

Eles desceram as escadas. Se Cal aparecesse e risse dele, Dinnie jurou que bateria em sua cabeça. Provavelmente, usando Heather como arma.

Eles andaram para a loja de comidas saudáveis. Heather ignorou as reclamações costumeiras de Dinnie sobre os horrores da alfafa e hambúrgueres vegetarianos e se concentrou em estudar as reações das garotas quando Dinnie passava. Aquelas duas punks na esquina mostraram certo interesse quando ele passou? Talvez.

Apesar de ainda estar acima do peso, ele já tinha perdido quase todo o segundo queixo. Sua postura estava melhor e, barbeado, parecia anos mais jovem. Ela o proibiu de usar suas calças marrons velhas e, apesar de ainda não ter encontrado um substituto adequado para seu volumoso casaco marrom, ele estava sem dúvida mais atraente. Heather estava feliz. Pelo menos essa parte do plano estava funcionando.

"Você tem uma moeda, senhor?", um pedinte implorou quando eles passaram.

"Vá se foder", murmurou Dinnie.

Heather tossiu.

Dinnie soltou uns trocados na caneca dele.

"Isso não faz você se sentir bem?", perguntou Heather, ao que Dinnie respondeu com um grunhido ininteligível.

Cornwall estava úmida e fria, mas, nas fábricas, as fadas estavam bem abrigadas. Apesar de não serem mais livres, as novas máquinas tinham aumentado muito a produção e agora havia mais pano para casacos e cobertores.

O Rei Tala estava em conselho com Magris e seus barões, discutindo sobre o comércio. As fadas francesas do outro lado do Canal da Mancha estavam interessadas em importar o tecido de Tala e fizeram um pedido considerável. Infelizmente, esse pedido não podia ser entregue por conta da destruição da fábrica. A discussão foi interrompida quando chegou a notícia do retorno dos mercenários da América.

Tala ficou furioso com o fracasso. Ele abandonou a discussão sobre taxas de câmbio e insistiu que novos planos fossem traçados para recapturar os fugitivos.

Isso era frustrante para Magris, que estava ansioso para mostrar seus planos para um conjunto habitacional, que seria o próximo passo racional no desenvolvimento da sociedade.

Tala não queria ouvir isso agora e exigiu que Magris desenhasse uma estratégia para uma invasão geral de Nova York. Se fosse necessário, ele mandaria o exército feérico inglês inteiro por cima do Atlântico.

"Olhem para esse panfleto!", explodiu. "Ele proclama Petal e Tulip como os governantes por direito do reino das fadas de Cornwall! O que vai acontecer se esses panfletos forem distribuídos? Enquanto aqueles dois estiverem vivos, o rebelde Aelric sempre conseguirá me causar problemas."

A assistente na loja de comida saudável estava se atrapalhando com o troco de Dinnie. Quando ele abriu a boca para reclamar, notou o olhar alarmado de Heather, e acabou sorrindo e esperando, pacientemente.

"Você o reconheceu?", a assistente perguntou para a colega quando Dinnie saiu. "Ele me lembra alguém, mas eu não sei quem."

"Bonitão, até. Belo rabo de cavalo."

Voltando pela Primeira Avenida, Heather anunciou que talvez não tivesse sido ruim Dinnie ter nocauteado Kerry escada abaixo. Afinal, agora Dinnie tinha um motivo excelente para puxar uma conversa.

"Você pode pedir desculpas por ser um ogro tão desastrado e, depois, chegar de leve no papo dos dois primeiros discos do Slayer. E, enquanto você estiver fazendo isso, faça-a perceber o seu cabelo novo todo estiloso. Vai impressioná-la logo de cara."

Dinnie achou que isso era um pouco simplista demais e começou a se questionar se Heather tinha alguma vez na vida conseguido juntar algum casal. Talvez dois idiotas de Cruickshank.

Virando na Rua 4, eles viram Kerry e Morag saindo da loja de conveniência.

"É a sua chance", sussurrou Heather.

Eles se encontraram na calçada.

"Oi, Kerry", disse Dinnie. "Desculpe mesmo por ter derrubado você da escada. Foi um acidente."

"Tá tudo bem. Desculpe por ter dado um soco no seu rosto."

Um curto silêncio.

"Eu estive ouvindo os dois primeiros álbuns do Slayer. Coisa fina."

Kerry sorriu, animadoramente. Infelizmente, a conversa de Dinnie empacou. Ele não conseguia pensar no que dizer. O sorriso de Kerry o hipnotizou. Era um sorriso lindo.

Eles olharam um para o outro num silêncio embaraçoso.

"Bom, legal", disse Kerry finalmente. "Eu também gostei deles."

"Certo", disse Dinnie. "Discos excelentes."

"Sim", concordou Kerry.

"Tenho que ir", disse Dinnie, partindo rapidinho.

"Por que você fugiu?", protestou Heather, de volta ao apartamento.

"Eu me senti idiota. Não sabia o que dizer. Eu estava me afogando no meu próprio suor."

Heather repreendeu Dinnie por força do hábito, mas ela não se importava muito que ele não tinha se dado tão bem na conversa. Ela sabia que, no começo, futuros amantes frequentemente ficavam desajeitados na presença uns dos outros. Muito provavelmente, Kerry preferia um homem que fosse um pouco tímido a um cheio de si. O importante é que ele tinha começado o processo.

Ela assegurou a Dinnie que tinha sido um começo razoável.

"Meu plano está indo bem. Eu sinto claramente que ela gosta de você."

Heather estava ansiosa para cumprir sua parte do acordo e ganhar o violino.

Do outro lado da rua, Kerry estava um pouco trêmula depois de sua primeira saída desde que ficou doente. Ela estava bebendo chá com Morag.

"Desculpe por não conseguir fazer melhor com o Dinnie", ela disse. "Mas eu estava me sentindo meio fraca. E, também, ele parecia não estar muito para conversa."

"Tá tudo bem, Kerry. Eu acho que você foi bem. Se eu vou convencer o Dinnie que você se apaixonou por ele, não ficaria bem você se entusiasmar logo de cara. Ele suspeitaria. Ele deve saber por experiência própria que as mulheres não se apaixonam à primeira vista por ele. Vai sorrindo pra ele, pois assim ele acabará caindo na nossa fácil, fácil. Já estou ansiosa para cumprir minha parte do acordo e ganhar o violino."

As irmãs MacLeod estavam sentadas no carrinho de supermercado de Joshua enquanto ele perseguia Magenta pela rua.

"Depressa", sibilou Ailsa. "Você está alcançando."

Joshua apertou o passo. Ele não entendia direito por que quatro fadas escocesas tinham vindo ajudá-lo em sua perseguição por Magenta, mas, como elas eram liberais com o whisky delas e sabiam muito bem como obter comida, eram bem-vindas.

VINTE E CINCO

Morag também estava procurando Magenta, mas, na enorme cidade, ela não conseguia encontrá-la.

Ela se sentou, desanimada, olhando para os esquilos do Madison Square.

"Oi, fada."

Era Johnny Thunders.

Morag reprimiu uma vontade louca de rir. Ela achava Johnny Thunders extremamente atraente e ficou triste em perceber que ele era quatro vezes mais alto que ela, e um fantasma.

"Você parece triste."

Morag explicou todos os últimos acontecimentos. Johnny se mostrou solidário.

"Tô numa situação complicada também. Não vejo nem sinal da minha guitarra. Se eu passasse na frente do prédio em que ela está, sentiria e saberia, mas ela sumiu. Mesmo assim, acho que posso ajudar você. Eu me lembro que em Chinatown tinha um *luthier* que sabia consertar qualquer coisa. Hwui-Yin. Olhando para ele, você não diria que sabe o que é uma guitarra, mas uma vez ele consertou uma das minhas favoritas quando foi quase totalmente destruída num show dos Dolls no Mercer Arts Center."

Morag balançou a cabeça. Ela se lembrava do nome.

"Eu não posso ir lá sem ser linchada pelas fadas chinesas."

"Nada a ver. Hwui-Yin era amigão meu. Eu vou falar que você é gente boa. Sobe no meu ombro e a gente flutua para lá."

Com a ajuda das irmãs MacLeod, Joshua conseguiu astutamente interceptar Magenta na Rua 14.

"Acabou, Magenta. Passe pra cá."

"Nunca, Tisafernes."

"Pare de ser maluca e passe pra cá."

As MacLeod, enquanto isso, mergulharam na sacola de Magenta, torcendo para que Heather e Morag ainda estivessem lá, mas saíram frustradas.

"Onde elas estão?"

"Um nobre ateniense não cagueta seus parceiros", respondeu Magenta, sem pestanejar.

"Ah é? Xenofonte caguetaria. Para um ateniense, ele era muito amiguinho dos espartanos."

"Isso não tem absolutamente nada a ver. Ele foi criado com o alto padrão de conduta esperado de um ateniense."

Entediadas com isso, as irmãs MacLeod começaram a se afastar.

"Ei", disse Joshua. "Aonde estão indo?"

Xenofonte, general famoso por sua astúcia militar, viu sua chance aparecer. Enquanto Tisafernes falava com suas aliadas, correu para um táxi, escancarou a porta e desapareceu em velocidade.

"Então, onde estão Heather e Morag?", murmurou Seónaid enquanto flutuavam para o sexto andar de uma saída de incêndio.

Nenhuma delas sabia. Elas teriam que começar a caçada novamente.

"O que é isso, Rhona?"

"Uma flor", respondeu a irmã mais nova, que não era sempre tão séria quanto as outras. "Achei na sacola daquela mulher. Eu sinto que é uma flor poderosa."

Ela olhou feliz para a papoula com três flores, a melhor coisa que tinha visto desde que chegou a Nova York.

Heather estava de mau humor. Ela tinha acabado de ver Morag voltando do que parecia ter sido uma celebração alcoólica selvagem com um grupo de fadas chinesas.

"Não consigo entender", ela reclamou para Dinnie. "Na Escócia, ela era a mais quietinha. Agora, não contente em ser a garota da cidade com Kerry para lá e para cá, sai para dar rolê com os chineses. Como ela conseguiu isso? Semana passada, eles estavam tentando matar a gente. Como ela pode estar se divertindo o tempo inteiro enquanto eu estou aqui presa com você?"

"Deve ser o jeito mais agradável dela", disse Dinnie. "Com certeza, ela trata os amigos dela bem, ao invés de forçá-los a comer legumes e escutar fitas intermináveis do Sonic Youth."

Heather não estava nada satisfeita. Ela não gostou nem um pouco do jeito que alguns dos chineses estavam olhando para Morag.

"Oi, Kerry", berrou Morag, caindo bêbada no chão. "Adivinhe só. Meu violino está sendo consertado por um cara esperto em Chinatown. Amigo do Johnny Thunders. Ele também é amigo das fadas. Eu expliquei tudinho e agora eles gostam de mim. Eu tenho quatro encontros na semana que vem. E, além disso, eu lhe trouxe uma flor *Polygonum multiflorum* que eu lembrei muito bem que aparece no seu alfabeto. Ela cresce na China, mas os chineses tinham um monte aqui. E não é só isso" – ela se ergueu, apoiada nos cotovelos – "Johnny Thunders tocou o solo de 'Bad Girl' para mim. Devagar. Agora ele está todo na minha cabeça e eu tocarei para você quando estiver sóbria. Ele é um guitarrista maravilhoso. Você viu uma Gibson Tiger Top 1958 em algum lugar? Não?"

Morag dobrou as asinhas de qualquer jeito e caiu inconsciente.

"Estou cansada de ficar aqui sozinha", declarou Heather. "Eu vou sair e fazer uns amigos."

"Ah é? Quem?"

"Os italianos."

Dinnie riu.

"Você disse que eles estavam atrás de você porque você roubou os bancos deles."

"Eu hei de retificar essa situação."

Heather se sentou em frente ao espelho, cuspiu nele para limpar a poeira e tirou um pente pequenino de marfim de seu *sporran*. Ela começou a passá-lo nos cabelos, penteando-os até ficarem dourados e vermelhos, esticados até a cintura.

"O que você vai fazer? Se humilhar e pedir desculpas?"

"Não", respondeu Heather. "Uma fada MacKintosh não precisa se humilhar e pedir desculpas para consertar um pequeno mal-entendido. Eu vou descobrir quem é o mais importante da tribo italiana e flertar com ele."

"Flertar?"

"Isso mesmo. Funciona sempre."

VINTE E SEIS

No Central Park, Petal e Tulip estavam tendo uma aula de como usar a espada com Maeve.

"Bloqueie. Ataque. Bloqueie. Ataque."

As jovens fadas inglesas bloqueavam e atacavam.

Brannoc e Padraig compartilhavam um cachimbo embaixo de uma árvore. O novo lar no sul do Central Park, ao lado do lago, era mais silencioso do que o anterior, mas eles estavam se acostumando com os humanos em todo lugar.

"Não adianta nada ficar se lamentando sobre Petal o dia todo", disse Padraig. "Você disse para ela que está apaixonado?"

Brannoc não tinha dito. Nem queria dizer.

"Você não pode ficar a vida inteira se escondendo em uma árvore tocando músicas tristes na flauta, né?"

Brannoc não entendia por quê. Ele estava preso num país estrangeiro babando por uma fada que passava metade do tempo transando com o irmão. O que mais ele podia fazer? Ele ficou olhando o treino com as espadas, sentindo vagamente que poderia ensinar Petal tão bem quanto, mas nunca teve a chance.

Maeve bateu na cabeça de Tulip com a parte chata da espada depois de ele fazer uma tentativa peculiarmente medíocre de bloquear seu ataque.

"Péssimo", ela gritou. "Sem esperanças. Se eu tentasse bloquear desse jeito quando os três firbolgs me atacaram em Connacht, não saberiam se decidir entre cortar minha cabeça ou rolar no chão gargalhando."

"Por que eles atacaram você?", bufou Tulip, tentando recuperar o fôlego.

Maeve deu de ombros. "Firbolgs são criaturas imprevisíveis."

"Principalmente, quando você trapaceia nos dados", disse Padraig.

"Sim", riu Maeve. "Principalmente quando você trapaceia nos dados. Mas eles roubaram antes. E, ainda assim, foi uma bela luta, mesmo sendo só por causa de um jogo de dados. Eu lutei com espadas, facas, um pouco de mágica e pedaços de madeira por três países antes de eles desistirem e irem embora. Minhas mãos ficaram tão doloridas e machucadas que só consegui tocar uma música de novo depois de três semanas. E foi assim que eu conheci Padraig, na verdade, porque ele me disse depois que estava tentando chamar minha atenção fazia alguns meses, mas nunca conseguia se fazer ouvir por causa do som das minhas flautas."

O treino com as espadas acabou e Maeve veio tocar com Padraig. Petal e Tulip partiram para os arbustos. Brannoc se sentiu abandonado, para variar, e saiu para dar uma volta sozinho. As asinhas brancas de Petal estavam especialmente bonitas enquanto ela estava lutando, mas isso só o deprimia ainda mais.

Ele não estava, no entanto, tão deprimido quanto as fadas do outro lado do oceano, em Cornwall. Elas estavam todas sendo convocadas para o exército. Tala estava preparando uma vasta horda de fadas para marchar pelo Atlântico, derrotar quaisquer fadas estrangeiras que encontrasse e recapturar seus filhos.

Havia tristeza em todo lugar. Barretes vermelhos com cães policiavam o reino invisível, e qualquer resistência era esmagada.

Magris sempre deixava claro para as fadas que não era obrigatório trabalhar em suas fábricas. Isso era verdade, mas como era proibido ir embora de Cornwall e toda a terra das fadas estava nas mãos de barões, não havia meios de plantar ou juntar comida, e as opções eram trabalhar pelo salário ou morrer de fome.

Agora, enquanto o exército se organizava, os teares cessaram e a produção parou.

Brannoc, flutuando para o norte do parque, teria desconfiado que as coisas estavam ruins na Inglaterra, se tivesse pensado nisso; mas ele estava tão envolvido em pensar em Petal que não percebia mais nada. Ele tinha um desejo fortíssimo de envolvê-la com suas asas e carregá-la para o topo de uma árvore solitária em algum lugar. Porém, ele nunca faria isso. Era educado demais. Além disso, Petal se recusaria completamente.

Ele se sentou numa árvore, desconsolado. Ali, na grama embaixo dele, dormiam quatro fadas negras. Seu primeiro impulso foi fugir.

Não, ele pensou. Eu não vou. É idiota sermos inimigos. Eu vou lá falar com eles.

Maeve e Padraig, como era de costume entre as fadas, dormiam a tarde toda para acordar ao anoitecer e tocar.

Eles acordaram, beijaram-se e puseram whisky nos copos para a noite começar. Petal e Tulip saíram de um arbusto para se juntar a eles.

"Cadê o Brannoc?"

Ninguém sabia.

Uma mendiga passou empurrando seu carrinho de supermercado pelos arbustos, olhando cuidadosamente para a direita e para a esquerda. As fadas se interessaram. Elas já haviam visto a mulher várias vezes, e, sempre que ela passava, um homem igualmente estranho a seguia.

Uma forma feérica despencou das plantas acima, flutuou por um segundo, caindo depois no chão em uma batida seca.

"Brannoc! O que aconteceu?"

Brannoc teve dificuldade para se erguer.

"Encontrei as fadas negras", murmurou.

"Elas lhe machucaram muito?"

"Não", arfou Brannoc. "A gente fez amizade. Mas elas estavam com um goró especialmente pesado."

Ele desabou de volta no chão e começou a roncar.

Uma leve brisa passou pelo parque.

VINTE E SETE

De modo desajeitado, Dinnie vestiu sua jaqueta de couro velha e olhou no espelho com desgosto. Esta jaqueta, fonte de outra discussão ferrenha entre ele e Heather, havia sido escolhida especialmente para ele pela fada num brechó do outro lado da agência dos correios na Rua Canal.

Enquanto estava lá, Heather se interessou pelos pôsteres do FBI na parede da agência dos correios, que mostravam os detalhes dos criminosos procurados.

"Caramba", ela refletiu, analisando os rostos endurecidos encarando-a de volta. "Este país está numa situação séria. O que vocês precisam é do Oficial MacBain, de Cruickshank. Ele daria um jeito nisso."

"Uma solução brilhante", disse Dinnie, sarcástico.

Dinnie não queria uma jaqueta de couro, mas Heather encheu o saco para que comprasse mesmo assim. Hoje, o pavio da fada estava mais curto do que o normal. Ela ainda estava de ressaca por causa da festa com os novos amigos italianos. Ela ficou enjoada a manhã inteira, mas insistiu para Dinnie que era só porque não estava acostumada a comer massas. Eles discutiram um pouco, compraram a jaqueta e foram para casa.

Hoje, Dinnie teria o seu primeiro encontro com Kerry. O encontro não foi difícil de marcar, mas Dinnie passou por um pesadelo de nervos beirando o absoluto pânico quando Heather o encurralou e o obrigou a fazê-lo. Ela o levou à loja de conveniência quando Kerry estava lá, e sussurrou em seu ouvido que ele deveria pedir para sair com ela naquele exato minuto ou ela iria embora imediatamente com o violino.

"E eu posso voar para o seu quarto mais rápido do que você sobe as escadas."

Para a surpresa de Dinnie, mesmo depois de gaguejar o que deve ter sido um dos piores, mais sem graça e menos convidativos pedidos na história da humanidade, Kerry aceitou alegremente.

Eles iam se encontrar às dez e ir para um lugar ouvir música. Dinnie estava extremamente feliz e muito ansioso.

Do outro lado da rua, Morag também estava feliz.

"Obrigada, Kerry", ela disse. "Eu considero isso um enorme favor. Certeza que você não se importa muito de sair com ele?"

Kerry balançou a cabeça.

"Tudo bem, Morag. Haverá um monte de amigos meus lá, de qualquer maneira. Não será chato."

"Você não vai ficar chateada de ir para um lugar legal com aquela bola seguindo você? Eu não quero arruinar a sua reputação."

"Não, tudo bem", prometeu Kerry. "De qualquer forma, ele não está tão feio nesses últimos dias. Ele parece ter perdido muito peso."

"E deixou um rabo de cavalo legal."

Enquanto Kerry estivesse fora com Dinnie, Morag pegaria o violino com Hwui-Yin. Ela pretendia mostrar para as fadas chinesas o que uma violinista escocesa podia fazer.

O palácio do Rei Tala era feito de árvores que cresceram juntas e formavam salões e jardins. Antes um lugar agradável e aberto, agora era escuro e fortemente patrulhado.

Aelric passou silenciosamente pelos guardas. Ele estava coberto de uma substância que fazia sua aura ser imperceptível por outras fadas e seu cheiro indetectável por cães de guarda.

Ele escalou rapidamente um carvalho onde sabia que estava o quarto de Marion e espiou pela janela coberta de folhas.

Marion tinha cabelo preto comprido coberto de contas azuis, que se esticava como uma capa até suas coxas. Ela estava em seu quarto, cantando uma música de preservação para uma flor colhida. Aelric murmurou uma breve prece para a Deusa e saltou para dentro.

Heather passou a primeira parte de sua noite se sentindo satisfeita e ansiosa porque seu plano estava indo muito bem e ela logo teria o Violino MacPherson em suas mãos. Na segunda parte, passou em desespero porque percebeu que provavelmente Dinnie arruinaria tudo.

Foi fácil arranjar um encontro para ele com Kerry, mas, a partir daquele momento, tudo estava nas mãos dele e ele não era muito de inspirar confiança. Ela teve calafrios ao pensar nas coisas terríveis que Dinnie podia fazer num encontro com Kerry. Ele podia ficar bêbado e, quando ficava, babava cerveja pelo queixo. Não era uma visão agradável. Ele poderia perder o controle de seu apetite e ser dominado pela vontade de imediatamente comprar e comer um pacote tamanho-família de *cookies* sabor amendoim e pistache. Ele já tinha feito isso antes e também não era uma visão agradável.

Ele poderia fazer coisas piores. Ele poderia insultar os amigos de Kerry. Ele poderia xingar um morador de rua. Ele poderia gritar insultos contra a banda, mesmo se Kerry gostasse dela. Ele poderia ser mau a ponto de não dividir um táxi de volta para casa. Kerry não iria gostar de nada disso.

Pior de tudo, ele poderia tentar apalpá-la, algo que Heather o havia expressamente proibido de fazer quando ele saiu pela porta, mas que ainda a preocupava terrivelmente.

"Se você apalpar essa garota no primeiro encontro, é o fim de tudo," disse enquanto ele partia. "Não tente encostar nela. Ela vai odiar. Divirta-se."

Ah, enfim. Não tinha nada que ela pudesse fazer agora, só esperar. Ela voou para o bar para beber e assistir ao jogo de *baseball*.

Aquecida por algumas doses, as coisas não lhe pareciam tão mal. Ela sabia que Dinnie não seria perfeito, mas suas falhas eram essenciais para seu plano. Ela tinha consciência que um Dinnie perfeito seria um tédio, o que seria quase tão ruim quanto um Dinnie de comportamento horroroso. Heather estava contando com as mudanças recentes que havia feito em Dinnie, na esperança que surtissem efeito para fazê-lo atraente, sem as arestas desaparecerem completamente.

"Que é um puta plano sutil, se parar para pensar", ela disse a si mesma enquanto aplaudia uma bela jogada dos Yankees em que o jogador da primeira avançou direto para a terceira base. "E que merece sucesso."

"Sim", concordaram as inúmeras fadas chinesas que rodeavam Morag, oferecendo um drinque atrás do outro. "O plano da sua amiga de ganhar o prêmio do East Fourth Street Community Arts merece sucesso. Claro que nós vamos ajudar. É só trazer uma lista com as flores que vocês ainda precisam e as encontraremos para vocês. E nós também vamos ficar de olhos bem abertos para encontrar essa mulher Magenta que acha que é o Xenofonte, e ver se conseguimos pegar de volta a papoula."

Atraídos por essa colorida fada do outro lado do Atlântico, eles estavam loucos para agradar.

"Vocês são muito gentis", disse Morag, servindo-se de mais algumas cervejas chinesas. "Talvez, enquanto isso, vocês também possam ver se encontram uma Gibson Tiger Top 1958 com *Johnny Thunders* escrito atrás, com *spray*."

"Já estamos sabendo", disseram os chineses. "Quando o fantasma de Johnny Thunders lhe trouxe aqui, ele pediu para o ajudarmos, e nós vamos ajudar. Somos fãs dele desde que gravou 'Chinese Rocks', mesmo que o Dee Dee Ramone diga que foi ele quem escreveu."

Aelric se juntava a seu bando, agora com trinta, bem a tempo para o ataque da noite. Metade deles iria fingir atacar um celeiro de grãos para distrair o bando de mercenários que os estava procurando, enquanto a outra metade realizaria o verdadeiro ataque à nova fábrica de armas de Magris, onde espadas, escudos e lanças estavam sendo produzidas em uma velocidade assustadora.

"E aí", perguntou Aelis, afivelando o peitoral da armadura, "como foi com a enteada do Rei?"

"Maravilhoso. Eu disse pra ela que estou apaixonado."

"O que ela respondeu?"

"Ela disse que eu era um rebelde nojento que estava destruindo o reino do pai dela e que eu merecia ter a minha cabeça decepada. Aí, ela puxou uma faca e me atacou ao mesmo tempo em que gritava pelos guardas. Ela é uma fada muito esperta."

Os dois grupos se preparavam para sair.

"Então, esse é o fim do romance?"

Aelric parecia aflito.

"Claro que não. Uma fada jovem e passional como eu não vai se deixar abater por uma coisinha pequena como uma tentativa de facada. Eu só tenho que dar um jeito de conseguir o coração dela. A coleção enorme de flores dela, por exemplo. Eu podia roubar e me recusar a devolvê-la até que se apaixonasse por mim."

Aelis balançou a cabeça.

"Aelric, isso é muito idiota. Você é um bom líder rebelde, mas é um galanteador horrível. O que você tem que fazer é derreter o coração dela aparecendo com uma flor fantástica para a sua coleção."

Heather disse para Dinnie que, para todos os efeitos, ele poderia presumir que Kerry estava na dele quando ela o tomasse nos braços e o beijasse apaixonadamente sem que ele pedisse. Isso parecia para ela um sinal razoável e Dinnie, por falta de ideia melhor, concordou.

Ela ouviu os passos pesados na escada. O terror surgiu em seu peito. Ele havia feito algo terrível e Kerry não queria vê-lo nunca mais.

"E...?", ela exigiu saber.

"Foi legal", disse Dinnie. Ele estava obviamente satisfeito consigo mesmo.

"Legal?"

"É, legal."

Eles tinham tido uma noite agradável bebendo com os amigos de Kerry antes de ir ver um show num barzinho na Avenida C. Ele fingiu gostar da banda, já que eles eram amigos da Kerry, e os dois se deram bem a noite toda.

"Nenhuma discussão?"

"Não."

"Nenhum sinal de nojo da parte dela?"

"Não."

"Algum sinal de alguma possível atração sexual entre vocês?"

"Acho que sim. A gente marcou outro encontro."

Heather, animada, deu tapinhas nas costas de Dinnie. Ele estava igualmente satisfeito. Tirando a jaqueta de couro, Dinnie constatou que era até que bem boa no mundo das jaquetas de couro. E Kerry havia elogiado seu rabo de cavalo. Pela primeira vez na vida, agradeceu a Heather e desabou na cama para sonhar feliz com seu próximo encontro.

"Foi tudo bem", Kerry disse para Morag. "Nenhum problema mesmo. Foi legal estar com Dinnie. Acho que ele não gostou muito da banda, mas ele foi educado. E até me fez rir algumas vezes. Eu gostei dele."

VINTE E OITO

Magenta estava sentada, descansando, na Stuyvesant Square. Não era a primeira vez em que desejava ter mais arqueiros em seu exército. Esses demônios alados que seguiam os persas eram uma ameaça terrível.

Uma família grande se juntou nos bancos à sua frente e estava tendo uma discussão calorosa sobre alguma coisa.

Um homem magro de meia-idade, deixado de lado na discussão, tentava incentivar um sobrinho pequeno a boxear. Ele ficava puxando a manga da camisa para chamar a atenção dele e dava socos de mentira e levantava a guarda, mas o sobrinho não se interessava e dava as costas. O tio não desistia e continuava tentando. Finalmente, a criança foi para perto de sua mãe, que, sem pensar, cuspiu num lenço e esfregou o rosto do menino. O tio fez cara de nojo e foi procurar outro para incomodar.

Magenta teve uma vaga lembrança de seus pais tentando forçá-la a fazer coisas que não queria fazer, e então foi andar com seu carrinho de supermercado. Os suprimentos estavam acabando. Ela não tinha dinheiro para fazer mais Fitzroy e, em seu último encontro com seus inimigos, havia perdido sua preciosa flor tripla. Isso era fonte de imensa irritação. Voltando à Grécia, ela conseguiria um preço ótimo pela flor, o que permitiria que pagasse um bônus decente a seus companheiros mercenários. Eles já estavam reclamando de não serem pagos.

Agora, o exército não tinha mais quase nada. Tudo que ela tinha em seu carrinho eram a receita do coquetel, um estoque de jornais velhos, o espelho Bhat Gwa e dois pedaços da guitarra que havia recolhido após o tumulto do festival na Tompkins Square.

A uma semana do dia da competição, a produção de *Sonho De Uma Noite De Verão* ia razoavelmente bem. Os quatro amantes vagavam pela floresta imaginária, perdidos em seus casos confusos. Puck dançava assim e assado, espalhando anarquia, enquanto Oberon e Titânia, o Rei e a Rainha das Fadas, discutiam acirradamente sobre o garotinho indiano.

Cal estava especialmente satisfeito com a nova atriz no papel de Titânia. Uma jovem do Texas, atualmente servindo refeições em uma lanchonete, radiante e carismática em sua fantasia, na qual Cal enxergava a Rainha das Fadas dos pés à cabeça.

"Ela é um lixo", pensou Heather contrariada, assistindo da coxia. "Parece mais um prato de mingau do que a Rainha das Fadas."

Heather considerava essa atriz, assim como todos os outros humanos desengonçados nos papéis de fadas, um insulto.

As fadas chinesas, bem no clima de seu festival – leia-se "bêbadas" – receberam notícias animadoras de alguns de seus espiões.

"Localizamos a senhora idosa chamada Magenta. Ou melhor, a mulher jovem e musculosa que parece idosa de tanta sujeira. Tentamos vasculhar a sacola dela, mas nisso não tivemos sucesso. Tanta exposição a fadas agora faz com que possa ver a gente. Mas, antes de ela atirar pedras na gente, vimos de relance o nosso espelho tão precioso na sacola. Ela deve ter achado junto da papoula. Além do mais, na sacola tem uma guitarra velha em dois pedaços."

Morag limpou a cerveja dos lábios com o braço.

"Essa guitarra pode ser..."

"Quem sabe? Essa mulher é obviamente uma pessoa de grande importância cósmica. Ela consegue atrair esses artefatos vitais, e isso é claramente parte de algum plano maior."

Morag saltou e empunhou a espada.

"Bom, então vamos lá pegar de volta!"

Os chineses ficaram um pouco chocados com isso. Eles declararam ser fadas boas que não podiam simplesmente sair por aí roubando humanos quando fosse conveniente. Morag ficou envergonhada. Tinha se esquecido disso. As pressões da cidade grande haviam surtido efeito nela.

"Teremos que negociar com ela."

VINTE E NOVE

Morag tinha um encontro com três chineses, Heather tinha um encontro com quatro italianos e Dinnie ia sair para fazer compras com Kerry.

"Compras?", disse, meio abatido, quando ela apareceu em sua porta.

"Você não gosta de fazer compras?"

"Eu amo", disse Dinnie, mentindo de forma tão convincente que Heather ficou até emocionada e fez um firme sinal de aprovação.

"Beleza, vamos comprar."

Eles foram primeiro para a loja de roupas psicodélicas na Rua Ludlow. A loja tinha feito um sucesso enorme com Morag, que, depois de visitá-la, perguntou para Kerry se ela podia fazer uma bolsa a tiracolo com franjas, um colete multicolorido, óculos cor-de-rosa e vermelhos, calças xadrez apertadas e uma bandana com a bandeira dos Confederados. Kerry disse que daria seu melhor e fez o que Morag pediu. Com Dinnie, não tinha feito muito sucesso, mas ele fingiu, com elegância.

Morag, enquanto isso, estava com os chineses, procurando Magenta.

Eles riam bem-humorados com suas histórias da Escócia e se sensibilizaram com o fato de ela ter sido forçada a fugir. Eles sabiam o que era ser um fugitivo. Na China, suas famílias haviam sofrido muito e os humanos a quem tinham se juntado para cruzar os oceanos fugiam de uma terrível opressão.

"Ainda assim", disse Shau-Ju, "não entendo por que vocês não devolveram os pedaços da bandeira para os MacLeod imediatamente. Certeza de que eles não perseguiriam vocês."

Morag deu de ombros e disse que os MacLeod não eram assim tão racionais.

Heather, agora confiante de que Dinnie não cometeria nenhuma atrocidade com Kerry, decidiu se divertir com os italianos. Seus quatro pretendentes a levaram para conhecer as ruas lotadas do bairro Little Italy, onde as calçadas na frente dos restaurantes eram abarrotadas de mesas, e também visitaram as ruas mais silenciosas alguns quarteirões ao norte, onde, por alguma razão, havia lojas vendendo armas.

Heather espiou pelas janelas de metal e se arrepiou.

"Se os MacLeod algum dia inventarem coisas assim, será o meu fim."

"Por que vocês simplesmente não devolveram os pedaços da bandeira?", perguntou Cesare, mas Heather não conseguia dar uma justificativa convincente, exceto que os MacLeod eram irracionais e as teriam escorraçado de qualquer maneira.

Kerry levou Dinnie a todas as suas lojas de roupas favoritas no East Village. Depois, foram para casa passando pela loja de comidas saudáveis.

"Ele é mesmo um cara bonitão", disseram as balconistas quando os dois saíram.

"E parece que tem uma namorada legal agora."

As balconistas ficaram um pouco desapontadas.

"Tem uma moedinha?", perguntou um pedinte na rua.

Dinnie deu a ele quatro moedas de vinte e cinco, quatro de cinco e oito de dez centavos, e pediu desculpas por não ter mais trocados.

"Não", disse Morag. "Eu juro que não somos a cavalaria persa. Também não somos da tribo Carduchan. Nem viemos das terras dos Drilae, nem somos do exército de Névio Macro. Não somos nada disso. Somos fadas escocesas e chinesas."

"Ha, ha, ha", disse Magenta. "Não sejam ridículos."

"Não é maravilhoso as fadas visitando a gente?", disse Kerry.

"Maravilhoso mesmo", respondeu Dinnie, decidindo que uma mentira a mais não faria a menor diferença.

"Mas me dá pena que elas tiveram que fugir da Escócia."

Dinnie levantou os ombros. Ele nunca tinha entendido o motivo pelo qual elas não tinham devolvido os pedaços da bandeira, e disse isso para Kerry.

"Bom", disse Kerry. "Eu acho que eles tinham um valor sentimental muito grande para elas. Elas não conseguem se desfazer deles."

"Valor sentimental?"

"Não teve acordo", Morag informou Kerry, no final da tarde. "Magenta se recusou completamente a devolver a guitarra, que a gente suspeita que seja a Gibson de Johnny Thunders. Depois de negociar muito, o tempo todo ouvindo que eu era uma agente do Tisafernes e as ameaças de que ela ia mandar os hoplitas me atacarem e danem-se as consequências, ela finalmente concordou em trocar o espelho Bhat Gwa por uma lata de graxa de sapato, uma garrafa de álcool de limpeza e um saco de ervas e temperos."

"E a papoula?"

"Ela perdeu."

Kerry não se surpreendeu.

Heather entrou rolando espetacularmente bêbada no apartamento de Dinnie. Ela precisou de quatro tentativas para subir na escada de incêndio e, um tempão depois, conseguir entrar pela janela.

Dinnie estava assistindo à televisão. Ela deu tapinhas felizes em suas costas.

"E aí, Dinnie, velho amigo", disse empolgada. "Esses italianos sabem fazer uma garota se divertir. Como foi com a Kerry?"

Dinnie pareceu encolher na cadeira e não respondeu.

"Então?"

"Ela saiu brava e de mau humor. Acho que ela não quer me ver de novo", respondeu afinal.

Heather ficou horrorizada.

"Mas vocês estavam se dando tão bem. O que aconteceu?"

Demorou até Heather conseguir arrancar a história de Dinnie. Ao que parece, Kerry havia dito a Dinnie que acreditava que a razão pela qual Morag e Heather se recusaram a se desfazer dos fragmentos da bandeira era porque elas os haviam usado como cobertores na primeira vez em que fizeram sexo.

O sentimentalismo dessa história deixou Kerry de olhos marejados. Infelizmente, Dinnie jogou a cabeça para trás e gargalhou a plenos pulmões antes de dizer que sempre soube que elas eram duas fadas lésbicas pervertidas do caralho e que não era surpresa nenhuma que tivessem sido expulsas da Escócia. Provavelmente, seriam expulsas dos EUA também.

"E parece que, depois disso, Kerry ficou meio incomodada."

Heather xingou Dinnie, usando as palavras mais baixas que conhecia. Foi uma bronca severa e longa.

"Agora você fodeu tudo mesmo. Boa noite."

TRINTA

Heather acordou com uma ressaca monstruosa. Ela tentou se levantar e andar, mas só conseguia engatinhar.

"Minha cabeça tá enorme igual a uma bola de tênis", gemeu, e se arrastou vagarosamente pelo carpete até o banheiro, as asas moles seguindo pelo chão. Ela prometeu tomar só whisky daqui em diante e largar o vinho para sempre.

Dinnie foi acordado por uma série de grunhidos e sons guturais.

"Bom dia, Dinnie", disse Heather, arrastando-se de volta para o quarto. "Acabei de vomitar no box do banheiro."

"Espero que você tenha limpado."

"Eu não consegui alcançar a torneira. Não esquente, tenho certeza de que vômito de fada tem cheiro doce para os humanos. Faça café para mim."

A fada do cardo estava com um humor péssimo, em parte por causa da ressaca, em parte pelo estado de seu cabelo.

"O ar aqui é imundo. Tá destruindo a minha aparência."

"Ajuda um pouco se você não voltar para casa se arrastando pela sarjeta", comentou Dinnie.

Heather o mandou calar a boca.

"Se eu for pensar em um jeito de você ganhar de volta a atenção de Kerry, precisarei de concentração total. E eu devo dizer que é um problema complicado. Complicado o suficiente para encher até a mente de uma especialista como eu. Você não apenas insultou a amiga dela, Morag, como também todas as outras amigas dela que são lésbicas. Além disso, você ainda tirou sarro do sentimentalismo dela. E ela deve ter odiado isso. O pior de tudo é você ter deixado seu verdadeiro eu transparecer, e nenhuma mulher no mundo arriscaria deixar isso acontecer de novo. Vou precisar pensar muito. Em outras palavras, fique com essa boca grande fechada a manhã inteira e me deixe em paz."

Aelis e Aelric, em pé, lado a lado, lutavam contra os mercenários de Tala. Aelric tinha uma técnica sofisticada para lutar com duas espadas e se segurava bem contra os experientes mercenários, assim como Aelis, mas os rebeldes estavam em menor número e sendo encurralados.

Depois de serem surpreendidos roubando gado, agora estavam tentando alcançar a segurança do Castelo Tintagel.

Aelric golpeou contra seu adversário, forçando-o a retroceder.

"Eu me recuso a morrer antes de receber um beijo de Marion", esbravejou, respirando com dificuldade.

"Pelo amor da Deusa", reclamou Aelis, "pare de pensar nessa vaca e se concentre em lutar enquanto eu formo uma névoa."

Aelric e os outros se juntaram em volta de Aelis para protegê-la enquanto ela conjurava uma névoa para eles fugirem.

As coisas estavam consideravelmente mais pacíficas no Central Park agora que Brannoc tinha feito amizade com as fadas ganesas. Ele conseguiu explicar quem eram e de onde eles vinham e os motivos pelos quais estavam aqui. Aproveitou para pedir desculpas por qualquer mal-entendido do passado.

Os ganeses aceitaram as explicações e desculpas e agora as três fadas inglesas e as duas irlandesas eram bem-vindas e podiam ir para lá e para cá como quisessem. Maeve, Padraig, Petal e Tulip agora visitavam sempre o Harlem. Brannoc visitava também, mas seu destino favorito era a parte de baixo de um arbusto com sua nova namorada, Ocarco, uma fada de pele negra, asas negras, olhos negros e um excelente dom para animar pobres estrangeiros solitários longe de casa.

Todos estavam felizes, exceto Okailey, a sábia da tribo. Quando farejou o ar, não gostou. Ela sentia um odor estranho vindo de algum lugar. Havia uma brisa do oeste que a perturbava. Apesar de eles terem lidado muito facilmente com os mercenários, não achava que as ameaças haviam terminado.

Ela contou às fadas sobre seus pressentimentos e pediu para que elas falassem tudo que sabiam sobre Tala, o Rei de Cornwall.

"Você acha mesmo que ele pode invadir?"

Ninguém sabia ao certo, mas parecia possível. Seu mago, ou técnico, como gostava de ser chamado agora, poderia criar quantos arcos-íris lunares quisesse para cruzar o oceano – o suficiente para um exército inteiro.

Havia cento e cinquenta fadas ganesas. Não era o bastante para impedir tal invasão.

"E os italianos e os chineses?"

Okailey admitiu não saber quantos eles eram, mas duvidava que qualquer uma das tribos fosse maior que a dela. Morar nos parques da cidade não parecia encorajar muito o crescimento dessas populações. Não havia espaço para que os números se expandissem.

"Não sei como poderíamos igualar os números que vocês disseram que Tala pode juntar."

Eles contemplaram a possibilidade do exército feérico inglês inteiro marchando no Central Park. Um pensamento tenebroso.

"Enfim, de qualquer maneira", disse Okailey, "devemos decidir o que fazer caso isso realmente aconteça. Pode ser que simplesmente tenhamos que fugir. Entretanto, acho que seria bom saber o que as outras fadas de Nova York pensam. Normalmente, não mantemos contato, mas decidi que vou aos territórios deles para conversar."

"É estranho", disse Padraig, "que algumas fadas tenham vindo para cá com humanos de Gana, da China e da Itália, mas nenhuma parece ter vindo da Irlanda. Eu sei que muitos irlandeses vieram para Nova York. Por que será que nenhuma fada irlandesa veio junto?"

"Talvez ninguém tenha conseguido convencer fada nenhuma a abandonar as florestas mais lindas e os campos mais verdes", sugeriu Maeve.

"Talvez elas estivessem bêbadas demais para entrar no barco", sugeriu Brannoc.

"E o que você quer dizer com isso?", exigiu saber Maeve, agressiva. Okailey impediu a briga antes que começasse. Sua aura era ao mesmo tempo poderosa e apaziguadora. Era difícil perder a cabeça perto dela.

Ela partiu para se preparar para a jornada ao sul, em direção a Little Italy e Chinatown. Maeve, incomodada com o comentário de Brannoc, anunciou que sairia à procura de fadas irlandesas.

"Se houver mais fadas O'Brien por aqui, a gente não precisa mais se preocupar com nenhuma invasão de Cornwall."

Heather passou o dia inteiro reclamando de Dinnie e tentando pensar em um jeito de ganhar de volta a atenção de Kerry. Quando Dinnie pegou seu violino para tocar, Heather insultou sua falta de habilidade, dizendo que Morag estava certa, que ele era uma desgraça para os MacKintosh e, se aquela música era para ser "De'il Amang the Tailors", então ela era um prato de mingau.

Quando Dinnie pegou a fita do Bad Brains para escutar, ela disse que, se ele não gostava, era porque os valores da música estavam muito além da capacidade de compreensão de seu cérebro minúsculo – e por que ele não ia treinar violino?

Levando tudo em consideração, estava um dia bem tenso. Heather ligou no *baseball* e logo depois desligou frustrada quando viu que o técnico dos Yankees levou a pior numa discussão acirrada com o árbitro. Ela gemeu alto sobre não conseguir achar uma gota de whisky de malte decente em lugar nenhum e praticamente acusou Dinnie de ser pessoalmente responsável pela produção de Jack Daniels.

Ela ligou no *baseball* de novo, bem a tempo de ver os Red Sox marcarem um *home run*.

"Ah, vá pro inferno. Que dia maldito. E eu não consigo pensar no que você tem que fazer agora. Você é um idiota, Dinnie, e nunca conquistará Kerry."

Dinnie se esparramava em sua poltrona, deprimido demais para responder à saraivada de insultos de Heather.

Alguém bateu na porta.

"Oi, Dinnie", disse Kerry, flores no cabelo, sorriso brilhante no rosto. "Quer sair comigo hoje à noite?"

Depois que ela saiu, Heather estava tão perplexa que não acreditava no que tinha acabado de testemunhar. Seria possível que Dinnie tenha se tornado tão atraente a ponto de Kerry gostar dele mesmo depois de seu comportamento vil?

"Ha, ha, sua duende estúpida", riu Dinnie. "Olhe aí seus planos e suas preocupações. Ela não se sentiu nem um pouco ofendida, está quase derrubando a porta atrás de outro encontro."

"Sim, senhor", Dinnie sorria em frente ao espelho. "Essa garota reconhece um bom partido quando vê um."

Do outro lado da rua, Morag se esforçava para passar pela janela com uma sacola de doces e uma bela *Forsythia*.[17]

"Eu não lhe culparia se você não quisesse sair com ele nunca mais", ela disse feliz, e deu a Kerry seus presentes.

"Não tem problema", respondeu Kerry. "Eu prometi ajudá-la a conseguir o violino de volta, não prometi?"

Kerry estava cansada e não muito forte. Então, Morag fez o trabalho de preservar a *Forsythia* e colocá-la no alfabeto. O alfabeto de flores, colocado no chão e rodeado dos pertences favoritos de Kerry, já estava tão lindo que com certeza ganharia o prêmio, se ao menos pudesse ser completado.

TRINTA E UM

Cesare, Luigi, Mario, Pierro e Benito estavam sentados com Heather em seu bar favorito, em cima da TV. Não havia muito espaço para seis fadas mesmo em uma TV grande, mas os italianos estavam felizes de estar pertinho de Heather, apesar de cada um sonhar em ser o único ali. Como cada um dos pretendentes estava tão a fim quanto o pretendente ao lado, encontrar um momento a sós com ela era uma tarefa árdua, quase impossível.

Eles estavam bebendo whisky: os italianos não gostavam muito, mas toleravam porque Heather prometeu que logo eles passariam a gostar. E, quando ela pediu desculpas por conta de o bar não ter uma garrafa adequada de whisky escocês de malte, disseram que providenciariam no dia seguinte, já que sua família de fadas era amiga da família que entregava bebidas para o bar.

"Aonde eles foram no encontro deles?", perguntou Mario, uma fada simpática, de pele morena, que gostava de exibir seus músculos bem definidos dos braços.

"Para uma galeria no West Village, e aí Kerry quer ir fazer umas comprinhas. Eles vão comer em algum restaurante que chame a atenção deles e depois ir para um show no *squat* da Rua 13."[18]

"Parece um ótimo plano."

Heather concordou. Ela estava cheia de expectativas para este dia. Se, no fim do dia, Kerry abraçasse Dinnie e declarasse seu amor por ele, ou ao menos desse um belo beijo apaixonado, ela não ficaria nada surpresa.

Seria, disse aos seus amigos, algo nada impossível.

"Claro que ser um MacKintosh já é um bom começo, mas, mesmo assim, se vocês vissem aquela bola de sebo quando eu o conheci, não acreditariam que era possível fazê-lo ficar atraente. Mas, quando uma fada do cardo assume uma responsabilidade, pode considerar o trabalho concluído."

Ela se vangloriou desse jeito por um tempo, com seus pretendentes escutando com todo o interesse, como escutam os pretendentes.

Quase exatamente paralela a essa cena, em outro bar a algumas quadras da Rua 4, Morag estava sentada com cinco jovens chineses, bebendo, rindo e esperando pelo resultado do dia.

"Assim que aquele trouxa do MacKintosh achar que Kerry está apaixonada por ele, o Violino MacPherson será meu por direito."

Eles brindaram felizes, celebrando, e as fadas chinesas disseram para Morag que, além de ser muito bonita, ela era extremamente inteligente, como dizem os pretendentes.

As irmãs MacLeod farejavam o ar andando pela Rua 17. Mesmo aqui, com toda a poluição do trânsito, era claro para elas que havia uma brisa estranha vindo do oeste. O sexto sentido de Mairi estava se abrindo ao se acostumar com a cidade grande, mas ela ainda não sabia o que o pressentimento queria dizer.

Ela liderava com um propósito, entretanto. Tinha a clara impressão de que, no fim dessa rua, encontrariam algo interessante.

As quatro guerreiras de cabelos espetados chegaram à Union Square.

"Bem, Mairi", disse Ailsa, "já viemos aqui antes e não me parece nem um pouco mais interessante do que a última vez."

Seu rosto se contorceu ao ouvir o estrondo terrível que vinha do outro lado da praça, onde um grupo de homens parecia estar atacando o chão, quebrando-o com máquinas estranhas.

Um caminhão de entregas enorme se arrastava pela Broadway e desviava da obra, vagarosamente, centímetro por centímetro. Sentadas no teto do caminhão, vinte fadas negras.

"Agora sim, isso é interessante."

"Sim", concordou Kerry, sentada ao lado de Dinnie no táxi para casa. "Tinta de cabelo faz a maior bagunça. Uma vez tingi sem querer minha banheira inteira de laranja e eu não conseguia limpar nem a pau. No fim, eu tentei mijar na mancha uma vez por dia, todo dia, e em um mês mais ou menos, começou a sair. Ácido úrico é um lance forte; dá pra fugir da cadeia com esse treco."

Kerry estava um pouco bêbada. Tinha sido um dia agradável. Ela levou com muita confiança um Dinnie nada confiável por uma série de galerias de arte caras para dar uma bela olhada; comprou um colar amarelo de plástico de um cara com uma mala cheia de quinquilharias pertinho do St. Mark's Place; tentou, sem muito sucesso, comer um prato vegetariano em um restaurante chinês; e ficou altamente satisfeita com a barulheira das guitarras no show.

Dinnie entrou no espírito da coisa e dançou conforme a música, sem parecer idiota. Foi, pensou, o melhor dia de sua vida.

O taxista, um homem silencioso e mórbido, que não xingava outros motoristas, mas os encarava ameaçadoramente pelos vidros, estacionou na Rua 4 e grunhiu infeliz com a gorjeta generosa de Dinnie.

"Bom, Dinnie, foi um dia legal. Eu vou para a cama agora porque eu tô bêbada e com sono. Apareça amanhã."

Kerry segurou a cabeça de Dinnie, abaixou um pouco e o beijou apaixonadamente, por um bom tempo. Ela se afastou, deixando Dinnie atordoado na calçada.

Mais para a frente, na rua, Heather e os italianos comemoraram empoleirados no letreiro do bar.

"É isso", declarou Heather, pousando no ombro de Dinnie. "Um beijo apaixonado e ela quer ver você amanhã. O violino é meu."

"Pode pegar", disse Dinnie, de olhos ainda vidrados pelo beijo. Heather e seus amigos bateram asas e subiram pela escada de incêndio.

Em outra parte da rua, o beijo havia sido observado por Morag e os chineses.

"Funcionou", gritou Morag, e os chineses pularam de alegria. A fada voou para o ombro de Dinnie. Ela disse ter mantido sua promessa e que o violino agora era seu por direito.

"Tudo bem", balbuciou Dinnie, e Morag e seus amigos subiram pela escada do teatro.

Johnny Thunders estava sentado no topo do prédio do teatro pensando sobre a existência. Supostamente, tudo deveria estar bem. Afinal, ele não tinha mais problemas com drogas, tinha o Paraíso para onde voltar... Mas suas amigas, as fadas chinesas, haviam dito que sua Gibson Tiger Top estava nas mãos de uma mendiga peculiarmente demente, e isso estragava tudo. Ele sentiu o mesmo dissabor que tinha sentido quando ouviu as mixagens horríveis que pareciam ser sua sina em seus discos. Os dois discos do New York Dolls e também o dos Heartbreakers eram famosos pela qualidade de som ruim. Nenhum deles foi a obra magnífica que deveria ser, considerando as músicas legais e sua técnica superior na guitarra.

Do outro lado da rua, morava Kerry, e ele sabia disso. Se tivesse a chance, mostraria a ela algumas coisas, no entanto agora ele era um espírito, habitava outro plano – seria meio difícil.

Okailey olhou de relance para a placa de rua.

"Rua 4. Vamos entrar no território dos italianos logo logo. Graças à Deusa. Nunca mais andarei pela Broadway num caminhão de móveis."

"Okailey", disse um de seus companheiros enquanto esperavam o semáforo. "Parece que umas fadas estão brigando ali na rua, neste mesmo quarteirão."

Okailey e seus companheiros olharam embasbacados.

"É meu!", gritou Morag puxando o violino.

"MacPherson, sua vadia imbecil, é meu", devolveu Heather. Ela estava agarrada com a outra ponta do violino, que, como nenhuma das duas teve tempo de encolher para o tamanho das fadas, era grande demais para qualquer uma levar embora.

"Eu cumpri o acordo!"

"Como assim você cumpriu a porra do acordo? Você não tinha nenhum acordo."

"Tinha sim", berrou Morag. "Eu fiz Kerry se apaixonar pelo Dinnie."

"O quê?"

Heather, que não sabia do acerto entre seu companheiro humano e a maldita MacPherson, sentiu-se ultrajada.

"Sua traíra nojenta, intrometendo-se na minha vida de novo. Como você ousa fazer um acordo com Dinnie pelas minhas costas? E, de qualquer jeito, não importa porque fiz um acordo primeiro e eu quem fiz Kerry se apaixonar por ele."

"O quê?", Morag se sentiu ainda mais ultrajada ao descobrir que Heather arriscou o bem-estar emocional de sua querida amida Kerry pelo violino.

"Como você ousa barganhar a Kerry, tão boazinha, com aquele lixo do MacKintosh? É monstruoso. Mas não importa porque fui eu quem conseguiu."

Morag, nessa hora, ficou tentada a dizer que Kerry só estava fingindo mesmo, mas sabiamente se segurou.

"É meu!"

"É meu!"

Não era uma discussão solucionável. Fosse de quem fosse o acordo válido, cada uma estava convencida de que tinha sido a responsável pelo sucesso. Com os amigos assistindo, as duas fadas do cardo gritavam e esbravejavam. Depois de beberem o dia inteiro, ambas estavam muito agitadas. No fim, Heather, incapaz de se conter, deu um tapa na cara de Morag.

Morag imediatamente largou o violino e começou a trocar socos com sua oponente. Elas se engalfinharam e rolaram da calçada para a sarjeta.

Os italianos se alarmaram. Quando Morag acertou um chute poderoso na barriga de Heather, Mario achou que devia fazer alguma coisa e tentou agarrar as pernas de Morag. Os chineses julgaram isso nada justo. Assim que Heather conseguiu pôr as mãos em volta do pescoço de Morag, eles correram para ajudar sua amiga. Não demorou muito para todos começarem a brigar furiosamente.

E assim começou a primeira pancadaria de rua das fadas de Nova York.

Aelis evocou seu nevoeiro e os rebeldes bateram em retirada por um espaço mágico das fadas direto para as profundezas do Castelo Tintagel. Quando chegaram lá, uma discussão furiosa começou.

"Como eles nos emboscaram?", questionaram os seguidores de Aelric. "Você foi pessoalmente reconhecer o terreno e nos assegurou de que estava tudo limpo. De que vale queimar os armazéns de Tala e roubar o gado dele se a gente acaba morto?"

Aelric estava sendo pressionado para encontrar uma explicação razoável. O motivo real pelo qual não prestou atenção no reconhecimento do terreno foi porque ele estava rodeando a paisagem de Cornwall à procura de uma papoula galesa com três flores para presentear Marion. Seu espião na corte havia dito que ela precisava completar seu alfabeto de flores e que ficaria tão grata ao recebê-la que inevitavelmente cairia em seus braços.

Suas desculpas gaguejadas pelo fiasco da missão não foram bem recebidas, principalmente pelas fadas que quase foram mortas em mais uma tentativa frustrada de soltar panfletos de propaganda no ar.

Entre qualquer grupo de fadas, há pelo menos alguns poderes telepáticos limitados e, na batalha feroz, gritos de socorro foram transmitidos, o que fez com que em pouco tempo chegassem reforços de Chinatown e de Little Italy.

"Não posso acreditar", disse Okailey, andando majestosamente pela Rua 4. "Fadas não se comportam assim."

Ela caminhou até Heather, ainda envolvida no combate corpo a corpo com Morag.

"Pare com isso agora."

Heather, infelizmente, presumiu que a mão em seu ombro fosse de origem hostil e golpeou sem dó. Os companheiros de Okailey ficaram chocados. Eles nunca haviam nem imaginado que alguém poderia dar um soco na cara de sua sábia venerada.

Dinnie, enfim, foi para casa. Seu contato constante com Heather o havia capacitado a ver todas as fadas, mas ele atravessou a rua sonhando, sem sequer notar as três tribos combatendo sob seus pés e ao redor de sua cabeça. Os chineses, italianos e ganeses estavam lutando no chão e no ar, voando com espadas e porretes da calçada para a escada de emergência, e de lá para o poste, dando gritos de guerra e pedindo socorro.

Ailsa MacLeod observava do alto, sem entender nada.

"Você nos trouxe a alguma coisa interessante, Mairi, mas o quê?"

"O que quer que seja, a MacKintosh e a MacPherson estão bem no meio", disse Rhona, apontando.

"E elas estão sendo pressionadas demais", disse Seónaid, puxando sua adaga da pequena bainha na perna.

Um dilema para Ailsa. Ela não queria que morressem antes de recuperar os pedaços da bandeira.

"E elas são escocesas", disse Mairi, lendo sua mente.

Foram necessários somente alguns segundos. As fadas MacLeod não podiam deixar suas conterrâneas serem destruídas por estranhos, apesar de que, entre os humanos, os clãs haviam feito muito pior.

As irmãs desembainharam as espadas e foram para o pau.

Kerry acordou, espreguiçou-se devagarinho e notou que Morag estava enrolada ao seu lado na cama. Isso era normal, mas hoje Morag estava coberta de cortes e hematomas, e com o cabelo grudento de sangue.

Morag acordou, gemeu e caiu em lágrimas.

"Conte tudo para mim", disse Kerry, acalmando e segurando a fada embaixo da torneira para tentar limpar seus machucados.

Morag, profundamente triste, contou tudo a Kerry, que ficou surpresa. Ela mal podia acreditar que sua amiga, tão agradável, poderia começar uma guerra em larga escala nas ruas lá fora, e imaginou a cena terrível da polícia chegando com gás lacrimogêneo e escudos para separar as gangues.

"Foi horrível", disse Morag. "Pancadaria para todo lado, Heather e eu brigando feito loucas, e fadas estranhas gritando e berrando e..."

Um arrepio a interrompeu.

"...e as irmãs MacLeod. Bem no meio de tudo isso, Ailsa MacLeod apontando a espada dela para mim igual a uma selvagem e gritando que, assim que ela me salvasse dos estrangeiros, pessoalmente me cortaria em pedacinhos."

A chegada das MacLeod tinha sido, na verdade, a sorte de Morag e Heather. Bem armadas, veteranas de guerra e disciplinadas, elas abriram um caminho pelo qual as escocesas escaparam para a calçada, onde se esconderam numa lata de lixo. Assustadas pelo caos, Heather e Morag pararam de brigar e se concentraram em se esconder.

Morag fez careta quando Kerry limpou uma ferida em seu couro cabeludo.

"E aí, o que aconteceu depois?"

"A briga durou um tempão. Aí, o barulho começou a diminuir. Quando a gente olhou, já não tinha mais ninguém em volta. Heather me xingou, eu a xinguei, mas não tinha mais nada a ver ficar ali brigando. Ela foi para casa e eu vim para cá."

"E as MacLeod?"

Morag deu de ombros. Não foram mais vistas. Ela não sabia por que elas tinham simplesmente partido. Mas o pior de tudo foi o Violino MacPherson. Ele estava estraçalhado na sarjeta, atropelado por um carro.

"Eu destruí a maior herança do meu clã, um dos grandes artefatos feéricos da Escócia."

Morag estava absolutamente inconsolável, certamente a fada mais deprimida de Nova York – tirando Heather do outro lado da rua, que não se sentia nada melhor.

Quando Kerry terminou de fazer a limpeza e pôr os curativos nos ferimentos de Morag, ela colocou a fada na cama e começou o processo de encaixar sua bolsa de colostomia do dia. Ela tentava pensar em algo que podia fazer para ajudar. E pensou em seu dia com Dinnie, que tinha sido surpreendentemente agradável.

Johnny Thunders se surpreendeu ao ver fadas brigando na rua. Lembrou-se de um tumulto em um show na Suécia quando ele ficou tão bêbado que caiu no chão e não conseguiu tocar.

    A rua estava quieta agora. Ele olhou para a flor que segurava, que Ailsa havia perdido no calor da batalha. Uma flor muito bonita, pensou.

TRINTA E DOIS

Kerry estava deitada nas almofadas, cansada, sem se sentir bem. Hoje, estava sentindo dores na barriga, o que era sempre um sintoma preocupante. Ainda assim, pensava nos problemas de Morag.

"Eu realmente acho que vocês deviam devolver os pedaços da bandeira para as MacLeod. Pelo menos, resolveriam um problema."

"Não dá." Morag balançou a cabeça.

"Eu sei como você se sente", disse Kerry. "Mas esse sentimentalismo não está indo longe demais? Afinal de contas, a memória ficará."

Morag fez cara de quem não entendeu nada e perguntou para Kerry do que ela estava falando. Kerry disse que podia adivinhar a razão pela qual elas não devolviam seus cobertores.

Morag caiu na gargalhada.

"Não é por isso que não dá para devolver os pedaços da bandeira. Não podemos devolver porque os utilizamos para assoar o nariz. Estava frio pra caramba, e estávamos com o nariz escorrendo."

"Vocês assoaram o nariz na bandeira?"

"Isso mesmo. E, se qualquer MacLeod algum dia descobrir que a gente usou a reverenciada Bandeira MacLeod como lencinho, haverá uma guerra generalizada e carnificina na população das fadas da Escócia. O clã MacLeod inteiro atravessaria a água de Skye e marcharia para cima dos MacPherson e dos MacKintosh antes de você piscar."

"Sério?"

"Sério. Eu lhe disse antes que uma coisa que você não podia fazer com a bandeira era cortá-la em pedaços. Bom, isso não é nada comparado a assoar o nariz nela. Não se pode imaginar um insulto mais mortal. Jean MacLeod, chefe do clã, mandaria os MacLeod de Grenelg, os MacLeod de Harris, os MacLeod de Dunvegan, os MacLeod de Lewis, os MacLeod de Waternish e os MacLeod de Assynt marcharem pelos vales em um instante."

"Parece que existe um monte de MacLeod."

"Tem uma porrada de MacLeod. E eles trariam os aliados – os Lewis, os MacCrimmon, os Beaton, os Bethune, os MacCraig, os MacCaskill, os MacClure, os MacLure, os MacCorkindale, os MacCorquondale, os MacCuag, os Tolmise, os MacHarold, os MacRaild, os Malcolmson e provavelmente alguns mais. Tem uma porrada de aliado dos MacLeod também.

Atacar os MacPherson e os MacKintosh levantaria a antiga confederação, o Clan Chattan, isso se eles conseguirem parar de brigar um pouco sobre quem manda, e aí os Davidson, os MacGillvray, os Farquarson e os Adamson viriam ajudar, e começaria uma guerra horrível. E se uma guerra dessas acontecer porque Heather e eu assoamos o nariz numa bandeira, nossa vida não vale a pena."

Kerry considerou.

"E se lavar para ninguém saber?"

"Já tentamos. Não dá. Nada tira as manchas. Bastaria uma olhadinha e a Mairi MacLeod perceberia, com seu sexto sentido."

Heather estava sentada na parte de baixo da escada de incêndio. Sem esperanças, fixou o olhar na calçada, incapaz de imaginar como as coisas poderiam estar piores.

Dinnie, um MacKintosh, tinha traído sua confiança, fazendo um acordo secreto com uma MacPherson. Com vergonha de seu clã, teve um calafrio.

O Violino MacPherson estava esmagado. Primeiro, a Bandeira MacLeod; depois, o Violino MacPherson. Graças à Deusa, a Espada MacKintosh ainda estava na Escócia, ou ela teria quebrado isso também. Heranças importantes dos clãs pareciam simplesmente se esmigalhar em suas mãos.

Nunca mais ela ou Morag poderiam voltar para casa, e como agora eram inimigas mortais, estariam para sempre sozinhas.

E ainda havia as MacLeod. Aonde elas tinham ido? Pouco importava. Não existia a menor possibilidade de fuga. Quando Mairi MacLeod pegava seu cheiro, não tinha escapatória.

Heather sentia que estava pouco se lixando. Ela colocou o dedo no buraco do kilt, que tinha reaberto apesar da tentativa de remendar com a fronha da almofada de Dinnie. Para uma fada, Heather era extremamente ruim em consertar coisas.

Atrás dela, Titânia passava suas falas.

"Seu lixo imbecil!", explodiu Heather, materializando-se de repente. "Não é assim que uma rainha fada fala!"

Titânia entrou em pânico e saiu correndo do teatro.

"Bom, Kerry, eu estava ali no telhado falando com o Johnny Thunders e eu tenho uma notícia boa e uma ruim."

Kerry parou de olhar para as bolinhas que estava pondo no cordão.

"A boa é que ele me passou cada nota da guitarra solo de 'Vietnamese Baby', que agora poderei ensinar a você se as MacLeod me deixarem viva tempo suficiente. A ruim é que ele achou a papoula depois da guerra lá fora e deu para as fadas chinesas trocarem pela guitarra com Magenta. Fugiu do nosso alcance de novo."

Kerry soltou um gemido longo e triste.

Morag coçou a cabeça irritada de tanta tintura de cabelo.

"Quando os chineses trouxeram a guitarra não era a Gibson dele no fim das contas. Era uma cópia japonesa fajuta. Ele tá muito puto."

Kerry também estava. O jeito que essa Magenta sumia o tempo todo com sua flor mais especial era revoltante além da imaginação.

Morag encontrou Heather sentada nos degraus, ainda rindo de Titânia.

"Dê-me seu pedaço da bandeira."

"O quê?"

"Dê-me seu pedaço da bandeira e não discuta."

Heather deu de ombros, desembrulhou seu violino e deu o tecido verde para Morag, que voltou voando para o apartamento de Kerry do outro lado da rua. Ela reapareceu momentos depois e se juntou de novo a Heather, mas, antes de poder falar, Ailsa, Seónaid, Mairi e Rhona MacLeod – cortadas e machucadas, mas ainda radiantes de saúde – pousaram graciosamente ao seu lado.

"Vamos conversar", disse Ailsa, e puxou o espadão.

Heather e Morag, resignadas, deixaram tombar a cabeça.

As MacLeod se distraíram na batalha pela chegada do ainda alucinado cão Cù Sìth, que, atraído pelas fadas, correu pela Rua 4 e atacou Rhona. Logo que elas o tiraram dali e o mataram, viram-se cercadas por tribos desconhecidas. Com sorte, a majestosa Okailey já havia conseguido pôr fim à luta.

"As tribos de Nova York seguiram seus caminhos", disse Ailsa. "Mas agora estão desconfiadas e hostis. Graças a vocês duas, percebi. Vocês têm um talento para irritar as pessoas."

"Como o famoso Violino MacPherson chegou a Nova York? Mairi o reconheceu antes de se quebrar", disse Rhona.

Heather e Morag admitiram não saber. Para piorar, ninguém sabia onde os pedaços tinham ido parar.

Seónaid passou o dedo em sua adaga.

"Onde estão os fragmentos que vocês cortaram da nossa bandeira?"

Quatro porto-riquenhos apareceram na esquina com sua bola de tênis tentando mantê-la no ar com a cabeça. Eles ocupavam a calçada toda e os transeuntes – que incluíam um homem levando um castor para passear de coleira – tinham que passar pela rua. Isso prendeu a atenção das MacLeod, mas não de Heather e Morag, que já tinham visto isso antes.

Heather estava completamente perdida. Ela sabia o que iria acontecer quando devolvesse seu pedaço de pano. Mairi daria uma única olhada e saberia que tinha sido usado como lenço. A morte viria imediatamente, seguida de um levante dos clãs na terra natal.

"Bem", disse Morag alegremente, "estamos com os pedaços num lugar seguro. Estamos mesmo muito arrependidas de ter cortado a bandeira – foi um acidente e a gente não sabia o que estava fazendo. Venham conosco para que possamos devolvê-los para vocês."

Ela as levou para o outro lado da rua.

"Você tá louca?", sussurrou Heather. "Você sabe o que vai acontecer com a gente agora?"

"Confie em mim", respondeu Morag.

"Olá", disse Kerry sorrindo quando elas apareceram. "Vocês devem ser as MacLeod de quem eu escuto tanto falar. Vocês são ainda mais graciosas e adoráveis do que Morag e Heather dizem. Vocês aceitam um chá?"

"Não."

"Têm certeza? Morag me ensinou a fazer uma boa xícara de chá escocês."

"A bandeira."

"Certo."

Kerry abriu uma gaveta e tirou dois pedaços limpos de tecido, oferecendo-os a Ailsa.

"Como vocês podem ver", disse Kerry, "Morag e Heather trataram a bandeira com o maior respeito."

Mairi cheirou os fragmentos e os declarou intactos.

"E talvez eles ainda possam ser costurados de volta na bandeira sem problemas."

"A gente teria devolvido antes", disse Morag, "mas vocês nunca nos deixaram explicar".

"Eu ainda estou pensando em cortar vocês em pedacinhos."

"Certo", disse Morag. "Mas, antes disso, pense numa coisa. Eu vi que o seu *sporran* está cortado e rasgado. Ficou assim por causa da luta. E, com um desses *insights* pelos quais sou famosa, eu tenho uma forte sensação de que no seu *sporran* estavam todas as suas magias, principalmente seus feitiços de adormecer, e os seus meios de voltar para casa. Não é verdade?"

Ailsa admitiu que era. Seu feitiço para conjurar um arco-íris lunar de volta para a Escócia estava perdido nos ventos do Lower East Side.

"Mas nós ainda temos um", mentiu Morag. "Só deixem o passado para trás e nós todas podemos ir para casa juntas."

"Eu conheço um mercador rico que mora nesta região", Magenta disse aos seus homens. "Nós negociaremos com ele."

Seu exército já havia passado pelas perigosas montanhas ao norte da Pérsia e alcançado a costa. O litoral era ocupado em partes por gregos, o que era uma melhoria, entretanto, mesmo sendo conterrâneos, eles não necessariamente ficariam contentes em ver uma força de mercenários de guerra acampados próximo às suas muralhas.

O que eles precisavam agora era de navios para facilitar a última parte da jornada para casa. Xenofonte trocaria parte de seus espólios com o mercador.

Em sua loja na Rua Canal, Hwui-Yin não ficava aborrecido de ver Magenta. Eles sempre conversavam quando ela trazia algo para vender.

"Por que você dá dinheiro em troca de tanta besteira?", perguntou seu assistente quando ela foi embora. Hwui-Yin explicou que ele tinha simpatia pela mendiga que tanto conhecia sobre a Grécia Antiga.

"Se ela quer me vender um violino de criança quebrado para comprar graxa de sapato, por que não? Pelo menos ela me dá uma boa explicação dos motivos pelos quais os atenienses acharam necessário executar Sócrates."

Kerry, uma anfitriã persistente, fez as MacLeod aceitarem o chá, pães-de-aveia e mel. Depois de suas dificuldades, elas não recusariam um pouco de conforto.

"Como você conseguiu?", sussurrou Heather.

"Kerry conseguiu", respondeu Morag, em voz baixa. "Com tecnologias modernas de lavagem. Ela chacoalhou os panos na máquina dela um instantinho e eles saíram limpos. Pelo jeito, o esquema para lavar roupa aqui é mais avançado do que em Cruickshank. Eles têm uns pós especiais para lavar até os tecidos mais delicados em baixa temperatura e deixar tudo completamente limpo. E também tem um negócio chamado amaciante que faz o pano ficar macio, gostoso e novinho em folha."

Heather ficou impressionada.

"Tem mesmo um monte de coisa legal em Nova York", ela disse, imensamente aliviada.

TRINTA E TRÊS

Ameaças de desastres em todos os cantos. As fadas italianas, chinesas e ganesas recuaram para seus territórios, mas permaneceram alertas para a possibilidade de guerra. As forças do Rei Tala estavam prontas para invadir Nova York, enquanto sua divisão especial mercenária tinha cercado Aelric no Castelo Tintagel.

Dinnie, sem a assistência dos roubos a banco de Heather, deparava-se com o despejo iminente. Heather, indignada com sua traição (o acordo com Morag), não mexeria um dedo para ajudá-lo. As fadas MacLeod estavam, por ora, em paz, mas ainda falavam sobre levar Heather e Morag para sua terra natal, Skye, a fim de que fossem julgadas por furto. Enquanto isso, não as perdiam de vista.

"E o Violino MacPherson está destruído", gemeu Heather, compartilhando melancolicamente uma dose com Morag no bar da esquina. Elas concordaram com uma trégua meio a contragosto. Quanto a quem o violino pertenceria se ainda existisse, só a Deusa sabia. Se Kerry havia mesmo se apaixonado por Dinnie, seria de Heather; se ela estivesse somente fingindo, seria de Morag. Kerry estava reticente.

Morag só queria que Kerry fingisse, mas a fada já não tinha mais certeza. Suspeitava que Kerry tinha se divertido demais no último encontro.

Se Kerry realmente havia se apaixonado, não estava deixando transparecer, mas Morag imaginava se isso não era só para que ela não ficasse chateada. Afinal, se ela realmente estivesse apaixonada por Dinnie, o violino seria de Heather por direito.

Aelric foi deposto da liderança rebelde por voto popular, acusado de passar tempo demais sonhando com a enteada do Rei.

"Com menos sonho e mais planejamento, nós não estaríamos presos no Castelo Tintagel."

A situação estava ruim. Dentro das ruínas do castelo, os rebeldes tinham poucas provisões e estavam ficando cada vez mais famintos. Do lado de fora, os quarenta e dois mercenários, agora reunidos, patrulhavam o perímetro e voavam por cima do castelo, impedidos de entrar somente pelo feitiço de mistificação de Aelis, magia que poderia rapidamente enfraquecer. Se qualquer mercenário tentasse pôr os pés no castelo, encontrava-se de repente seguindo numa direção errada, acabando confuso e atordoado no mesmo lugar onde começou. Mas os mercenários, sendo fadas, compreendiam este tipo de mágica e sabiam que Aelis não poderia mantê-la ativa durante muito tempo, principalmente sem comida.

Werferth enviou uma mensagem ao Rei dizendo que a rebelião logo acabaria.

Heather e Morag estavam sentadas no letreiro de uma loja de armas, de cara fechada uma para a outra. Heather proclamou em voz alta que não era culpa dela.

"É sim", retrucou Morag. "Você e o seu vício absurdo de flertar com qualquer fada que não esteja comprovadamente morta."

Elas haviam encontrado Magenta fora do bar. Ela admitiu ter recebido a papoula de Johnny Thunders através das fadas chinesas, mas afirmou que, quando tirou a flor da sacola para admirá-la na Rua Spring, foi abordada por um soldado romano alado que lhe perguntou se poderia trocar a flor com ela, pois sabia que seria o presente perfeito para uma loira da Caledônia por quem estava apaixonado. Ele pagou um bom preço a Magenta e partiu.

"Em outras palavras", Morag provocou Heather, "alguma fada italiana agora está com a papoula na esperança de conseguir seu rabo de kilt. Sinceramente, Heather, o tanto de problema que o seu apetite sexual trouxe para a gente esses anos todos é simplesmente ridículo."

"Ah, e você e as suas fadas chinesas?", devolveu Heather.

"Elas são fadas de muito bom gosto", disse Morag, "e não roubariam uma flor de uma jovem doente só para dormir com uma respeitada visitante escocesa."

Heather bufou em resposta. "Enfim, de qualquer maneira, tudo que eu tenho que fazer agora é esperar Cesare ou Luigi chegar e me dar a papoula. Aí, Kerry terá a flor de volta."

Brannoc ficou chocado ao saber do incidente na Rua 4, principalmente a parte quando Heather socou Okailey na boca. Aparentemente, Okailey não teria ligado muito, exceto pelo fato de que foi carregada pelo tumulto da batalha e não conseguiu responder com um bom golpe.

"Bom, nossos problemas estão resolvidos", anunciou Maeve, flutuando até o chão para se juntar a eles.

"Você encontrou as fadas irlandesas?", indagou Padraig avidamente.

"Não", admitiu Maeve, "não as encontrei. Não sei o motivo, mas parece que não há nenhuma nessa ilha".

"Acho que as comunidades irlandesas estão no Brooklyn ou no Bronx", sugeriu Ocarco.

"Provavelmente. Ainda não tive tempo de procurar em outros países. Enfim, não importa. Eu escrevi para o meu clã pedindo para que viessem para cá."

Brannoc parecia perplexo.

"Você fez o quê?"

Um jovem casal procurando um lugar tranquilo causou uma rara perturbação na clareira, entrando com duas garrafas de cerveja e uma pizza de anchovas, e forçando as fadas a se retirarem para os arbustos.

"Eu escrevi para eles. Acabei de postar a carta e eles devem vir para cá em alguns dias."

As asas de Brannoc chacoalharam de tanto rir.

"É a coisa mais idiota que eu já ouvi. Como a sua carta chegará lá? Não dá para mandar uma carta para uma fada pelo correio dos humanos."

Maeve estava indignada.

"Pode não dar na Inglaterra, mas dá na Irlanda. Os irlandeses respeitam muito as fadas. Eu coloquei o endereço das fadas O'Brien, ao sul de Grian Mach, Brugh na Boinne. Chegará lá numa boa, você vai ver."

Com nojo da imbecilidade de Maeve, Brannoc partiu com Ocarco para transar no topo de uma árvore, com a intenção de sair um pouco do habitual arbusto.

Ele ouviu de um esquilo que ouviu de uma andorinha que ouviu de uma gaivota que ouviu de um albatroz que as tropas de Cornwall estavam quase prontas para marchar, mas, além de sexo enquanto houvesse tempo, ele não conseguia pensar em mais nada a fazer.

"As tropas inglesas vão incomodar a gente?", perguntou Aba, no Harlem, "ou vão deixar a gente em paz se eles pegarem Petal e Tulip?"

"Duvido de que nos deixem em paz", disse Okailey. "Quando esses imperialistas chegam às suas terras, nunca vão embora."

Cesare voou elegantemente até o letreiro da loja de armas.

"Heather, eu tenho um presente para você."

Ele estendeu as mãos. Em uma, uma jarra de whisky, na outra, uma bolsa cheia de cogumelos mágicos.

"Cadê a papoula?"

"A papoula? Eu troquei com uma fada chinesa por isso. Ele queria a flor para dar a uma garota que conheceu. Achei que você ia gostar mais desses presentes."

Heather gemeu e cobriu os olhos com as asinhas. Morag deu um safanão em Cesare, derrubando-o do letreiro, e voou para casa decepcionada.

Dinnie estava completamente desgostoso da vida. Ele estava sendo forçado a sair do apartamento e Heather se recusava terminantemente a ajudá-lo, dizendo que não arranjaria dinheiro para um traidor do clã.

Com somente nove dólares nesse mundo, Dinnie fez a única coisa que lhe restava: foi comprar cerveja.

"As coisas não estão indo tão mal, Kerry. Tô esperando uma fada chinesa vir me entregar a papoula a qualquer minuto. Eu acho que ele está completamente apaixonado por mim e fará qualquer coisa para me agradar."

Kerry ficou feliz com essa notícia, mas só com isso. A competição seria em alguns dias e ela não estava bem o suficiente para continuar. Sua barriga doía e sua bolsa de colostomia estava se enchendo de diarreia.

Morag queria perguntar para Kerry quais eram seus sentimentos por Dinnie, mas, vendo em que estado de saúde ela se encontrava, deixou passar.

Morag teve uma discussão muito chata com as MacLeod.

"Seja de quem for o violino, vocês não são as melhores violinistas da Escócia", declarou Ailsa. "Todo mundo sabe que a melhor violinista jovem na Escócia é a Pequena Maggie MacGowan. Ela teria vencido a competição de violinistas mirins sem o menor problema se não estivesse com sarampo naquela semana."

"Pequena Maggie MacGowan!?", Morag estava ultrajada com a insinuação. "Ela é só uma pirralha, sempre fazendo fofoca das pessoas e bajulando o professor de violino dela."

"Mesmo assim, ela toca melhor."

Isso comprovava o quanto as MacLeod eram fracas da cabeça. Pequena Maggie MacGowan, claro!

Kerry, apesar de sua precária condição, escolheu um colete de espelhinhos e saiu, dizendo que precisava de ar fresco.

Morag, famosa por seus *insights* psicológicos, seguiu silenciosamente.

TRINTA E QUATRO

Aelis encontrou Aelric pensativo nos fundos de uma torre do castelo. Ele estava incumbido de procurar alguma saída secreta.
"E então?"
Aelric sacudiu a cabeça.
"Nem sinal de uma papoula com três flores em lugar nenhum."
Aelis chacoalhou as asas, frustrada.
"Era pra você estar procurando alguma saída. Meu feitiço vai durar só mais uma hora, mais ou menos."
"Certo", disse Aelric. "Uma saída. Esqueci. Deixe-me pensar um pouco."

Heather e Morag estavam sentadas na cerca de um parquinho na Rua 14, conversando sobre como as coisas estavam mal, algo que ocupava o tempo livre da maioria das fadas ultimamente.
Quatro jovens prostitutas estavam alinhadas pela calçada.
"Só vinte dólares", elas diziam para os homens que passavam. "Eu fico um tempão. Só vinte dólares."
Os negócios não pareciam ir bem e as prostitutas se debruçavam na grade, contrariadas.
Qualquer ponto de vista apontava que o caso de Dinnie e Kerry era um desastre. Morag, seguindo Kerry até o outro lado da rua, havia encontrado Dinnie pelado no chão com a assistente da loja de comidas saudáveis. Kerry não gostou nada disso e agora estava triste, deitada nas almofadas tocando sua guitarra.
Dinnie protestou para a enojada Heather que tinha sido apenas um engano e que ainda amava Kerry de verdade, mas a fada, depois de alguns insultos dolorosos a respeito de seu desempenho sexual e sobre a visão medíocre que ele proporcionava no chuveiro, simplesmente pegou suas coisas e foi embora.

"Não passei todo esse tempo fazendo você ficar atraente para Kerry para que transasse com a primeira pessoa que se interessasse por você."

Uma fada chinesa chamada Shau-Ju apareceu depois com um presente para Morag.

"Finalmente", disse Morag, cutucando Kerry. "A papoula."

Shau-Ju tirou de sua bolsa um jarro de whisky e cogumelos mágicos. Morag ficou revoltada. Ele protestou ardentemente que não era culpado por não ter mais a papoula. Quatro fadas italianas lideradas por Cesare roubaram a flor no caminho para cá. Em casa, os familiares de Shau-Ju já estavam atando suas espadas aos cintos.

"Começamos mais uma guerra racial", gemeu Morag.

"Uma a mais não fará mal", disse Heather.

"Legal", disse Kerry atormentada. "Divirtam-se bastante com essa coisa toda. Não liguem para mim."

Heather e Morag achavam que, na verdade, não era culpa delas se eram tão irresistíveis que outras fadas cometiam crimes para presenteá-las, mas não disseram isso a Kerry.

Mais tarde naquela noite, Mairi, que tinha sexto sentido demais para o gosto delas, profetizou que, a qualquer momento, um vasto exército de fadas maléficas desceria até Nova York diretamente de Cornwall.

"Procurando por Petal e Tulip, creio eu", disse Heather, olhando para as prostitutas.

"O que será que aconteceu com eles? A gente não viu nem a cor deles desde que você fez todo mundo se separar."

Petal e Tulip pegavam carona num Buick 1938 na Rua 14.

"Achamos vocês!", eles berraram, flutuando em direção à cerca.

Johnny Thunders estava quase desistindo. Ele já tinha vasculhado Nova York inteira e em lugar nenhum havia sinal de uma Gibson Tiger Top 1958. Ainda assim… ele era sempre atraído para a Rua 4. Tinha alguma coisa nesse lugar, algo vagamente familiar. Se ele se concentrasse, quase podia sentir a presença de sua guitarra.

"Certeza de que essa é a música adequada para a corte de Teseu, Rei de Atenas?", questionou um ator no teatro.

Cal baixou a cabeça para olhar para a guitarra.

"Claro que sim", respondeu. "Por que não?"

Descartou a objeção com um aceno. A três dias de sua apresentação de *Sonho de Uma Noite de Verão* e com sua Titânia ainda em estado de choque, ele não estava a fim de ouvir reclamações sobre sua trilha sonora.

Tulip ainda estava com certa dificuldade para se adaptar à nova aparência de Morag. Ele não tinha visto nada igual desde o último festival de Glastonbury, na Inglaterra, e mesmo os hippies jovens e idosos que tinha visto lá não eram tão brilhantes. Heather, depois de um dia na casa de Kerry, não ficava muito atrás e, quando se movia, os sinos nas pontas do *kilt* tilintavam felizes.

As explicações sobre o que estava acontecendo foram bem confusas, mas, assim que os quatro conseguiram se entender mais ou menos, Petal e Tulip expressaram a necessidade de as fadas de Nova York deixarem de lado suas rixas e se defenderem unidas, já que o exército inglês se preparava para cruzar o Atlântico.

"Do contrário, não temos esperança. Sabemos da briga na sua rua. Brannoc, Ocarco e Okailey estão furiosos. Mas, mesmo assim, a gente tá indo lá ver os italianos e os chineses para tentar dar um jeito nas coisas."

"Talvez seja meio difícil", disseram Heather e Morag em uníssono. "Tente evitar as relações pessoais."

Aelis não podia mais manter ativo seu feitiço de mistificação. O Castelo Tintagel estava aberto para os invasores. Do lado de fora, os cães dos mercenários sentiram a mudança e uivaram. Os vinte e cinco rebeldes se abraçavam deprimidos embaixo do castelo, numa caverna conhecida como Caverna de Merlin. Eles estavam famintos e em trapos.

"Eis a revolução camponesa."

Aelric levantou a cabeça.

"Claro! Eu lembrei. Tem uma coisa que eu li na biblioteca sobre o Presidente Mao. Uma vez ele salvou o dia nadando. Nadando muito."[19]

"E...?"

"A gente vai nadar para fora daqui", declarou Aelric, retomando um pouco de seu antigo espírito. "Achem um rio. Se não encontrarem, um poço serve."

As duas fadas escocesas levaram Petal e Tulip para o apartamento de Kerry. Quando explicaram sua missão, Ailsa mostrou-se cética.

"Como vocês vão reconciliar as tribos em guerra?"

Petal e Tulip não sabiam exatamente, mas afirmaram ter algum talento diplomático, sendo filhos de um rei.

"Vocês podem tentar ser fofos e legais", sugeriu Heather. "Sempre funciona para mim."

"Vocês podem trazer ajuda da Escócia?", perguntou Tulip, relatando a história de Maeve e da carta. Nem Heather nem Morag achavam que isso funcionaria para elas.

"O carteiro da vila de Cruickshank anda muito ranzinza esses dias. Todo mundo fica culpando-o pelo preço do selo que aumentou. Eu não confiaria nele para entregar uma carta para as fadas."

"Não tem problema", declarou Ailsa. "Vocês têm como criar um arco-íris lunar para casa, não têm? Nós vamos e buscamos ajuda."

Heather e Morag fugiram rapidinho, dizendo que era o dever delas apresentar Petal e Tulip para os chineses e italianos e também ver se conseguiriam encontrar a flor de Kerry.

"Agora, você enfiou a gente em outra enrascada com as suas mentiras e histórias", reclamou Heather. Uma reclamação que naturalmente se desenvolveu para uma discussão acalorada sobre qual clã (MacKintosh ou MacPherson) era mais propenso a subornar juízes numa competição entre violinistas mirins, e poderia ter facilmente levado à pancadaria.

"Vocês deveriam estar apresentando a gente para os chineses e para os italianos agora."

Um ruído tenebroso veio do outro lado da rua.

"Ha, ha", aloprou Morag. "Dinnie pegou o violino velho dele. Um MacKintosh – tocando para você."

"Nada a ver comigo", respondeu Heather, nervosa. "Eu nem acredito que ele seja um MacKintosh de verdade."

Lá em cima, Dinnie havia desenterrado o antigo violino que usou na escola e estava tentando relembrar os temas que tinha aprendido.

Vou mostrar para aquela fada ignorante do caralho, pensou consigo mesmo. Vou ganhar o dinheiro do aluguel tocando na rua. Ninguém vai despejar Dinnie MacKintosh sem uma boa briga.

"Que mudança no movimento", disse uma das jovens prostitutas para a amiga na Rua 14. "Nunca vi tanto cliente a fim desse jeito antes."

Tanto ela quanto as amigas estavam fazendo muitos programas, fato que acontecia desde que as fadas se empoleiraram na grade atrás delas. Nada como a aura de um grupo de fadas para despertar os apetites sexuais.

TRINTA E CINCO

No pôr do sol do Central Park, Maeve e Padraig estavam se esquentando na flauta e no violino, percorrendo suavemente por "The Queen of the Fairies", um tema que o famoso harpista cego O'Carolan aprendeu com as fadas irlandesas. Passaram por versões sonolentas de alguns *hornpipes* e algumas jigas antes de entrarem em uma versão feroz de "McMahon's Reel" e "Trim the Velvet".

Enquanto Maeve dava um tempo para arrumar suas flautas e seus *pipes*, Padraig tocou sua versão costumeira de "Banish Misfortune".

"Mas de que tipo de infortúnios você pode estar sofrendo numa aventura, aqui, num novo país?", chamou uma voz bem lá no alto.

De uma nuvem fina, um arco-íris lunar em sete tons de verde descia ao chão. Nele, marchando alegremente, estavam cerca de duzentas fadas.

"Bom, aqui estão os O'Brien e mais alguns outros", disse a fada que vinha à frente, logo que pisou no chão. "Recebemos sua carta. Em que encrenca você andou se metendo agora, Maeve O'Brien?"

"É realmente maravilhoso como nós fadas somos criaturas racionais", Morag informou Kerry. "Dias atrás, três tribos estavam lutando e batalhando na rua ali fora e, agora, graças a algumas palavras de Petal e Tulip, tudo está bem de novo. A paz reina em todo canto."

"Tirando", Kerry lembrou, "o exército de Cornwall, imenso e bem armado, vindo para cá".

"Sim, tirando isso. Se bem que eu acho que eles são racionais também, só estão sendo controlados por um Rei do mal."

"Tipo os Estados Unidos."

"E agora que as ruas estão seguras, eu vou ver Cesare. Voltarei com a sua flor rapidinho."

Kerry estava cansada. Na privacidade de seu banheiro, descobriu que um pouco de sangue pingou de seu ânus. Isso sempre acontecia quando ela exagerava em alguma coisa e reacendia a doença em seus intestinos. Era um frequente e desagradável lembrete de sua doença, que sempre a deixava deprimida, independentemente da frequência com que aparecia. Com a tensão do prêmio das artes chegando, Kerry se sentia mal em intervalos cada vez menores. Ela se deitou para dormir e deixou as MacLeod conversando com Heather.

"Mairi me disse que, na verdade, vocês duas não têm nenhum meio de fazer um arco-íris lunar daqui para a Escócia."

"E como ela sabe disso?", exigiu saber Heather.

"Ela tem a visão."

Heather suspirou. O poderoso sexto sentido de Mairi era um incômodo terrível. Era praticamente impossível enganá-la de um jeito ou de outro.

"E essa mentira é mais um insulto seu para os MacLeod", continuou Ailsa, cujos olhos negros perfuravam Heather. "Mas farei vista grossa por enquanto, porque nós temos problemas mais importantes. Nossa opinião é de que toda a sociedade das fadas está em perigo por conta do Rei de Cornwall. Se ele for bem-sucedido em dominar este lugar, nada vai detê-lo. Mairi teve uma visão do exército marchando pelas fronteiras direto para as Terras Altas. Isso nós não podemos permitir." Ailsa inclinou seus cabelos espetados na direção da irmã. "Mairi mandou uma mensagem para a Escócia pedindo ajuda."

"Como?"

"Ela enviou uma visão das nossas agonias sobre as águas. Os escoceses vão marchar para cá em seu próprio arco-íris lunar e você os guiará para o lugar correto onde descer tocando 'Tullochgorum' no momento adequado."

Morag se arrastou exausta pela escada de incêndio, desgastada pelos últimos acontecimentos. Ela ficou feliz de ver Kerry dormindo, apesar de que isso só adiava a má notícia. Cesare, tão hospitaleiro com Petal e Tulip, deu a eles a papoula de presente. Petal e Tulip, subsequentemente, sentiram compaixão por uma mulher deprimida que encontraram na calçada e decidiram dar a flor para ela.

"Era uma flor tão bonita e poderosa", explicou Petal.

"A gente sabia que aquilo a faria ficar mais feliz. E nós somos fadas boazinhas", explicou Petal.

"Vocês são retardados", grunhiu Morag.

TRINTA E SEIS

Aelric e seus seguidores nadaram tentando salvar suas vidas através de um poço secreto na Caverna de Merlin, e depois por um lençol d'água subterrâneo gelado, emergindo no Bodmin Moor quase mortos, mas a salvo.

"Bom plano, Aelric." Aelis tentou fraquinha sacudir a água de suas asas ensopadas. Uma brisa úmida soprou pelo campo.

"O que é isso?"

Ali perto, havia um círculo de rochas. Das rochas, levantavam-se diversos arco-íris lunares e, atrás deles, as tropas do exército de Tala se reuniam completas.

Dinnie não sabia o que fazer com relação a Kerry. Ele conseguia entender que ela não estaria nada feliz de tê-lo flagrado fazendo sexo casual, mas, como nunca tinha passado por isso antes, não tinha a menor ideia de como consertar as coisas.

"Quem se importa também?", questionou em voz alta no seu quarto vazio. "Eu nunca gostei dela mesmo. Ela é uma vaca. Quase tão ignorante quanto aquela fada babaca."

Ele estava puto com as fadas. Não queria nunca mais ver uma fada na sua frente. Não precisava de uma mandando em sua vida amorosa. Nem precisava de uma pagando seu aluguel. Ele ia tocar e ganhar dinheiro. Armado com seu antigo violino e seu repertório novo de músicas, estava confiante em seu sucesso.

Lá fora, estava quente e abafado, o que fez Dinnie desejar uma cerveja imediatamente. Ele foi para a loja de conveniência. Nos degraus do teatro, o corpo de um morador de rua estava sendo colocado em uma ambulância. Dinnie já estava tão acostumado com isso que mal olhou.

"As fadinhas merda-na-cabeça não têm o que fazer além de passar o dia nas escadas por aí?", disse alto, enquanto passava.

"Você não vai visitar a Kerry?", perguntou Morag.

Dinnie resmungou com desprezo.

"Quem precisa dela? Um monte de mulher tá de olho em mim esses dias, vou lhe contar."

"Bom, ele parece estar voltando ao normal", disse Morag, ao que Heather concordou.

"Dá certo alívio, na verdade. Um Dinnie bem-educado era difícil de engolir."

"Kerry tá triste?"

"Sei lá."

Dinnie chegou a Washington Square e se preparou para tocar. Depois de duas cervejas e um pacote de biscoitos, ele estava cheio de confiança. Quando um cachorro correu em sua direção, ele não hesitou em lhe oferecer um certeiro chute nas costelas. O cachorro saiu machucado e confuso. Dinnie prendeu o violino com o queixo, agora bem definido, e começou a tocar. Neste dia quente, o parque estava cheio, oportunidade ideal para conseguir a grana do aluguel.

Bem naquela hora, uma garota que se parecia muito com Kerry passou em frente e ele ficou seriamente distraído. Seu braço tremeu um pouco. Uma dorzinha mordiscou seu coração.

Ele abaixou o violino e saiu correndo atrás de mais cerveja.

"Aonde esse arco-íris lunar vai parar?"

Sheilagh MacPherson, chefe do clã, deu de ombros. Ele cruzava o Atlântico, mas a fada não sabia o que encontraria do outro lado. Diferentemente de outras fadas do seu clã, ela nunca ia às bibliotecas públicas ler os livros dos humanos.

"Aonde quer que ele vá, só vamos saber quando chegarmos lá porque as irmãs MacLeod nos guiarão com uma versão de 'Tullochgorum'. E aonde quer que ele vá parar, tenho certeza de que Morag MacPherson estará do outro lado. Ficarei feliz de vê-la de volta sã e salva, contanto que não se meta em mais problemas com os MacLeod. É impressionante ver todos nós marchando juntos, sinal de que a coisa é séria mesmo."

Atrás do clã MacPherson, vinham os MacKintosh e, atrás deles, os MacLeod e seus confederados. A mensagem de Mairi, a vidente e mensageira mais poderosa da Escócia, não chegou somente à ilha de Skye, mas passou pelas ilhas do oeste e adentrou o coração da Escócia. Agora, o Clan Chattan inteiro se juntava aos MacLeod em sua marcha a Nova York.

Não era surpresa nenhuma para os chefes dos clãs que o Rei Tala estava se preparando para causar problemas. De acordo com seus sábios, era questão de tempo até que isso acontecesse.

"Com a expansão industrial de sua sociedade, ele terá que procurar outros mercados além das fronteiras", disse Glen MacPherson, um jovem estudioso que passava boa parte de seu tempo em bibliotecas. "Além do mais, para reunir a matéria-prima de que precisa a preços relativamente baixos, ele terá que conquistar esses mercados à força. Uma política de expansão imperialista é inevitável."

"E o que isso quer dizer?", perguntou Sheilagh MacPherson.

"Significa que ele nos atacará."

Sheilagh bufou.

"Não precisamos nos preocupar com isso. Assim que o Violino MacPherson estiver em nossas mãos, ninguém poderá nos atacar."

Agnes MacKintosh, chefe do clã, carregava a famosa Espada MacKintosh, uma arma renomada feita pelas fadas para o Visconde Dundee. Com a perspectiva da recuperação do Violino MacPherson e do reparo da Bandeira MacLeod, havia uma boa razão para otimismo, pois qualquer exército carregando esses três poderosos ícones não podia ser derrotado.

Sob seus pés, o Atlântico era vasto e cinza, mas, através do arco-íris lunar, o trajeto era rápido.

Três cervejas depois, Dinnie se sentiu preparado para tocar. O sentimento estranho tinha ido embora. Ainda bem. Seria ruim para suas finanças.

Dinnie mais uma vez levantou seu violino. Ele sabia que, para ganhar um bom dinheiro rapidamente, fazia-se necessário tocar uma música impressionante. Para sua grande insatisfação, notou que ninguém na multidão do Washington Square estava olhando em sua direção: estavam todos ocupados em dormir sob o sol ou gritando frases de incentivo aos pequenos jogadores de *baseball* arremessando, rebatendo e correndo em várias partes do parque. Uma completa perda de tempo, na opinião de Dinnie.

Uma jovem que se parecia muito com Kerry passeava com seu cachorro bem na frente dele. O arco, então, produziu um ruído arranhado e doloroso ao deslizar pelo braço do violino.

"Leve o seu cachorro para outro canto", berrou. "Tô tentando tocar uma música aqui, não tá vendo?"

"Isso era música?", retrucou a garota sorrindo e saiu andando. De costas, ainda se parecia com Kerry.

Dinnie se viu tremendo de novo. Foi correndo comprar mais cerveja.

Heather, Morag e as MacLeod estavam sentadas em cima do teatro.

"Certo", disse Mairi. "Estou sentindo a aproximação dos escoceses. Temos que atraí-los para cá."

"Sem problemas", respondeu Heather, tirando seu violino da bolsa e colocando-o no queixo. "Uma versão expert de 'Tullochgorum' saindo."

O queixo de Morag caiu.

"O quê? Você vai tocar? Seu violino vai mandar todos eles para o Rio Hudson. Eu vou tocar." Morag tirou seu próprio violino.

Heather ficou indignada.

"Sua múmia estúpida, você não saberia tocar 'Tullochgorum' nem se a sua vida dependesse disso. Eu vou tocar."

"Não, eu vou tocar."

Ailsa estava com um desejo enorme de estrangular as duas.

"Dá para alguma de vocês tocar essa porra antes que o exército erre o caminho?"

"Bom", disse Heather, "se as MacLeod passassem menos tempo praticando com essa espada aí e mais tempo aprendendo a tocar violino, talvez você soubesse tocar. Mas você não sabe, então, pronto. Eu vou tocar."

"Não vai. Eu vou tocar."

Morag começou a música, Heather agarrou seu violino, e as duas começaram a se bater.

Rhona, Seónaid e Mairi tentavam separar as duas fadas, que berravam sem parar. Ailsa só deixou cair a cabeça e desejou estar de volta à ilha de Skye, onde as fadas nem se vestiam tão psicodelicamente, nem eram tão fracas da cabeça.

Kerry, vendo seu apartamento desprovido de fadas, algo tão incomum ultimamente, aproveitou a oportunidade para abrir seu alfabeto de flores, analisando cheia de carinho sua última aquisição, uma flor amarela-brilhante, *Rhododendron campylocarpum*. Ela completava seu alfabeto, sem contar a papoula galesa.

À mostra, as trinta e duas flores, conservadas como novas, com cuidado e amor, eram uma visão acalentadora e bela.

Kerry estava feliz por ter chegado tão perto, apesar da falta da papoula galesa, o que indicava sua incompletude e a impossibilidade de ganhar o prêmio. Ela não poderia inscrever o alfabeto incompleto. Seria uma ofensa à sua sensibilidade artística. Botticelli não pintaria metade de um afresco na Capela Sistina. Johnny Thunders não deixaria um solo pela metade em um disco.

Ela se sentia injustiçada. Um homem que a havia abandonado depois de prometer ensiná-la a tocar guitarra não merecia reconhecimento público.

Cal merecia um soco na boca, pensou Kerry. Se eu ficar forte de novo algum dia, eu darei a ele o que merece.

Ela suspirou e se preparou para uma viagem à farmácia. Passavam-se algumas semanas, ela tinha que buscar uma grande remessa de bolsas de colostomia e os esparadrapos e peças que as prendiam ao corpo, os antissépticos e tudo mais, além dos esteroides para suprimir a doença.

Ela não acreditava mais na possibilidade de conseguir fazer a operação reversiva; a ideia de que teria que usar a bolsa para sempre era mais deprimente do que podia suportar.

Estava cansada. Parecia uma eternidade desde que esteve realmente saudável.

Os rebeldes observavam e o exército inglês marchava das rochas para os arcos-íris lunares. Os cães dos mercenários uivavam a distância.

"Eles estão logo atrás da gente!"

As asas dos rebeldes desabaram agoniadas. Após passar fome por dias a fio e nadar exaustivamente por baixo da terra, não poderiam fugir de seus perseguidores pela planície do Bodmin Moor.

"O arco-íris!", exclamou Aelric. "Vamos subir escondidos quando o exército estiver fora do campo de visão."

Os outros o fitaram, impressionados por sua audácia. Certamente, o ex-líder estava voltando às suas brilhantes origens.

Aelric havia notado Marion subindo pelo arco-íris lunar com uma espada atada à cintura e, aonde quer que ela fosse, ele estava interessado em segui-la.

Enquanto seguia o rigoroso regime de Heather, Dinnie só podia tomar uma cerveja por dia. Agora, depois de nove latas de Schlitz, seu turbilhão emocional havia se acalmado, mas suas técnicas no violino eram uma abominação. Ele se esforçava para alcançar as notas com os dedos, mas não adiantava. Ouvindo toda a atrocidade, as pessoas pararam de prestar atenção no *baseball* e os que dormiam acordaram, mas só para xingar e exigir que ele parasse imediatamente.

"Como vocês ousam me insultar?", gritou Dinnie. "Vocês deviam ficar na verdade muito gratos de ouvir alguém tocando 'Tullochgorum' tão bem!"

"Ah, era isso que você estava tocando?", disse Sheilagh MacPherson, chefe do clã, pousando suavemente ao seu lado. "Não tínhamos certeza. Achamos que talvez um violinista escocês estivesse sendo atacado e usando o violino para se defender do inimigo. Ainda assim, obrigado por nos guiar. Onde estão Heather e Morag?"

Dinnie olhou para cima e gemeu. Até o céu, aparentemente visível somente para ele, uma imensa fileira de fadas vestindo *kilts* marchava em direção ao chão.

"Por que eu?", murmurou. "Sou apenas um cara normal. Não mereço isso."

TRINTA E SETE

A lua brilhava no Central Park. Diversos arcos-íris lunares deslizavam do céu e, por eles, desciam os batalhões ingleses, um pelotão atrás do outro.

As fadas lá embaixo fixaram os olhos horrorizadas na enormidade das forças de Tala. Os regimentos marchavam rapidamente até o chão, fadas fortemente armadas e todo tipo de criaturas malignas com cães *Cù Sìth* ao lado.

"É o nosso fim", sussurrou Tulip e, ao seu lado, Okailey, Shau-Ju e Cesare concordaram acenando com a cabeça. Parecia que as fadas de Nova York tinham feito as pazes só para serem trucidadas por uma força invasora selvagem.

"Cadê os escoceses?", perguntaram exasperados a Rhona e Seónaid MacLeod, que haviam sido enviadas como representantes da Rua 4. As MacLeod não sabiam dizer. Os clãs já teriam cruzado o oceano, mas não haviam chegado ali ainda.

"Não se preocupe", disse Maeve, dando tapinhas nas costas de alguns camaradas irlandeses. "A gente os escorraça daqui."

Os irlandeses balbuciaram algumas palavras de acordo, mas nenhum deles além de Maeve estava confiante.

Depois de sua longa discussão com Morag, Heather estava sentada no colo de Johnny Thunders na esquina da Rua 4 com a Bowery. Eles tinham acabado de se conhecer, mas Heather se lembrava de que Morag tinha contado sobre a busca frustrada do guitarrista por sua Tiger Top.

Johnny apontou para a Rua Bowery, onde ficava o CBGB, e contou para Heather sobre os bons tempos que passou tocando ali.

"Acho que eu preciso voltar para o Céu logo mais", ele disse. "O Festival dos Fantasmas Famintos deve estar acabando e eu não quero ficar para trás."

Magenta chegou andando e se juntou a eles, forte e em boa forma. Após seus recentes encontros com fadas e seu consumo heroico de coquetel Fitzroy, ela não tinha dificuldade nenhuma em enxergar o que era invisível ao resto do mundo.

Supostamente livre da perseguição persa e de ataques de outros gregos invejosos, sentou-se para conversar. As várias experiências pelas quais os três passavam ultimamente renderam uma conversa realmente interessante.

Nas entradas dos prédios mais à frente na rua, desocupados faziam a mesma coisa, conversavam sentados nas escadarias. Era a única coisa que havia para fazer.

"Valeu, Magenta", disse Johnny, aceitando a bebida. "Um pouco carregado na graxa de sapato, talvez, mas não tá ruim não." Ele dedilhava a guitarra velha e quebrada que tinha trocado erroneamente com a mendiga. O mestre *luthier* Hwui-Yin tinha consertado, mas ainda era um instrumento horrível.

"Enfim, quem está com a flor de que a minha fã Kerry precisa?"

O pequeno bando de rebeldes ingleses se apressava pelo arco-íris, com medo de não ter despistado os mercenários e ficar preso entre as duas forças inimigas. Não tinham a menor ideia para onde iam, o que encontrariam ou de onde sairia sua próxima refeição.

Aelis ainda estava carregando sua bolsa cheia de panfletos. Uma completa perda de tempo, um verdadeiro fardo, mas, depois de inventar a primeira impressora do mundo feérico, não pretendia simplesmente jogar tudo fora no oceano.

Tarde da noite no teatro, Cal dirigia seu ensaio final. Apesar de um susto de última hora, quando Titânia abandonou o barco novamente, as coisas estavam indo bem. Ela voltou, depois de passar um longo tempo perturbada na rua, segurando uma linda flor, um presente das fadas, disse ela, uma história que agradou a Cal, pois mostrou que ela estava entrando mesmo na personagem. Amanhã era o dia da primeira *performance*. E do julgamento.

Teseu, Duque de Atenas e Hipólita, sua noiva, entraram no palco.

"Agora, bela Hipólita, nossa hora nupcial...", começou Teseu.

"Que porra é essa?", exigiu saber Magenta, invadindo pela porta ao lado do palco. "Os antigos de Atenas não se vestiam assim", declarou. "Não tem nada a ver com um ateniense, e olha que eu sei. Quem é essa?"

"Hipólita", disse Cal, baixinho.

"Hipólita?", esbravejou Magenta, pondo seu corpo musculoso em frente à desafortunada atriz. "Mas o que ela está fazendo aqui? As antigas rainhas amazonas não se casavam com nobres atenienses. Era a última coisa que elas gostariam de fazer. Completamente ridículo. Por que você não volta pra sua tribo e continua com seu negócio de ficar massacrando os machos?"

Hipólita hesitava entre ficar ou ir embora. Magenta irada era uma visão assustadora.

O resto dos atores se amontoou nas coxias para ver o que estava acontecendo. Cal, desesperado com a possibilidade de seus atores mais sensíveis se abalarem na véspera da apresentação, tentou espantar Magenta dali. Ela imediatamente deu-lhe uma pancada musculosa, tirando-o de seu caminho. A guitarra dele deu um baque no chão.

"Meu Deus, estamos sendo atacados", gemeu Titânia. "Eu sabia que não era para eu me envolver nessa peça. É amaldiçoada."

"Não vá embora", gritou Cal. "Eu preciso de você."

"Bom, eu não acho que você precise dela", disse Heather, materializando-se alegre no ombro de Magenta. "Como Rainha das Fadas, eu a acho uma merda."

"E o que é isso?", questionou Magenta, agarrando Titânia por uma asa de mentira. "Como eu suspeitava. A papoula galesa", e pegou a flor.

Titânia entrou em pânico e fugiu do teatro. Alguns outros personagens coadjuvantes foram junto.

Magenta abriu um sorriso triunfante.

"Seus ateniensezinhos moles. Não é à toa que Xenofonte sempre preferiu os espartanos. E o que é isso aqui?"

Ela pegou a guitarra de Cal e leu o nome na ponta.

"Gibson", ela grunhiu. "E sem dúvida foi roubada do meu amigão Johnny Thunders, seu nojento."

O exército inglês se formava em linhas. Um pequeno grupo se desprendeu das fileiras e avançou em direção aos adversários. Os chineses, italianos e irlandeses contavam seiscentos ao todo. Os ingleses eram incontáveis, milhares.

"Rendam-se imediatamente", exigiram os mensageiros, "e entreguem Petal e Tulip. Senão, vamos cortar todos vocês em pedaços".

"Como vocês têm coragem de entrar em guerra contra nós?", questionou Okailey, majestosa. "Vocês se esqueceram de como as fadas devem se comportar?"

O apelo não surtiu efeito. O exército de Tala era rigidamente disciplinado e dominado pelo medo. Ninguém ousava desobedecer, por mais que quisesse.

Ailsa e Mairi esperavam na escada de incêndio de Kerry, olhando para cima e procurando sinais do exército escocês, mas não havia nada no céu.

"Só a Deusa sabe onde eles foram parar", resmungou Ailsa, e se voltou para Morag, com um olhar de reprovação. "Tudo que você tinha que fazer era tocar uma porra de uma música. Nem isso vocês conseguem fazer sem brigar."

Morag levantou os ombros. Já era tarde demais. Depois de atacar Heather com seu violino, ela agora tinha três cordas arrebentadas. Heather também tinha. E as duas tinham hematomas no corpo todo por causa das "violinadas". Depois da briga, Heather desapareceu cabisbaixa.

"Você destruiu tudo que tem algum valor à sua volta e começou uma guerra nas ruas. Aposto que amanhã você aparecerá com mais algum escândalo espetacular. Na ilha de Skye, você teria sido afogada quando nasceu."

"Eu ajudei Kerry com o alfabeto de flores dela", respondeu Morag.

"Sem sucesso", contra-atacou Mairi. "Se as MacLeod estivessem envolvidas, a papoula galesa nunca teria se perdido."

Uivos eletrônicos soaram do outro quarteirão.

"Por que tem tanta sirene nessa cidade?"

"Bom trabalho hoje, Heather."

Magenta marchava poderosamente pela Rua 4.

"Tocamos o terror na peça do Cal, recuperamos a flor para Kerry e achamos a guitarra de Johnny Thunders."

Mas, quando se encontraram com Johnny, não era a guitarra dele, afinal de contas.

"Bela Gibson", disse ele, passando os dedos pelo braço da guitarra. "Mas é um modelo recente, não é igual à minha. Escute, Heather."

Ele mostrou à interessada fada como tocar "Born to Lose", para que ela pudesse mostrar para Kerry depois, o que poderia ajudá-la a fazer as pazes com

Morag. Depois de mais algumas músicas, que ressoavam baixinho na guitarra desplugada, tocou uma canção que soava estranhamente familiar.

"Como você fez isso?", perguntou Heather assim que ele terminou uma versão competente de 'Tullochgorum'.

"Eu ouvi você tocando várias vezes, sentado no alto do teatro."

Um arco-íris lunar cortou o céu da noite até os pés deles.

"Finalmente", disse Agnes MacKintosh, chefe do clã, aparecendo na esquina. "Achei que nunca fôssemos encontrar um rosto conhecido. E aí, Heather, o que está acontecendo?"

Kerry, determinada, fazia seu último esforço para encontrar uma papoula galesa com três flores. Morag, enraivecida pelas MacLeod, saiu pela escada de incêndio. Para sua surpresa, ali encontrou Sheilagh MacPherson, Agnes MacKintosh e Jean MacLeod, poderosas chefes dos clãs, subindo em sua direção, com Heather seguindo resignadamente.

"Nós devolvemos os pedaços da Bandeira", disse Morag imediatamente.

"E foi tudo um acidente", adicionou Heather.

"Não viemos por causa da Bandeira. Viemos por causa da invasão."

"Mas eu não me importaria de conversar um pouquinho sobre a Bandeira depois", complementou Jean MacLeod.

Ailsa e Mairi deram entusiasmadas boas-vindas à chefe de seu clã. Heather e Morag não estavam tão entusiasmadas com essa sequência de acontecimentos. Elas ainda suspeitavam que seriam arrastadas de volta para Skye e jogadas num calabouço do Castelo Dunvegan.

"O exército escocês aterrissou no lugar errado porque foi iludido por um mal-encarado inimigo das fadas, que tocou uma versão maligna de 'Tullochgorum'."

"Deve ter sido Dinnie."

"Bom", disse Sheilagh MacPherson. "Estamos aqui agora e, sem dúvida, o exército de Tala também. Sem perder tempo. Os MacLeod estão com a Bandeira e os MacKintosh com a Espada. Tragam o Violino MacPherson que espantaremos todos os invasores de volta para o outro lado do oceano."

"Certo", disse Morag. "O Violino MacPherson."

"O Violino."

"O Violino."

"Onde ele está?"

"O Violino?"

"Sim, o Violino!", explodiu a Chefe MacPherson.

Tendo sido visto pela última vez em pedaços na sarjeta da Rua 4, era uma resposta difícil de se elaborar.

Dinnie pegou no sono no parque, acordando só depois do anoitecer. Caminhou para casa desgostoso da vida. Ao invés de ganhar dinheiro tocando, gastou o pouco que tinha em cerveja e, depois disso, não estava em condições de tocar direito. Além disso, ele havia sido incomodado por um exército de fadas escocesas. Dinnie já achava que duas eram muito. Um exército inteiro o fez pensar que se mudar para Nova York tinha sido um grande erro.

"Bom, elas não ficarão na minha casa. Eu vou pendurar alho e uns crucifixos na janela. Assim, elas não entram."

De qualquer maneira, Dinnie não teria um quarto durante muito tempo. Ele não podia pagar o aluguel e estava prestes a ser despejado.

Sua tristeza ficava ainda mais intensa. Ele ainda queria Kerry. Foi um grande erro transar com a garota da loja de comidas saudáveis, ou pelo menos um grande erro ser pego no flagra.

Nos degraus do teatro, encontrou Cal sentado com a cabeça apoiada nas mãos. Cal disse que sua produção de *Sonho de Uma Noite de Verão* estava arruinada. Metade de seu elenco havia fugido com medo de Magenta ou em pânico por causa de Heather, e ele não tinha uma guitarra para tocar a trilha. Quando os juízes viessem no dia seguinte, ele seria motivo de chacota ao ser eliminado da competição.

"Kerry ganhará."

Dinnie pensou que isso talvez fosse bom, mas estava bêbado e confuso demais para pensar nisso e subiu cambaleando para assistir a um pouco de televisão antes de deitar."

"Oi, eu sou a Linda. Para o disque-sexo com as duas garotas mais quente da cidade, ligue 970 F-O-D-A. Estamos esperando você ligar."

TRINTA E OITO

Depois de uma breve aula de geografia nova-iorquina das MacLeod, o exército escocês marchou sobre o arco-íris lunar até o Central Park. Havia muitos deles ali, como as fadas do clã MacKintosh e seus aliados mais próximos – os MacAndrew, os MacHardy, os MacPhail, os MacTavish e outros; os MacPherson trouxeram os MacCurrie, os MacGowan, os MacMurdoch, os MacCleary e mais; a força maior era o grupo gigantesco dos MacLeod e seus inúmeros aliados.

Bem no final, estavam Heather e Morag, na depressão mais profunda. Depois que o destino do Violino MacPherson havia sido revelado, Sheilagh MacPherson duramente informou a dupla que, se elas achavam que estavam em apuros antes, isso não era nada comparado aos problemas que tinham agora. Assim que chegassem à Escócia, carceragem no Castelo Dunvegan soaria como um agradável feriado perto do que ela tinha em mente.

"Não que tenhamos alguma chance de voltar para a Escócia. Sem o poder dos nossos três talismãs, seremos massacrados por Tala aqui mesmo. Muito bem, Heather e Morag. Vocês duas sozinhas conseguiram destruir vários milhares de anos da história das fadas da Escócia."

Morag e Heather se arrastavam infelizes pelas coberturas dos arranha-céus, murmurando uma para a outra que simplesmente não era justo o fato de levarem a culpa de tudo. Como elas saberiam que tudo isso aconteceria?

"Além do mais", sussurrou Morag, "eu nem quero me envolver em nada disso. Não curto esse negócio de guerra entre clãs, rixas e essas coisas. Só quero tocar na nossa banda de punk celta radical."

"Eu também", concordou Heather. "Espere até eu tocar o disco do Nuclear Assault que eu roubei de Dinnie."

Morag cutucou a amiga na costela.

"Olha", falou baixinho. "Aquela merdinha da Maggie MacGowan se exibindo com um violino, para variar."

Elas olharam de cara fechada para Maggie. Ela estava entretendo a marcha com um tema lento e bonito, "The Flower o' the Quern".

"Chata do cacete", murmurou Morag. "Se ela tocasse isso no *squat* da Rua 13, tomaria uma garrafada na cara."

"E ela tocando 'Tullochgorum' é um lixo, não importa o que digam. E olha! Ela tá de sapato!"

As duas ficaram horrorizadas. Sapatos eram quase um tabu entre as fadas.

"Ah, que linda essa tampinha."

As hordas de kilt desciam para o Central Park, suas gaitas de fole ressoando em tom de ameaça e provocação. À sua frente, podiam ver a massa escura do exército de Tala e, próximo dele, o pequeno grupo de aliados defensores.

Em todos os lugares, as espadas começavam a ser desembainhadas e as fadas se preparavam para sua última e desesperada batalha. Todos estavam com a expressão fechada e séria. Morag e Heather decidiram fazer uma pegadinha com a odiada Pequena Maggie MacGowan.

Johnny Thunders tocou algumas músicas com a Gibson de Cal, Magenta andava determinada pela Broadway e Dinnie não conseguia dormir. Ele saiu para comprar um rolinho primavera.

Kerry estava sentada na loja, tomando um café.

Ela disse que seu dia tinha sido um fracasso. E que não conseguia achar outra papoula galesa em lugar nenhum.

"Não se preocupe. Inscreva o seu alfabeto na competição mesmo assim. Eu fiquei sabendo que o Shakespeare de Cal tá indo pro buraco, então dá para você ganhar."

Kerry explicou que não havia a menor possibilidade de inscrever o alfabeto a não ser que estivesse completo.

"Fico feliz que a peça dele esteja um lixo, mas ele ainda vai ganhar."

Ela suspirou e pediu licença, dizendo que não estava se sentindo nada bem.

Dinnie comeu seu rolinho primavera e pediu outro. Kerry não parecia feliz, mas pelo menos não tinha mencionado o incidente com a garota da loja de comidas saudáveis.

TRINTA E NOVE

"Eu não estou pondo a culpa em você, Mairi MacLeod", disse Jean, a chefe do clã, "mas não dava para a sua visão nos avisar que seria um de nós para cada dez deles?".

Mairi deu de ombros, sem ter o que dizer. Todos pareciam deprimidos. Algumas fadas podiam estar acostumadas à guerra, mas a maioria não. E nenhuma delas, mesmo as duronas como Ailsa, tinha a menor noção de estratégia de guerra.

"Isso me lembra de Bannockburn", disse Sheilagh MacPherson, referindo-se à famosa batalha na qual um contingente pequeno da Escócia derrotou uma força inglesa muito maior.

"Verdade", concordou Agnes MacKintosh. "Uma grande vitória. Você tem alguma ideia de como eles conseguiram?"

"Nenhuma. Mas é claro que eles tinham Robert the Bruce liderando as tropas, o que ajudava. Eu mesma nunca estudei táticas de guerra."[20]

Nenhum deles tinha estudado. Basicamente, o que as boas fadas escocesas gostavam de fazer era sentar em boa companhia, em ambientes agradáveis, tocar música e beber cerveja e whisky.

E estava tudo bem até agora, já que esses pareciam ser os maiores interesses das fadas inglesas também. Parecia inconcebível que elas pudessem se juntar num exército tão grande e ir para a guerra – antes de Tala tomar o poder.

"Qual é a desse Rei? Ele simplesmente não age como uma fada normal."

"Eu acho que a culpa é do buraco na camada de ozônio", disse Agnes. "Eu sabia que os humanos aprontariam para nós no fim das contas."

"Que ótimo", resmungou Maeve para Padraig. "Esses escoceses chegam com mil histórias das três grandes armas para espantar os ingleses e o que acontece? Eles perdem uma. Rá!"

O parque naquela noite tinha uma atmosfera muito diferente daquela aura de paz que as fadas haviam espalhado antes. Enquanto o exército de Tala estava lá, muitos crimes foram cometidos na região.

O exército inglês começou a avançar. Os defensores se prepararam.

"Chegou a ajuda", disse uma forte voz humana. Era Magenta, marchando com um violino em miniatura nas mãos.

"Acabou de ser consertado pelo meu bom amigo Hwui-Yin. Vocês deviam ter falado antes que era importante para vocês."

Parecia um milagre. O Violino MacPherson tinha chegado no último momento.

Sheilagh MacPherson passou as mãos pelo violino com carinho. Em sua mente, imaginava toda a história do artefato e, agora, sabia como ele tinha vindo parar na América: a amante sereia de MacPherson, o Ladrão, de coração partido, trouxe-o cruzando o mar depois que ele foi enforcado.

Jean MacLeod desenrolou a Bandeira. Agnes MacKintosh brandiu a Espada. Sheilagh MacPherson beijou o violino e o entregou à Pequena Maggie MacGowan.

"Certo, Maggie. Você é a melhor violinista da Escócia. Toque 'Tullochgorum' para nós vermos o inimigo fugir."

Maggie pegou o violino e deu um orgulhoso passo à frente em seu *kilt* MacGowan, vermelho e preto. Infelizmente, Heather e Morag tinham amarrado os cadarços dela, prendendo os sapatos. Ela caiu de cara e o violino ficou em pedaços.

"Se a gente chegar à estação Grand Central", sussurrou Heather, "talvez a gente consiga pegar um trem para o Canadá".

A ambulância demorou para chegar pelo trânsito parado e, quando Kerry foi carregada para dentro dela, já estava muito mal. Ela vomitava sem parar e, apesar de seu estômago estar vazio de comida, saía um líquido esverdeado que escorria do queixo para o peito. O suor pingava de sua testa e seu rosto estava morbidamente pálido.

Finalmente chegou ao hospital St. Vincent. Quando o médico a examinou, anunciou que a doença tinha se espalhado do intestino grosso para o delgado e que não havia outra opção a não ser uma ileostomia, o que significava cortar fora. Kerry começou a chorar porque tinha ouvido no passado que, se isso fosse feito, seria irreversível e ela teria que usar a bolsa de colostomia para sempre.

Com um canetão de ponta de feltro, o doutor marcou uma cruz em seu lado direito, onde os cirurgiões fariam a incisão. As enfermeiras prepararam Kerry para a operação, dando a primeira das injeções e pondo uma pulseira de identificação nela. Kerry gemia e vomitava dolorosamente enquanto o veneno de seus intestinos se espalhava pelo seu corpo. Ela pôs para fora mais do líquido esverdeado, que respingava horrivelmente na bacia de plástico ao seu lado.

Dinnie estava sentado ao seu lado. Ele tinha encontrado Kerry na rua, abatida demais para abrir a porta da frente. Ele chamou uma ambulância e foi com ela ao hospital. Apesar de os médicos não terem tempo ou vontade de lhe dar informação alguma, ele acabou sendo informado por uma enfermeira mais prestativa. Ver Kerry naquele estado o deixou realmente deprimido.

QUARENTA

Ninguém precisava perguntar quem tinha amarrado os cadarços de Maggie MacGowan. Mas, antes que Agnes MacKintosh pudesse atravessar as culpadas com sua espada, Magenta interveio.

"Desculpe aí, companheiras comandantes", ela disse, "mas vocês vão ficar aqui, todos juntos, apenas esperando pelo ataque?".

"E o que mais a gente poderia fazer?"

"Formação em quadrados, é óbvio. Vocês não têm a menor noção de tática? Eu acabei de liderar um exército por um território hostil contra forças altamente superiores. Claro, minhas tropas são hoplitas e peltastas experientes, e vocês são fadinhas, mas ainda acho que dá para a gente se virar."

Era claramente uma mulher que sabia o que estava dizendo. Os defensores foram rapidamente organizados em quadrados ocos. Se desse tempo, Magenta daria a ordem para os quadrados centrais recuarem quando atacados, de tal forma que atraíssem os inimigos cada vez mais, prendendo-os em um movimento de pinça com os flancos (assim como Aníbal fez em Canas), mas ela sabia que as fadas não conseguiriam fazer esse tipo de manobra assim, em cima da hora.

Quando o exército inglês atacou, com um rugido de estourar os tímpanos, o plano parecia estar dando certo. Apesar da enorme disparidade de forças, os quadrantes se seguraram. Os italianos, chineses, ganeses, escoceses e irlandeses se mantiveram firmes, golpeando com suas espadas, e a horda inimiga, indisciplinada, não conseguiu quebrar as formações.

Do alto, no céu, Aelric e seus rebeldes observavam a cena.

"Ah, maldito Tala, pelo amor da Deusa!", explodiu Aelric. "Agora, ele quer massacrar essas fadas pobrezinhas também."

Aelis não respondeu. Ela percebeu que, pela primeira vez, os ingleses não tinham guardas fazendo patrulha aérea.

Acordado de madrugada, Cal checou seu cenário, que havia sido danificado durante o último ataque de Magenta ao teatro. O que restava do elenco chegaria pela manhã, já que a peça seria julgada ao meio-dia.

Cal estava com medo até de pensar em como seria. Sua peça, tão bem ensaiada, estava agora cheia de atores improvisados, alguns dos quais não tinham nem lido o roteiro. Ele mesmo entrou no papel de Lisandro depois que o ator disse que não trabalharia num teatro onde fadas o espetavam com espadinhas.

Do lado de fora, na escada, estava Joshua, sonolento, mas sem conseguir dormir direito. Sem coquetel, seu corpo não se sentia bem. Ele jurou matar Magenta se não morresse antes.

QUARENTA E UM

Dinnie sentou-se no restaurante do hospital. Não era uma experiência nada agradável. Ele odiava estar cercado por pessoas doentes, especialmente idosos doentes, desesperançosos, vestindo aventais e rodeados de parentes entediados.

De vez em quando, ele pegava o elevador até a ala onde estava Kerry e perguntava por ela, mas a operação era longa e as enfermeiras não tinham informações. Depois, Dinnie voltava ao restaurante, sempre com a sensação de que devia ter feito algo a mais, como levantar a voz e exigir que elas parassem de manter segredo e contassem tudo que soubessem. Infelizmente, elas o intimidavam demais quando chegavam perto. Elas deviam desenvolver esses músculos levantando pacientes para cima e para fora da cama. Dinnie permaneceu educado, ainda que irritadiço.

O tempo nunca passa mais devagar do que quando se está esperando em um hospital. Depois de algumas horas, Dinnie se sentia tão vazio quanto aquelas figuras de avental.

"Conseguimos afugentá-los uma vez, mas não acho que conseguiremos de novo."

Jean MacLeod, de cabelos tão escuros, tão bonita e tão perigosa quanto as irmãs MacLeod, mas ainda mais alta e mais valente, segurou o recém-reparado estandarte verde bem alto, desafiadoramente, e se preparou para tentar.

"Ah, foda-se isso", murmurou Morag, no meio de algum quadrante de defesa. "Não dá para a gente se esconder em algum lugar?"

Heather concordava plenamente, mas cercada por todos os lados como elas estavam agora, era impossível.

"Teremos que ficar aqui para sermos massacradas."

"Eu não quero ser massacrada. Eu quero me divertir na cidade. Eu gosto dessa cidade. Eu gosto das pizzas, das lanchonetes, das lojas abertas a noite inteira, dos shows, dos rolês, das roupas coloridas, das pessoas coloridas e dos prédios enormes. Na verdade, tirando as pessoas pobres morrendo nas ruas, eu gosto de tudo aqui. Eu estou até me acostumando com o whisky doce esquisito."

"Eu também", concordou Heather. "Se bem que não chega nem aos pés do *single malt* que os MacKintosh sabem fazer. A gente poderia se divertir aqui se esses idiotas ficassem em paz pelo menos um pouco. Kerry terminou de fazer meu cocar de indiazinha?"

"Terminou, e vai ficar muito bonito mesmo, se você tiver a chance de usar. O que é aquilo?"

O exército de Tala estava se preparando para seu segundo ataque quando, lá em cima, numa parte visível de um arco-íris lunar, mais fadas apareceram.

"Você acha mesmo que isso vai dar certo?", perguntou Aelric, soltando vários punhados de panfletos.

"Acho que sim", respondeu Aelis, voando a seu lado. "Eu tenho um talento para a propaganda, pelo menos eu digo isso para mim mesma."

"TRABALHADORES, LIBERTEM-SE", diziam os panfletos, rodopiando dos céus aos milhares.

Kerry estava sendo levada de volta a uma ala silenciosa depois de sua operação. As enfermeiras informaram Dinnie que não foi necessário remover o intestino delgado no fim das contas. Quando fizeram a incisão, o estrago não parecia tão sério quanto se pensava. Isso acontecia com a doença de Crohn – ataques que davam a impressão de serem piores do que realmente eram. Então, Kerry ainda podia ter esperanças de uma operação reversa.

"Mas que trauma horrível", disse Dinnie. "Eu me sinto péssimo."

"Quem se sente mal é ela", disse a enfermeira.

"Ela ficará boa agora?"

Parecia que não. Ela poderia ter outro ataque sério amanhã ou em dez minutos.

QUARENTA E DOIS

Dinnie pegou um táxi de volta para a Rua 4 para buscar algumas coisas para Kerry. Preocupado com seu estado, ele não se importava em pagar a tarifa. O amor podia mudar qualquer coisa. Ele entrou com a chave dela, fez uma mala e foi até o teatro bem na hora que a peça de Cal estava acontecendo. Sem parar para olhar, foi direto para seu apartamento.

A peça de Cal foi exatamente o desastre que ele esperava. Os substitutos que não ensaiaram esqueceram as falas; a fita com a trilha sonora, mais uma medida de emergência, começava a tocar no meio das cenas; e os atores originais remanescentes se moviam nervosos pelo palco, na expectativa de a qualquer momento serem atacados por moradores de rua ou por fadas.

A pequena plateia ria e os três juízes, todos artistas locais, contorciam-se de vergonha.

"Eu sabia que não seria de alto nível", sussurravam uns para os outros, "mas isso aqui está uma tragédia".

No andar de cima, Dinnie se lavou e se trocou bem rápido. Bocejou. Ele tinha que voltar para o hospital, mas uma onda de cansaço ameaçava dominá-lo. Avistando o violino em cima da cama, teve a súbita vontade de se reanimar com uma musiquinha rápida.

Pegou o violino e mandou ver numa versão pesada de "Tullochgorum".

Imediatamente, um arco-íris lunar se esticou até o teatro no andar de baixo e fadas gritando correram em todas as direções.

Eram os últimos combates da batalha no Central Park, que não foi tão sangrenta no fim das contas. Os panfletos de propaganda, preparados por Aelis com todo o talento de uma marqueteira nata, acendeu profundos e secretos sentimentos no exército inglês. Desprovidos de informação externa por tanto tempo, os argumentos fortes e simples dos folhetos bateram direto em seus corações.

"*Por que* nós trabalhamos doze horas por dia para ganhar tão pouco? Antes a gente tinha tudo que queria."

"*Por que* nós temos que adorar esse deus novo horrível? Eu gostava da nossa antiga Deusa."

"*Por que* nós deixamos Tala mandar na nossa vida?"

"E o que a gente está fazendo aqui, lutando contra essas fadas?"

As fileiras do exército começaram a se desfazer quando as fadas, livres de seus pesadelos, perceberam a estupidez de sua situação. A infantaria se recusou a avançar quando recebeu tais ordens. Os barões, eles mesmos duvidosos do poder de Tala, sentiram sua autoridade sobre seus servos começar a ruir.

A situação, no entanto, estava longe de estar resolvida. O grande grupo de mercenários de Tala não mostrava intenções de mudar de lado. Nem a Guarda Real, liderada por Marion, a enteada. As coisas ainda poderiam ter sido desastrosas se Aelric, planando com a brisa, não tivesse visto de relance a papoula galesa na sacola de Magenta e arrebatado a flor de repente.

"Mude de lado, amada Marion", disse. "Junte-se à revolta dos camponeses e esta rara papoula galesa com uma flor amarela, uma alaranjada e uma vermelha será sua. Seu alfabeto estará completo."

Marion analisou a papoula, passou os olhos por um panfleto de propaganda, e mudou de lado, levando consigo a Guarda Real. A batalha terminou e Nova York estava a salvo.

Os únicos que não desistiam foram os mercenários. Percebendo que tudo estava perdido, mas contrários a ideia de uma rendição, conjuraram um arco-íris lunar para escapar.

"É de se admirar," disse Magenta, observando sua fuga. "São bons mercenários."

Dinnie, descendo apressado, surpreendeu-se ao ouvir tamanho tumulto no teatro. Suspeitando que era o barulho da plateia jogando coisas no palco, não resistiu a dar uma espiadinha.

Era o caos. Dinnie não sabia, mas sua versão de "Tullochgorum" atraiu o arco-íris lunar, fazendo os mercenários – seguidos por diversos perseguidores ferrenhos – invadirem o teatro.

Confusos pela batalha na cidade estranha e nunca tendo visto *Sonho de Uma*

Noite de Verão antes, os mercenários ficaram horrorizados de se encontrarem cercados por fadas gigantes. Presumindo que os figurantes usando asas de cartolina eram parte da força inimiga, os mercenários se materializaram para lutar contra eles, o que forçou seus perseguidores a fazerem o mesmo.

Atores fugiam em pânico enquanto fadas de todas as cores lutavam e voavam pelo palco. Cal gritava para todos os deixarem em paz. Os juízes olhavam da última fileira, deslumbrados e boquiabertos.

Dinnie notou os três juízes. Passou por sua cabeça que um deles parecia familiar, mas sua atenção foi tomada por Heather, desabando em seu ombro.

"Oi, Dinnie", ela gritou em sua orelha. "Só uma operação de limpeza agora. Nada para se preocupar."

Ela deu uma explicação rápida sobre o que aconteceu, mas Dinnie não prestou muita atenção.

"Suas fadas idiotas", ele gritou. "Kerry tá doente no hospital, eu tô indo para lá agora."

Ele partiu, sem se importar com a briga estúpida das fadas. Mas estava satisfeito com o fato de a peça de Cal ter sido um desastre espetacular.

QUARENTA E TRÊS

Com a batalha concluída, as fadas festejavam nos telhados do East Village. Heather e Morag estavam ausentes. Assim que puderam, foram depressa visitar Kerry no hospital.

Elas contaram os acontecimentos do dia histórico e fizeram um arranjo em seu cabelo.

Kerry se apoiou nos cotovelos.

"Toquem meus dedos", ela disse. "Preciso de uma forcinha."

As irmãs MacLeod ficaram bêbadas e aproveitaram com todas as outras fadas durante a tarde, mas, como amigas de Kerry, estavam interessadas na competição e saíram voando para bisbilhotar os juízes.

Surpreenderam-se ao descobrir que conheciam um dos juízes. Era Joshua, recrutado das ruas como parte do "Programa de Artes Comunitárias".

"Eles vão falar que a peça de Cal foi um desastre absoluto", disse Ailsa, cheia de certeza. "Dá muita pena que Kerry não pôde inscrever o alfabeto."

Um táxi chegou na porta do teatro. Kerry, parecendo um esqueleto, surgiu vestindo um avental azul e um colete amarelo com franjas. Dinnie a ajudou a subir os degraus.

Doente demais para ter deixado o leito do hospital, Kerry tinha vindo por sua flor.

"Onde está Aelric?", questionou. Seónaid MacLeod voou até o topo do prédio e reapareceu com Aelric, que estava de mãos dadas com Marion. Marion estava com a flor enrolada em seu cabelo preto.

"Dê-me", disse Kerry, estendendo a mão. Marion desprendeu a flor e a entregou.

O rosto de Kerry estava radiante de alegria. Ela passou a flor para Dinnie.

"Inscreva o meu alfabeto na competição", instruiu. As fadas aplaudiram e comemoraram esse ato de heroísmo de uma pessoa tão gravemente doente.

Kerry desabou no chão. Ela foi levada de volta ao hospital e Dinnie notificou os juízes que o Alfabeto de Flores dos Antigos Celtas estava pronto para ser inspecionado.

Magenta marchou vitoriosamente pela Rua 4. Seu comando enérgico havia obtido mais um triunfo estupendo e ela veio se juntar às celebrações.

Em todo lugar nas ruas, as fadas estavam bebendo, festejando e transando. Como resultado dessa grande reunião, as primeiras fadas miscigenadas nasceram.

As MacLeod, confiantes no triunfo do alfabeto de Kerry, desanimaram-se com uma guinada nos acontecimentos. Elas perceberam que *Sonho de Uma Noite de Verão* não tinha ido nada mal, afinal de contas.

"Os efeitos especiais de palco mais impressionantes que nós já vimos", disseram os juízes.

"Foi alucinante como a peça invocou o mundo das fadas. Eu podia jurar que elas estavam ali mesmo. Claro, algumas partes foram bem nas coxas, mas eu tenho que admitir que fiquei impressionado."

"O alfabeto de flores é um ícone singular e lindo do folclore celta... mas comparado a uma releitura tão vibrante de Shakespeare...?"

"Ah, não", gemeu Rhona. "Kerry não pode perder depois de quase se matar saindo do hospital. E depois de dar para a gente todos aqueles pães-de-aveia."

Heather e Morag apareceram, voltando do hospital. Elas todas fizeram uma reunião de emergência na loja de conveniência, mas nenhuma solução surgia.

"A gente pode subornar os juízes."

"Com o quê?"

"A gente rouba um banco."

A ideia foi rapidamente vetada.

Sheilagh MacPherson procurou Magenta para agradecê-la por devolver o violino e ajudar na batalha, proclamando-a amiga dos MacPherson por toda a vida. A embriagada chefe do clã deu tapinhas emocionados em suas costas e depois contou sobre os últimos progressos da competição.

"Que jovem determinada é essa Kerry," disse Magenta, admirada. "Eu a aceito no meu exército quando ela quiser."

"Bem, já que ela é sua amiga, não ganhará competição nenhuma", anunciou Joshua, aparecendo ao seu lado. "Porque eu sou um dos juízes. E, depois que eu entregar o prêmio para o Cal, eu venho aqui espancá-la até a morte."

QUARENTA E QUATRO

"A moça está indecisa, mas o moço gostou mais da peça de Cal", relatou Morag, depois de espionar os juízes.

"E Joshua escolherá Cal", gemeu Heather. "Ele vai ganhar."

Elas se sentaram no teatro no topo de um pilar falso, parte da corte ateniense. Dinnie estava jogado ali perto. Sheilagh MacPherson e Agnes MacKintosh se aproximaram voando, agitadas.

"Estamos cientes do problema", elas disseram. "E nós entendemos porque sabemos que Kerry foi companheira das fadas perdidas e esse Cal a destratou. Não gostamos de namorados que agem mal. Nós ajudaremos com parte do problema."

"Como?"

"Vocês conhecem a história de *Sonho de Uma Noite de Verão*?"

Elas conheciam um pouco.

"Então, vocês sabem", disse Agnes, "que envolve certa erva que, quando esfregada nos olhos, faz a pessoa se apaixonar pela primeira pessoa que vê. Dinnie, camarada MacKintosh, traga-me a erva".

Dinnie, momentaneamente esperançoso, balançou a cabeça com tristeza. A chefe do clã era ainda mais imbecil que o resto. Ela não parecia entender a diferença entre a cenografia e a vida real.

"É só um mato da calçada", ele disse.

"Para você, talvez. Para os poderosos Chefes dos Clãs das fadas escocesas, não necessariamente. Pode trazer a erva."

Dinnie encontrou e levou a erva. Agnes e Sheilagh voaram cambaleando até Joshua e encostaram-na em seus olhos. Elas o cutucaram com as espadinhas em direção a Magenta.

Ele esfregou e abriu os olhos.

"Magenta, eu sempre amei você."

"Então, vote na Kerry na competição."

"Claro."

"Tome um pouco de Fitzroy", disse Magenta, pondo sua mão na mão dele. "Eu divido a receita com você."

Agora, era um voto para cada um. A moça, uma jovem escultora, ainda estava pensando.

"Dá para ver que ela gostou mais da peça de Cal", suspirou Mairi, com seus poderes psíquicos.

"Suas fadas estúpidas", murmurou Dinnie quando elas passaram por ele na sala de espera do hospital. "Toda essa agitação fez Kerry passar mal."

"Nada a ver", respondeu Heather. "A doença de Crohn afeta um monte de gente que nunca viu fada nenhuma. Mas, já que agora você está sendo legal com Kerry, talvez eu roube outro banco para ajudá-lo a pagar o aluguel. Vamos visitá-la agora."

"Não é o horário de visita ainda."

"Uma grande diferença entre as fadas e os humanos é que nós somos pequenas e invisíveis, e vocês não. Nós não precisamos esperar o horário de visita."

Dinnie fechou a cara. Ao seu lado, na sala de espera, estavam outros dois jovens esperando para vê-la e ele estava com ciúmes.

Dentro do quarto, Kerry estava fraquinha, mas feliz de ver as fadas. Morag pulou para cima da cama.

"Você ganhou o prêmio."

Kerry soltou um pequeno grito de alegria.

"Dinnie conseguiu no final", anunciou Heather, orgulhosa de seu camarada MacKintosh. "Na hora H, ele chegou até a última juíza, apresentou-se muito educadamente e perguntou se, além de ser a escultora local, ela também era a famosa Linda, estrela do disque-sexo mais quente da cidade. Ela ficou extasiada de ser reconhecida, principalmente quando Dinnie disse que era um grande fã e pediu um autógrafo. Depois disso, ela ficou na mão dele e votou em você."

"O prêmio agora é seu e é merecido. Cal vai se arrepender pelo resto da vida de não ter lhe ensinado o *riff* de 'Bad Girl'."

Morag se enfiou de volta na conversa.

"Tem um batalhão de caras fazendo fila para sair com você lá fora," ela disse. "Eu recomendo dar uma reconhecida no terreno por enquanto. Nesse meio-tempo, deixe eu apresentar minhas amigas e meus amigos."

Ela fez um gesto para o grupo de fadas atrás dela. Cada uma cumprimentou Kerry educadamente.

"Esta é Sheilagh MacPherson, esta é Agnes MacKintosh e esta é Jean MacLeod. Elas são nossas chefes de clã e têm grandes poderes de cura. Com elas, veio Flora MacGillvray, uma curandeira renomada em toda a Escócia."

"Este é Donal, amigo de Maeve. Ele é o curandeiro das fadas O'Brien e é famoso na Irlanda por sua habilidade. Este é Cheng Tin-Hung, curandeiro dos chineses, Lucretia, curandeira dos italianos, e esta é Aba, curandeira dos ganeses. Todos eles de grande poder e reputação."

"Esta é a melhor junta médica feérica já reunida. Não ligue para o cheiro forte de whisky. Nem o alcoolismo diminui os poderes de cura das fadas."

"A gente queria dizer também que as coisas não estão tão ruins quanto você pensa. Você é talentosa, popular, simpática e linda; e daí que você tem uma bolsa de colostomia? Você está anos-luz na frente da maioria dos humanos. Mas vamos poupá-la do falatório e deixar os curandeiros fazerem o trabalho deles."

"E se oito fadas poderosas como estas não consertarem você", disse Heather, "a gente vai se surpreender de verdade. Morag e eu vamos sair agora, preparar sua festa de boas-vindas de volta pra casa e falar tchau para os ingleses. Eles querem correr para casa, quebrar todas as fábricas e voltar a viver felizes bebendo embaixo dos arbustos. Magenta foi embora feliz com Joshua. Ela está feliz porque acha que ele votou nela como chefe do exército grego. Callum MacHardie está consertando o Violino MacPherson. E as nossas chefes de clã perdoaram nossos errinhos porque tudo deu certo no final".

"Disso a gente não sabia", disseram as chefes dos clãs.

"Bom, mas, né?"

As chefes disseram que pensariam, e Morag e Heather saíram enquanto ainda estavam por cima.

"O que que tá rolando?", perguntou Dinnie, do lado de fora.

"Mágica da pesada", respondeu Heather. "E você pode vir pra festa da Kerry desde que traga um presente caro e apropriado. Creio eu que ela está de olho em umas pulseiras de prata da loja indiana. Você ainda pode acabar saindo com ela de novo se você se importar mais com as flores que ficam bem no cabelo dela, fingir que gosta de Botticelli e trouxer presentes legais.

Enquanto isso, a gente vai tomar uns tragos e tocar um violino de verdade. Se os irlandeses e todo o resto acham que ouviram o melhor da música escocesa só porque escutaram a Pequena Maggie MacGowan se esforçando para tocar umas musiquinhas simples sem errar, eles têm muito que aprender.

Callum MacHardie prometeu fazer uns amplificadores para a gente. Quando a nossa banda celta radical começar a tocar, as colinas e os vales nunca mais serão os mesmos."

Johnny Thunders deixou a Gibson de Cal no teatro. Era uma boa guitarra, mas ele não conseguiria ficar com ela. Ele sabia como era ruim ter sua guitarra roubada.

Já era hora de ele ir embora, apesar de sua missão ter sido um fracasso. Pensando que antes de ir embora poderia dar uma última olhada em volta, foi até o apartamento de Kerry. Ele desejava ver o alfabeto de flores que causou tanto furor.

Lá dentro, impressionou-se. As flores, tratadas com carinho pela secagem cuidadosa de Kerry e pelas palavras doces de Morag, emanavam grande beleza e poder. As trinta e três flores estavam posicionadas no chão e, atrás delas, como cenário, Kerry arrumou todas as suas coisas favoritas, inclusive os discos raros, originais e piratas do New York Dolls e a cópia remasterizada do álbum do Heartbreakers.

Outra de suas coisas favoritas era a guitarra.

"Minha Gibson Tiger Top 1958."

Johnny pegou o instrumento.

"Estava com ela esse tempo todo. Não é à toa que ela é obcecada pelos New York Dolls."

Algum namorado deve ter dado a guitarra para Kerry. Deve ter sido o mesmo que a surrupiou de Johnny tantos anos atrás.

Ele fez que ia embora, mas parou, olhando novamente para as flores. Ele pensou em Kerry doente no leito do hospital.

"Ah, foda-se. Eu vou levar aquela lá toda arregaçada que eu peguei daquela tia. Eu sempre toquei melhor que qualquer um, mesmo com uma guitarra velha."

Ele devolveu a guitarra de Kerry ao seu lugar e não estava nem um pouco insatisfeito.

AS BOAS FADAS DE NOVA YORK

NOTAS

1. Cornwall é uma região no sudoeste da Inglaterra.
2. O cardo, flor roxa, branca ou amarela, com espinhos e caule revestido de pelos, é o símbolo nacional da Escócia.
3. *Strathspey* e *reel* são nomes de danças celtas e dos respectivos estilos de música que as acompanham.
4. Jiga é uma dança britânica animada.
5. Barretes vermelhos (em inglês: *red caps*) são criaturas lendárias britânicas que assombram os castelos. Eles têm capuzes vermelhos que devem estar sempre molhados com o sangue de suas vítimas. Se o sangue de seu capuz secar, o barrete vermelho morre.
6. *Haggis* é um prato tradicional escocês feito dos miúdos de cordeiro moídos e embrulhados no estômago do animal.
7. Cerveja de urze, de receita antiga, que não leva lúpulo, tradicional na Escócia.
8. *Tin whistle* é um tipo de flauta celta feita de metal.
9. *Bodhrán* é um tambor celta, similar a um tamborim, mas maior.
10. *Poteen*, ou *poitín*, é uma bebida destilada típica da Irlanda de teor alcoólico tão elevado (90 a 95%) que é considerada ilegal.
11. *Uillen pipes* é um tipo de gaita de fole irlandesa.
12. "Banish Misfortune", em português, traduzir-se-ia por "Banir o Azar."
13. *Skian dhu, skean dhu, sgian dubh* são nomes alternativos da pequena faca presa à meia do traje tradicional escocês.
14. *Wha daur meddle wi me?* ("Quem se atreve a meter-se comigo?") é uma versão coloquial em um antigo idioma escocês da frase que consta em latim no brasão de armas real escocês *Nemo me impune lacessit* ("Ninguém me fere impunemente"). *Touch not the cat bot a glove* ("Não toque no gato sem luvas") é um dito tradicional dos clãs MacKintosh e MacPherson que indica obscuramente uma ameaça violenta a quem mexer com eles – o "gato sem luvas" seria o animal com suas garras à mostra.

15. Gaélico é uma língua de origem celta que possui algumas variações e ainda é falado em alguns lugares das ilhas britânicas.

16. Os *Pech* eram criaturas míticas escocesas parecidas com gnomos, extremamente fortes, que batalhavam contra os humanos escoceses. Acreditava-se que tinham construído os megalitos da Escócia antiga junto dos gigantes. *Cù Sìth* eram criaturas com a aparência de um lobo, mas do tamanho de um bezerro. Eram mensageiros da morte e seus latidos causavam terror profundo.

17. A *Forsythia* é uma flor cujo nome homenageia o estudioso da botânica escocês William Forsyth.

18. *Squats* são edifícios invadidos e habitados por pessoas que não pagam aluguel nem impostos.

19. Aelric faz referência aos eventos em que Mao Tsé-Tung nadou pelo Rio Yangzi. O Presidente advogava em nome dos exercícios físicos e da natação para tornar o povo chinês mais saudável, utilizando a cobertura da imprensa – que registrava uma razão entre distância e tempo que faria do presidente um recordista mundial de natação – na tentativa de angariar novos seguidores. Simpatizantes da causa revolucionária comemoram o aniversário do evento nadando nos rios e lagos do país.

20. Na Batalha de Bannockburn, em junho de 1314, ao sul da Escócia, estava em jogo o controle do Castelo de Stirling, estrategicamente posicionado na principal rota da Inglaterra para as Terras Altas escocesas. O castelo, dominado por forças inglesas durante as guerras pela independência da Escócia, foi sitiado pelo irmão de Robert the Bruce, Edward Bruce, para que os ingleses rendessem o controle do castelo aos escoceses. A quantidade de guerreiros que participaram da batalha não é nada precisa, mas estima-se que os ingleses tinham entre 14.000 e 25.000 em sua infantaria e cavalaria, enquanto os escoceses somavam de 5.000 a 10.000 – entre eles, cerca de 500 montados, inclusive o próprio Robert the Bruce.

NOTAS SOBRE A TRADUÇÃO E OS NOMES DE ALGUMAS DAS FADAS

Uma das coisas que mais me impressionaram e divertiram durante a leitura e a tradução de As Boas Fadas de Nova York foi a quantidade de referências culturais que o livro contém. Tentei ao máximo respeitar essas referências, ao mesmo tempo em que procurei deixar o livro leve e a prosa fácil. As notas, no final, servem tanto para esclarecer alguns pontos que podem ficar fora do alcance de alguns leitores da versão em língua portuguesa quanto enriquecer um pouco mais a leitura.

Nessas considerações finais, comento sobre dois pontos importantes. O primeiro é sobre o uso da palavra *fada* no livro. No folclore brasileiro, não temos muitas fadas. Temos seres sobrenaturais saindo pelo ladrão, mas não muitas *fadas*. E, no folclore estrangeiro, parece que há mais fadas, a maioria esmagadora sendo do sexo feminino. No livro, vemos que, além de fadas do sexo masculino, temos outros tipos de seres feéricos que não são exatamente aquelas fadas pequeninas, de asinhas nas costas e tal. Sereias são fadas, *goblins* são fadas, outros tipos de duendes, seres malignos etc. também são fadas. Isso é porque *fairy* é, de certa forma, mais abrangente que a nossa palavra "fada".

Outra característica da palavra, mas agora da tradução, é que as fadas do sexo masculino são tratadas por "fadas" mesmo, nada de "fada-macho" ou "homem-fada" – o leitor pode pensar na palavra "fada" como a palavra "pessoa", ou seja, sempre no feminino, salvo algumas situações específicas.

❈ ❈ ❈ ❈

Durante as pesquisas feitas na tradução, foram percebidas diversas características interessantes sobre os nomes escolhidos para as personagens. Martin Millar não escolhe os nomes de suas personagens aleatoriamente. Algumas das fadas têm nomes que dizem respeito a suas nacionalidades, fazendo referência a algum personagem histórico/folclórico, aspecto linguístico/geográfico ou botânico, como é o caso de *Heather*, *Petal* e *Tulip*.

Heather é um nome comum em língua inglesa. É o nome de uma planta campestre (em português: *urze*), usada até hoje por algumas cervejarias artesanais como matéria-prima, no lugar do lúpulo. Não é bem sacado que uma fada – ser ligado diretamente à natureza – tenha o nome de uma planta? Coincidência também ser uma das bebidas favoritas das fadas bebuns?

Morag é um nome que mistura duas origens. A palavra no antigo idioma escocês para "mulher" é *morag*. Um dos maiores e mais famosos lagos escoceses, depois do *Loch Ness*, chama-se *Loch Morar* e também tinha um monstro, o monstro do lago Morar, *Morag*.

Dinnie é um nome que faz referência a Donald Dinnie, um escocês que venceu diversos Scottish Highland Games, aquelas competições em que o cara precisa provar que é o mais forte, levantando troncos e pneus de trator. *Dinnie stones* é o nome de umas pedras pesadas que esses caras têm que levantar nas competições. Alguma coisa me diz que esse nome foi bem escolhido para a personagem.

Kerry é o nome de um condado da Irlanda. Mais um nome com referência geográfica às ilhas britânicas.

As fadas irlandesas, Maeve e Padraig, seguem a linha e fazem referência à terra natal. *Maeve* é um nome feminino comum na Irlanda e tem origem em uma lenda celta. Era o nome de uma rainha. *Padraig* é um nome que faz referência a um dos maiores ícones da cultura irlandesa, o santo celebrado nas festas da cerveja verde, Saint Patrick.

Petal e *Tulip* são as duas fadas inglesas, filha e filho do Rei Tala, que têm nomes relacionados às flores, claramente. *Brannoc* é o nome de um personagem histórico inglês, Brannoc of Braunton, santo cristão da região de Devon, na Inglaterra.

E assim vai.

Os nomes das outras fadas do livro vão seguindo as mesmas linhas e fazem sempre alguma referência cultural, deixando sua marca na narrativa.

* * * *

Espero que as aventuras das *Boas Fadas* de Martin Millar sejam, ou tenham sido, tão boas para você quanto foram para mim.

Leonardo B. Scriptore

*Este livro foi composto em Caecilia LT Std, com textos auxiliares em Moon Flower Bold.
Impresso pela Prol Gráfica, em papel Luxcream 70g/m². São Paulo, Brasil, 2014.*

AS BOAS FADAS DE NOVA YORK

MARTIN MILLAR

Edições ideal